SÖNKE WORTMANN

ES GILT DAS GESPROCHENE WORT

ROMAN

ULLSTEIN

Besuchen Sie uns im Internet:
www.ullstein.de

Wir verpflichten uns zu Nachhaltigkeit

- Klimaneutrales Produkt
- Papiere aus nachhaltiger Waldwirtschaft und anderen kontrollierten Quellen
- ullstein.de/nachhaltigkeit

MIX
Papier aus verantwortungsvollen Quellen
FSC® C104608

Ungekürzte Ausgabe im Ullstein Taschenbuch
1. Auflage Oktober 2022

Umschlaggestaltung: zero-media.net, München nach einer Vorlage
von Büro Jorge Schmidt, München
Titelabbildung: © Roy Bishop / Arcangel
Satz: LVD GmbH, Berlin
Gesetzt aus der Granjon
Druck und Bindearbeiten: Nørhaven, Viborg-Dänemark
ISBN 978-3-548-06752-0

ullstein

SÖNKE WORTMANN, geboren 1959, studierte Regie an der Hochschule für Fernsehen und Film in München sowie am Royal College of Art in London. Mit Filmen wie *Der bewegte Mann*, *Das Wunder von Bern*, *Die Päpstin* und *Der Vorname* begeisterte er Millionen von Zuschauern. *Es gilt das gesprochene Wort* ist sein Romandebüt.

Für Elsa, Hugo und das Gretchen

Die ganze Kunst der Sprache besteht darin, verstanden zu werden.

(Konfuzius)

PROLOG

Anne Geneviève de Bourbon-Condé war übellaunig. Die Herzogin von Longueville war jetzt neunundzwanzig Jahre alt, nach Meinung ihrer Zeitgenossen eine der schönsten Frauen Frankreichs, von adeliger Herkunft, einigermaßen glücklich verheiratet und allgemein beliebt. Doch sie hatte Sehnsucht nach Paris, nach den Salons, nach den Theatern und Banketten, die ihre Freundinnen aus der Hautevolee gerne für sie gaben. Und nach Francois IV., dem Prinzen von Marcillac (und späteren Herzog von La Rochefoucauld), in den sie heimlich verliebt war. Viel zu lange schon saß sie nun in dieser kleinen, stinkenden Stadt im Westfälischen fest, von deren Existenz sie zuvor nicht einmal gehört hatte: Münster. Jetzt, Anfang des Jahres 1647, wollte sie endgültig weg von hier, aber das war nicht leicht zu bewerkstelligen, war sie doch die Frau von Henri II. d'Orléans-Longueville, dem Leiter der französischen Delegation. Dieser sollte für sein Land und seinen noch minderjährigen König zu den bestmöglichen Bedingungen einen Krieg beenden, der nun schon beinahe dreißig Jahre andauerte. Der Herzog liebte seine Frau, war stolz auf ihre Schönheit und versuchte, sie mit allerlei Annehmlichkeiten und Sensationen gewogen zu halten. Er verfügte über die schönsten und größten Kutschen weit und breit, hatte stets drei Dutzend Köche für seine Entourage in Lohn und Brot und ließ einmal sogar einen echten Elefanten herbeischaffen, der von den Münsteranern sehr bestaunt wurde. (Die Madame selbst fiel allerdings nicht vor Entzücken in Ohnmacht, sie hatte das arme Tier mit dem Namen »Hansken« bereits einige Jahre zuvor in Paris gesehen.) Es half alles nichts. Anne Geneviève wurde zunehmend schwermütig – was auch einer fortgeschrittenen Schwangerschaft sowie der Nachricht vom Tode ihres Vaters geschuldet war – und reiste schließlich ab.

Der Auslöser für ihren unfreiwilligen Aufenthalt lag lange zurück und ereignete sich 1618, ein knappes Jahr, bevor die Herzogin überhaupt das Licht der Welt erblicken sollte. Viele Meilen weiter östlich, im Königreich Böhmen, war die Lage angespannt. Nach der Reformation hatten sich zwei religiöse Lager gebildet, von denen das der Protestanten immer mehr Zulauf erhielt, was dem König von Böhmen (und später auch Kaiser des Heiligen Römischen Reichs Deutscher Nation) gar nicht gefiel. Gleich zu Beginn seiner Amtszeit schränkte Ferdinand II. die Religionsfreiheit für die Protestanten ein und ließ unter anderem Kirchen schließen und zerstören. Am 23. Mai eskalierte die Situation. Nach einer Versammlung zogen etwa 200 protestantische Vertreter der böhmischen Stände unter Führung des Heinrich Matthias von Thurn zur Prager Burg und warfen, nach einem kurzen Schauprozess, zwei katholische Statthalter des Kaisers aus dem Fenster, dazu noch den Sekretär Philipp Fabricius (der später vom Kaiser geadelt wurde und den sinnigen Titel »von Hohenfall« erhielt). Alle drei überlebten den Sturz aus 17 Metern Höhe, was von den beiden Lagern natürlich unterschiedlich bewertet wurde. Die Katholiken dankten der Jungfrau Maria, die diese Rettung angeblich möglich gemacht hatte, die Protestanten brachten einen Misthaufen ins Spiel, der sich unter dem Fenster angesammelt hatte. Ein Misthaufen im Burghof? Ausgerechnet dort, wo die Defenestrierten hingestürzt waren? Oder waren vielleicht doch die Fenster zu klein gewesen, als dass man die drei mit dem nötigen Schwung hätte hinauswerfen können? Dafür spricht die Aussage des ersten Opfers, des Grafen von Martinitz, der verletzt nach oben blickte und sah, wie man dem Grafen Slavata »die Finger seiner Hand, mit der er sich festgehalten hatte, bis aufs Blut zerschlagen hatte«, bevor man ihn schubste. Und war vielleicht auch das Dach unterhalb des Fensters zu schräg, sodass sie eher hinunterrutschten als fielen, wie Historiker vermuten? Wie dem auch sei, die Aufrührer schossen den Verletzten noch ordentlich Gewehrkugeln hinterher, die aber konnten sich ins nahe gelegene Haus der katholischen Adligen Polyxena von Lobkowicz retten, wo sie Schutz und Zuflucht, mit anderen Worten: Asyl, erhielten.

Der Kaiser konnte sich diesen Affront auf keinen Fall bieten lassen. Mit der Unterstützung des Herzogs Maximilian von Bayern schickte er mehr als dreißigtausend Soldaten nach Prag, die sich am »Weißen Berg« bewaffneten protestantischen Rebellen gegenübersahen, die zahlenmäßig zwar weit unterlegen waren, aber auf dem Hügel die strategisch bessere Position innehatten. Eines Morgens im November 1620 kam ein Mönch mit einem Bildnis der Heiligen Familie, auf dem der Jungfrau Maria (und allen anderen mit Ausnahme des Jesuskindes) die Augen ausgestochen waren, ins Lager zurück. Schnell wurden die Protestanten als Frevler und Bilderschänder gebrandmarkt (was sicher weder die ersten noch die letzten Fake News in der Geschichte von Kriegen und Kriegstreibern waren), und nun gab es kein Halten mehr. Unter lautem »Santa Maria!«-Kriegsgeheul machten die Angreifer kurzen Prozess mit den böhmischen Verteidigern.

Eine umfassende Rekatholisierung, die mit einer großen Migrationsbewegung einherging, war die Folge. Dreißigtausend Flüchtlinge waren gezwungen, nach Westen zu ziehen, und sorgten unterwegs für kleinere und größere Scharmützel. Die Kaiserlichen zogen weiter nach Norden, wo sich das Königreich Dänemark sogleich bedroht fühlte und mobilmachte. Andere Staaten taten es ihm gleich, ein Bündnis ergab das nächste, sodass sich auch Frankreich, Spanien und schließlich Schweden genötigt sahen, ihre Religion zu verteidigen (und vor allem ihre Gebietsansprüche militärisch geltend zu machen).

Dreißig Jahre und fünf Millionen Tote später war von deutscher Seite der kaiserliche Gesandte Isaak Volmar für die Verhandlungen zuständig, nachdem der eigentliche Delegationsleiter, Graf von Trauttmansdorff, krank und frustriert nach Wien abgereist war. Fünf Jahre schon dauerten die Verhandlungen, der Krieg war von keiner Seite mehr zu gewinnen. Die Deutschen waren mit Spanien verbündet, die katholischen Franzosen inzwischen mit den protestantischen Schweden. Wallenstein, der kaiserliche Feldherr, befehligte bis zu seiner Ermordung 1634 unter anderem auch eine erhebliche Anzahl von Protestanten in seinem Heer, weil sie bei ihm besser bezahlt wurden. Da sollte noch einer von »Religionskrieg« sprechen, dachte Volmar.

Die Niederländer führten überdies ihren eigenen Unabhängigkeitskrieg gegen Spanien, was die Sache nicht einfacher machte. Die deutschen Reichsstände (Grafschaften, Herzogtümer, Städte und Stadtstaaten) machten auch Probleme, hatten doch auch sie meist unterschiedliche Interessen, und schmiedeten wechselnde Allianzen. Die Franzosen schienen am Frieden nicht wirklich interessiert, die Schweden waren sich sogar untereinander nicht einig. Hier in Münster (und Osnabrück, dem zweiten Verhandlungsort) beharkten sich die Gesandten Salvius und Oxenstierna, der mehr an Gelagen mit Prostituierten Gefallen fand als an ernsthaften Verhandlungen, gegenseitig. Wie konnte dieser Knoten nur gelöst werden?

Immerhin lag nach fünf Jahren Verhandlung so etwas wie eine Einigung in der Luft, sowohl was die unterschiedlichen Gebietsansprüche als auch die religiöse Frage betraf. Diese sollte abschließend gelöst werden. Eine »Wahrheit«, darüber war man sich mittlerweile einig, gab es in diesem Punkt nicht, deshalb sollten der katholische und der evangelische Glaube vollkommen gleichgestellt werden. So wollten es am Ende auch die Reichsstände, die Kaiser Ferdinand (mittlerweile dem dritten) ein Ultimatum stellten: Anerkennung oder völlige Isolation. Wie würde der Kaiser darauf reagieren? Ein Bote brachte die Depesche mit dem kaiserlichen Siegel, aber Volmar war, zu seinem eigenen Schrecken, außerstande, den chiffrierten Text zu entschlüsseln. Die Reichsstände witterten Betrug, der Kaiser wolle weiterhin auf Zeit spielen! Und nach Tagen voller Schlaflosigkeit, Verzweiflung und quälender Suche nach dem Schlüssel fand ihn Volmar im letzten Moment doch noch: »Pax sit«, schrieb der Habsburger Herrscher. »Friede soll sein.«

Der »Westfälische Friede« war in trockenen Tüchern, eine diplomatische Glanzleistung ohne Beispiel in der Weltgeschichte. Er gilt als Beginn einer Entwicklung, an deren Ende das heutige Völkerrecht steht, und wurde zum großen Vorbild vieler späterer Friedenskonferenzen, auch weil er dem Prinzip der Gleichberechtigung der Staaten, unabhängig von ihrer tatsächlichen Macht, den Weg ebnete. Am 25. Oktober 1648 wurde er in Münster öffentlich verlesen – und auch Anne Geneviève musste sich keine Sorgen mehr machen, zu einer Rückkehr genötigt zu werden. Sie war ohnehin wieder schwanger.

1

Klenke saß in einem beigefarbenen Ledersessel und beobachtete im Spiegel, wie der bärtige Hipster an seinen Haaren herumschnippelte. Zunächst lief alles gut, Klenke hatte keine Lust auf Konversation und war froh, dass der Mann hinter ihm schweigend seine Arbeit machte. Dann aber doch die obligatorische Frage.

»Where are you from?«

Klenke versuchte, seiner Antwort etwas Kategorisches zu verleihen, er wollte einen Punkt mitsprechen (nicht drei), um Nachfragen zu verhindern.

»Germany.«

Er wusste natürlich, dass der andere damit noch nicht zufrieden sein konnte. Wie ein Tscheche sah er nicht unbedingt aus, eher südländisch, vielleicht war er Grieche oder Italiener. Insofern war Klenkes Gegenfrage berechtigt, vor allem wollte er nicht unhöflich sein.

»And you?«

»Tunisia.«

Die Antwort überraschte ihn dann doch. Der Mann sah in keiner Weise tunesisch oder nordafrikanisch aus, und Klenke fragte sich unwillkürlich, wie lange der schon hier war. Wahrscheinlich vor dem ersten großen Flüchtlingsstrom 2015 eingereist, die restriktive Politik der osteuropäischen Staaten heutzutage ließ kaum einen anderen Schluss zu. Egal.

»What are you doing here in Prague?«

Diese Art Small Talk war Klenke unangenehm. In Deutschland hatte er seine Taktik, derlei aus dem Weg zu gehen, beinahe perfektioniert, seine zurückhaltende Ausstrahlung ließ diese Fragen selten zu, und zur Not konnte er sich immer hinter einer Zeitschrift verstecken. Das ging hier mit der tschechischen Ausgabe von GQ natürlich nicht.

»Business or vacation?«

Klenke war beruflich in Prag, aber wenn er das jetzt zugäbe, würde das nur weitere Fragen nach sich ziehen. Also:

»Vacation.«

Er musste an die deutschen Friseure und deren Namensgebung denken, die er oft wirklich grenzwertig fand. »Hair Müller« war noch akzeptabel, wenn der Inhaber so hieß, aber sonst? »Um ein Haar«, »Haarscharf«, »Vier Haareszeiten«, »Haargenau«, »AtmospHair«. Eine Zeit lang hatte er sich mit Georg, dem persönlichen Referenten des Finanzministers, einen Spaß daraus gemacht, die Läden mit den blödesten Namen zu fotografieren, und die schickten sie sich gegenseitig per WhatsApp, mal mit Selfie, mal ohne. »Kamm in«, »Hairport«, »Komm Hair«. Sein persönlicher Favorit war »Pasha's Haare'm«, gleich mit zwei Apostrophen an der falschen Stelle. Den sollte Georg erst mal toppen! Er selbst saß gerade hier im »Jet Set« (Czech & Slovak Winner 2014–2015 in der Kategorie »Colorist of the Year«). Die Tschechen waren also auch nicht unbedingt cooler beim Benennen ihrer Geschäfte. So hieß der Hotspot der Prager Restaurantszene tatsächlich »James Dean« (natürlich mit einem riesigen Porträt des Schauspielers an der Fassade). Allein aus diesem Grund würde es ihm nie einfallen, den Laden zu betreten. Er hatte mal in einer Werbeagentur gearbeitet, so etwas blieb nicht ohne Folgen.

»How long will you stay?«

Sein Friseur hatte nun offenbar vor, das ganze Programm

abzuspulen. Als Nächstes würde er fragen, ob ihm Prag gefalle, und genau so war es. Klenke fügte sich seinem Schicksal und erklärte wahrheitsgemäß, dass Prag (neben Lissabon) seine Lieblingsstadt in Europa sei und dass er immer wieder gerne herkomme, weil die Stadt wirklich wunderschön, die Moldau der schönste Fluss der Welt, die Restaurants fantastisch und die Menschen freundlich und gebildet seien. Natürlich viel zu viele Touristen, aber jetzt, nach den Sommerferien, ginge es. Und so weiter. Schließlich hielt ihm der andere einen Spiegel hinter den Kopf. Klenke war zufrieden. Gute Arbeit. Er war jetzt dreiunddreißig Jahre alt, sein dunkles Haar begann dünner zu werden, aber dieser Tunesier hier konnte die ersten lichten Stellen besser kaschieren als so mancher Künstler bei Shan Rahimkhan. Er zahlte mit seiner MasterCard, ging noch einmal zurück nach hinten, um dem Mann ein gutes Trinkgeld zuzustecken, und trat hinaus in den, nun ja, Prager Herbst.

Klenke war in der Tat beruflich hier in Prag, und zwar im Auftrag seines Landes, der Bundesrepublik Deutschland. Sein Chef war Außenminister Hans Behring, er war sein Redenschreiber. »Speechwriter« war der englische Begriff, manchmal auch »Ghostwriter«, was Klenke insofern passender fand, weil Leute wie er nicht als Autoren ihrer Texte in Erscheinung traten, gewissermaßen also unsichtbar blieben wie ein Geist. Diesen Beruf gab es nachweislich schon seit zweitausend Jahren, im alten Griechenland hatte der sogenannte Logograf als Verfasser von Gerichtsreden eine wichtige Funktion. Klenkes Aufgabe war es, dem Außenminister ein inhaltlich, stilistisch und formal vortragsreifes Manuskript zu erstellen, welches auf dessen Persönlichkeit abgestimmt war und auch dem besonderen Ort des Vortrags Rechnung trug. Es war natürlich wesentlich heikler, eine

Rede zu schreiben, die in Israel gehalten würde als beispielsweise in der Schweiz. Wenn der deutsche Außenminister vor der Knesset sprach, hörten die Leute besonders genau hin, da musste jede Silbe stimmen.

Die Delegation aus Berlin war am späten Vormittag in Prag gelandet. Vom Flughafen war es direkt in die Prager Burg gegangen, zur Residenz des Präsidenten der Tschechischen Republik. Im Spiegelsaal war das Thema die sogenannte V4, die Visegrad-Gruppe, bestehend aus Tschechien, Ungarn, Polen und der Slowakei, und deren Haltung zur Flüchtlingspolitik. Diese stand nach wie vor im Widerspruch zu der von Deutschland geforderten Verteilung von Asylbewerbern mittels einer Quote. Andrej Babis, der Regierungschef, ließ sich aufgrund dringender Termine entschuldigen, ein klares Signal, dass er kein Interesse hatte, sich mit den Vorschlägen eines deutschen Außenministers zu befassen. Unter der Kanzlerin machte er es nicht. Um die Deutschen nicht zu brüskieren, gab es einen Termin bei Präsident Zeman, der aber erwartungsgemäß unverbindlich blieb. Viel entscheiden konnte er, ähnlich wie der deutsche Bundespräsident, ohnehin nicht. Nach dem Mittagessen im Restaurant Hergetova Cihelna, sehr malerisch direkt an der Moldau gelegen, begab man sich auf den Fußweg zum Palais Lobkowitz, dem Sitz der deutschen Botschaft. Vor ziemlich genau 30 Jahren befanden sich etwa 4000 geflüchtete DDR-Bürger auf dem Gelände, und zwar unter äußerst schwierigen Bedingungen. Außen hatten tschechoslowakische Polizisten die Botschaft umstellt, drinnen hatte Dauerregen alles in eine Schlammwüste verwandelt, es gab kaum etwas zu essen, und die Schlangen vor den hastig aufgestellten Toiletten waren so lang, dass sich manche direkt wieder hinten anstellten, nachdem sie vom Klo gekommen waren. Es gab auch immer wieder Streit und sogar Schlägereien mit vermeintlichen Stasispitzeln. Außenminister Genscher, der direkt von Verhandlungen mit seinem Kollegen Schewardnadse aus Moskau herbeigeeilt war, trat um 18:57 Uhr auf den Balkon der Botschaft, um die berühmten Sätze für die Geschichtsbücher zu sprechen, die schließlich im Jubel untergehen sollten:

»Liebe Landsleute, wir sind zu Ihnen gekommen, um Ihnen mitzuteilen, dass heute Ihre Ausreise ...« Ab hier war Genscher nicht mehr zu verstehen. »... in die Bundesrepublik Deutschland möglich geworden ist.« So ging dieser Satz weiter, wie Klenke jetzt auf einer kleinen Gedenktafel lesen konnte, die auf ebenjenem Balkon aufgestellt war. Ob man dafür wohl einen Redenschreiber brauchte? Eher nicht. Es war ja auch keine Rede, sondern eher eine Mitteilung. Oder wollte Genscher noch viel mehr sagen? Man wusste es nicht.

Es gab dann noch einen Fototermin auf dem berühmten Balkon, gefolgt vom Grußwort des Botschafters und der Rede Behrings. Reine Routine für Klenke, so etwas schüttelte er sich mittlerweile aus dem Ärmel. 1989, Prager Botschaft, Atem der Geschichte, Mauerfall, samtene Revolution hier in Tschechien, von Willy Brandt über Gorbatschow zu Václav Havel, dem Lyriker, der am 29. Dezember zum Präsidenten der Tschechen gewählt wurde. Skurril wurde es nur noch anschließend, im Innenhof der Botschaft. Der Programmpunkt hieß »Zusammentreffen mit ehemaligen Botschaftsflüchtlingen«. Vier von ihnen (zwei Männer, zwei Frauen) wurden dem Außenminister zugeführt und schilderten ihre Erlebnisse. Wie sie in ihrer Verzweiflung alles hinter sich zurückließen, Freunde und Familie, wie sie unter großem Risiko nach Prag reisten, wie sie ihre Trabi-Schlüssel an einen Baum pinnten in der Hoffnung, ihn nie wieder fahren zu müssen, wie sie an vielen Polizisten vorbei über den Zaun auf das Gelände der Botschaft kletterten, hinter ihnen die Stasischergen, die an ihnen zerrten, um genau das zu verhindern. Als Behring den Vergleich mit der Situation der Flüchtlinge von heute herstellte, blickte er in fragende Augen. Keiner der vier war der Meinung, das eine habe mit dem anderen zu tun. Dafür gaben sie Behring mit auf den Weg, sich doch bitte bei der Kanzlerin dafür einzusetzen, dass die Grenzen endgültig dichtgemacht würden.

Normalerweise dauerte so ein Arbeitsbesuch innerhalb Europas nicht länger als einen Tag, aber Behring, der am kommenden Nachmittag die Ehrendoktorwürde der Universität Linz erhalten sollte, lag noch ein weiterer Termin am Herzen. Sein Vater war im Zweiten Weltkrieg als Garnisonspfarrer in der Tschechoslowakei stationiert gewesen, die ja ganz besonders unter den Besatzern zu leiden hatte. Er wollte anlässlich einer Ausstellungseröffnung zu diesem Thema am nächsten Vormittag in der Kirche St. Cyrill und Method sprechen, die Delegation blieb also über Nacht und hatte, was eher selten vorkam, ein wenig Zeit, sich die Stadt anzusehen. Klenke ging, nachdem er vom Friseur gekommen war, noch einmal zurück auf die Kleinseite, hoch zu einem Seitenflügel des Alten Königspalasts, wo seinerzeit der Prager Fenstersturz den Dreißigjährigen Krieg ausgelöst hatte. Schwer vorstellbar, wie die drei defenestrierten Katholiken das überlebt und sich im Palais Lobkowitz in Sicherheit gebracht haben sollten. Palais Lobkowitz? Hieß nicht so auch das Gebäude, in dem die deutsche Botschaft untergebracht war? In dem fast vierhundert Jahre später die DDR-Bürger Zuflucht gefunden hatten? Klenke beschloss, das später einmal nachzulesen.

Auf dem Rückweg fiel ihm ein Schild auf, das auf ein Museum für den Schriftsteller Franz Kafka hinwies, der ja in Prag gelebt und gearbeitet hatte. Vielleicht würde er dort

Inspiration für die Rede finden, die er heute Abend schreiben wollte und die Behring, das hatte er sofort gespürt, viel wichtiger war als das Geplänkel vorhin in der Botschaft. An Kafka hatte sich Klenke in der Schule zwar immer die Zähne ausgebissen, aber vielleicht würden ihm heute Einsichten beschert, für die er damals zu jung gewesen sein mochte. Dem war aber nicht so.

Es gibt nur zweierlei: Wahrheit und Lüge. Die Wahrheit ist unteilbar, las er eine Inschrift des Meisters an der Wand, *kann sich also nicht selbst erkennen. Wer sie erkennen will, muss Lüge sein.* Noch immer musste Klenke solche Sätze mehrfach lesen, ohne danach sicher zu sein, was sie bedeuteten.

Auch das ist vielleicht nicht eigentlich Liebe, wenn ich sage, dass Du mir das Liebste bist. Liebe ist, dass Du mir das Messer bist, mit dem ich in mir wühle.

Einmal mehr beschloss Klenke, doch lieber seinen Russen treu zu bleiben. Tschechow, Bulgakow, Tolstoi – das waren seine Helden der Literatur und würden es immer bleiben. Und natürlich Dostojewski! Niemand vermochte es besser, komplexe Geschichten so zugänglich zu erzählen, als der verehrte Fjodor Michailowitsch!

Er ging zurück über die Čech-Brücke ins Zentrum und stieg an der Station Staroměstská tief hinunter in die Metro. Er liebte es, mit der U-Bahn zu fahren, wahrscheinlich seit London, wo er darauf angewiesen gewesen war. Aber auch später in München und Berlin war das so geblieben, obwohl er sich da längst Taxis hatte leisten können. Nirgendwo sonst konnte er Menschen besser beobachten und sich für den einen oder anderen eine Biografie ausdenken. Er stieg in Můstek um und war zwei Stationen später am Karlovo náměsti, dem Karlsplatz. Hier stand, um die Ecke in der weitläufigen Resslova-Straße, die Kirche St. Cyrill und Method. Klenke ging hinein, schaute sich um und machte sich mit dem Gebäude vertraut. Hier würde morgen der Termin stattfinden, der Behring so am Herzen lag. Und je wichtiger ein Termin, desto wichtiger auch die Rede, die er zu schreiben hatte. Natürlich würde Behring noch einmal drüberlesen und einzelne Formulierungen ändern, denn am Ende galt selbstverständlich das gesprochene Wort. Aber im Großen und Ganzen blieb es meist so, wie er, Klenke, es aufgeschrieben hatte. Weil er Behring kannte wie sonst nur dessen Frau.

Klenke schauderte, als er sich in der Kirche umsah und sein Blick auf den Eingang der Krypta fiel, Schicksalsort der Geschichte und Symbol des Widerstands gegen die Deutschen. Ursprung des Blutbads war das Attentat auf Reinhard Heydrich gewesen, der einzig erfolgreiche Anschlag während des Zweiten Weltkriegs auf eine führende Nazigröße. Der »Reichsprotektor in Böhmen und Mähren« leitete die berüchtigte Wannsee-Konferenz im Januar 1942 und war damit der maßgebliche Organisator des Holocaust. Ende des Jahres ging er in die besetzte Tschechoslowakei, ergriff sogleich drakonische Maßnahmen gegen die Zivilbevölkerung und baute die österreichische Festung Theresienstadt zum Konzentrationslager um. Man nannte ihn fortan den »Schlächter von Prag«.

Es gab aber auch Widerstand. Nach dem Einmarsch der Deutschen war ein Teil der tschecheslowakischen Regierung nach England geflohen. Präsident Edvard Beneš ließ in der Heimat immer wieder Sabotageakte durchführen, auch um das eigene Ansehen zu festigen. Der große Coup sollte jetzt folgen. Von britischen Soldaten ausgebildet, sprang eine Eliteeinheit von Widerstandskämpfern nachts über der Heimat ab, um dort Kontakt mit dem Untergrund aufzunehmen und das Attentat vorzubereiten. Für die Operation selbst wurden zwei Männer ausgewählt, die beide Landesteile repräsentierten, der Slowake Jozef Gabčík und der Tscheche Jan Kubiš (der seinen verletzten Landsmann Karel Svoboda ersetzte). Beide bezogen am 27. Mai 1942 in einer Straßenkurve im Vorort Libeň Stellung und erwarteten Heydrich, der mit Fahrer und Dienstwagen unterwegs von seinem Landgut Panenské Břežany zur Prager Burg war. Als der Wagen in die Kurve einbog, wollte Gabčík das Feuer eröffnen, aber die Waffe hatte Ladehemmung. Schnell warf Kubiš eine Handgranate auf den Wagen, erwischte jedoch nur den hinteren Radkasten. Dessen Splitter trafen Heydrichs Körper. Dieser wurde sofort im nahe gelegenen Bulovka-Krankenhaus operiert, Heinrich Himmler entsandte sogar seinen Leibarzt. Zunächst schien sich der Patient zu erholen, dann aber trat eine plötzliche Verschlechterung seines Gesundheitszustandes ein. Vermutlich waren nicht erkannte Partikel der Polsterung des Wagens in die Bauchhöhle gelangt, was zu einer Blutvergiftung führte. Heydrich fiel ins Koma und starb am 4. Juni.

Die Attentäter konnten fliehen und tauchten mithilfe des Bischofs Pavlík in ebenjener Kirche unter, in der Klenke gerade stand. Die deutschen Besatzer spürten sie erst mit der Hilfe des verhafteten Widerstandskämpfers Karel Čurda auf. Für 500 000 Reichsmark verriet er die Adressen von sogenannten »sicheren Häusern«, auch das der Familie Moravec im Stadtteil Žižkov. Während der Durchsuchung nahm sich Frau Moravec mit einer Zyankali-Kapsel das Leben. Ihr 16-jähriger Sohn wurde gefoltert, gab aber erst beim Anblick des abgetrennten Kopfes seiner Mutter (verbunden mit der Drohung, den des Vaters in Kürze dazuzulegen) den Aufenthaltsort von Kubiš und seinen Freunden preis.

Wenig später versuchte ein SS-Kommando, die Kirche zu stürmen. Nachdem sie damit keinen Erfolg und beträchtliche eigene Verluste zu verzeichnen hatten, fluteten sie das Gebäude mit Unterstützung der Feuerwehr und setzten Tränengas ein. Die Attentäter ergaben sich dennoch nicht, flohen unter Flüchen und Absingen ihrer Nationalhymne in die Krypta und erschossen sich schließlich dort.

Der Bischof wurde zusammen mit drei weiteren Mitarbeitern in einem Schauprozess zum Tode verurteilt und kam einen Tag später vor ein Erschießungskommando. Die »Vergeltungsmaßnahme« der Nazis in den Dörfern Lidice und Ležáky, der Hunderte Zivilisten, auch Frauen und Kinder, zum Opfer fielen, ging als eines der größten Kriegsverbrechen jener Zeit in die Geschichte ein.

Später im Hotel googelte Klenke noch ein bisschen zum Thema. Er war immer wieder erstaunt, was man im Netz an bewegten Bildern finden konnte, auch 70 Jahre später. Hier war es die Hinrichtung von Polizeichef Karl Hermann Frank, der die Ermordung der Einwohner von Lidice und Ležáky angeordnet hatte. Dieser hatte sich in den Wirren der letzten Kriegsjahre aus Prag absetzen können und stellte sich den Amerikanern. Als die jedoch herausfanden, mit wem sie es da zu tun hatten, wurde er kurzerhand an die Tschechoslowakei ausgeliefert und zum Tode verurteilt. Zum Einsatz kam, vor mehreren Tausend Schaulustigen, ein Würgegalgen, eine österreichische Erfindung. Klenke sah, wie Frank an einem Pfahl hochgezogen wurde und eine Schlinge um den Hals gelegt bekam. Daraufhin wurde er von zwei Gehilfen ruckartig nach unten gezogen, ein dritter hielt ihm Mund und Nase zu. Die Schlinge sorgte für eine sofortige Unterbrechung der Blutzufuhr. Frank zuckte noch einmal kurz, dann war er tot.

Nachdem er das gesehen hatte, war für Klenke an Schlaf erst mal nicht zu denken. Er zog seinen Trainingsanzug und die Laufschuhe an, verließ das Interconti-Hotel und stieg am anderen Moldau-Ufer die vielen Treppen zum Letná-Park hinauf, von dem man die beste Sicht auf Prag hat. Was für eine wunderschöne Stadt! In der Dämmerung lief er zunächst nach links bis zu den Gärten des Hradschin, dann etwa drei Kilometer in die entgegengesetzte Richtung, bis es nicht mehr weiterging. Dann noch einmal hin und noch einmal zurück. Jetzt kam er langsam in seinen Rhythmus, dann hatte er die besten Ideen. Von Süden her rauschte der Verkehr zu ihm hinauf, aus der Gegenrichtung wehte Torjubel aus dem Stadion von Sparta Prag herüber. Noch einmal hin und her, dann war es dunkel, und Klenke wusste, was der deutsche Außenminister am nächsten Tag sagen würde.

2

Mitten in der Nacht, mitten in der Wüste wachte Schröder auf. Er hatte einen Traum gehabt, der sehr real war. Und sehr romantisch. Er hatte sich unsterblich in ein Kamel verliebt und das Kamel sich auch in ihn. Es lag vor ihm, den großen Kopf auf dem Sand, und blickte ihn aus tief türkisfarbenen Augen an. Die schönsten Augen, die er je gesehen hatte! Schröder umarmte das Tier, fühlte sich geborgen und geliebt und war fassungslos vor Glück. Dann holte ihn das Bellen eines Hundes zurück in die Realität.

Langsam kam er zu sich und krabbelte umständlich aus seinem kleinen Zelt, das nur Platz für eine Matratze und ihn selbst hatte.

»Alles klar, Schröder?«, fragte Simon aus dem Nachbarzelt, der offenbar nicht schlafen konnte. Ein Zelt weiter schnarchte Heinrich leise vor sich hin.

»Alles gut«, erwiderte Schröder, ging ein paar Schritte durch den Sand, der ein wenig vom Sternenhimmel erhellt war, sodass er die Umrisse des kleinen Camps wahrnehmen konnte. Dann schaute er nach oben. Der Nachthimmel war in der Tat beeindruckend, zugegeben. Aber sonst?

Zu dritt waren sie am Morgen in Rabat aufgebrochen, als es dort noch dunkel war. Simon, der dort in der deutschen Botschaft im Politikreferat für den Bereich Flucht und Migration zuständig war, Heinrich aus der Visaabteilung und er, Schröder. Sie hatten sich zwei Tage Urlaub genommen, um endlich mal über ein verlängertes Wochenende eine Safari durch die Wüste zu machen, weswegen seine Frau Marysol heftig mit ihm in Streit geraten war. »Nie« würde er sich um die Kinder kümmern. Zwei Kollegen aus Südkorea, die sie vor Ort treffen wollten, waren ebenfalls dabei. »Into the Silence« nannten sie die Unternehmung, man wollte ein paar Tage schweigend miteinander verbringen und dann und wann, unter Anleitung der Koreaner, meditieren. Simon hatte darauf bestanden, zu dritt mit seinem Auto anzureisen, hatte aber offenbar die Dimensionen des Landes unterschätzt. Allein bis Marrakesch brauchten sie dreieinhalb Stunden, nach einem kurzen Snack ging es weiter über den Atlas, für Schröder eine Tortur. Immer höher schlängelten sich die Serpentinen, er traute sich kaum nach links oder rechts aus dem Fenster zu gucken. Wie viele Touristen hier wohl schon abgestürzt und tödlich verunglückt waren? Es ging auch nur sehr langsam vorwärts, meistens hatten sie einen Lastwagen oder einen Viehtransporter vor sich, der sich auf über 3000 Meter hinaufquälte. Ein Überholmanöver wäre lebensgefährlich gewesen. Das änderte sich auch auf der anderen Seite nicht, als es wieder abwärts ging. Hier schlief Schröder vor Erschöpfung kurz ein, um dann aber umso heftiger aufzuwachen, als das Auto, ein 20 Jahre alter Mercedes, nach einem Knall ruckartig zum Stehen kam. Simon hatte ein Schaf erwischt und stieg aus. Von innen sah Schröder, wie der Schafhirte, der mit einer ganzen Herde die Straße überqueren wollte, laut auf Simon einschimpfte. Das Schaf lag am Boden und lebte noch, konnte aber nicht aufstehen. Zum Glück sprach Simon, im Gegensatz zu Schröder, fließend Französisch, und auch Heinrich brachte sich ein. So wurde man offenbar handelseinig. Simon zählte dem Schäfer ein paar Scheine in die Hand, woraufhin dieser zum Messer griff, dem Tier die Kehle durchschnitt und es mitnahm. Schröder stieg nun ebenfalls aus und übergab sich am Straßenrand.

Fünf weitere Stunden dauerte die Fahrt, die Schröder endlos vorkam, vorbei an Ouarzazate und durch Zagora. Links und rechts nichts als Schotter, im Hintergrund Berge, ab und zu mal ein verarmtes Dorf im Staub. Als sie schließlich Mhamid erreichten, kurz vor der Grenze zu Algerien, und dort das Basecamp des Veranstalters, war alles startbereit. Die Koreaner zickten ein bisschen rum, weil sie so lange hatten warten müssen, die Kamele waren schon gesattelt und beladen, und ihre Treiber mahnten zur Eile, weil 60 Kilometer vor ihnen lagen, die in drei Tagen geschafft werden wollten. Und das erst mal zu Fuß, weil die Tiere hier, in der Nähe des Dorfes, noch schreckhaft sein könnten, wie zumindest Simon es verstanden hatte. So machten sie sich auf den Weg, drei Deutsche, zwei Koreaner, vier Treiber und neun Kamele, die nicht nur die Touristen, sondern auch Zelte und Verpflegung zu tragen hatten.

Bereits nach den ersten Kilometern fing Schröder an, diesen Ausflug zu bereuen. Noch immer liefen sie neben den Tieren her, und an seinen Füßen bildeten sich erste Blasen von den Trekkingschuhen, die er sich extra gekauft, aber noch nicht eingelaufen hatte. Außerdem konnte von Stille keine Rede sein, quatschten doch die Berber in einer Tour, während sie die Kamele an ihren Zügeln nach Westen führten. Tapfer versuchten die anderen, sich per Gesten und Handzeichen zu verständigen, aber angesichts der arabischen Wortschwalle um sie herum wirkte ihr Schweigegelübde zunehmend absurd. Dennoch wollte keiner die Berber um Ruhe bitten, das hätten sie wohl nicht verstanden, und außerdem war es ja deren Land. Der älteste von ihnen erzählte offenbar einen Witz nach dem nächsten, und die übrigen lachten sich scheckig. Je mehr ihre Stimmung stieg, desto schlechter wurde Schröders Laune.

Er war jetzt 42 Jahre alt und mit seiner beruflichen Situation mehr als unzufrieden. Von einer Midlife-Crisis zu sprechen, war vielleicht übertrieben, aber was im letzten Jahr passiert war, musste man schon einen handfesten Karriereknick nennen, und der kam für ihn überraschend und tat weh.

Schröder war ein sogenanntes »Amtskind«. Seit er denken konnte, hatte er – wie schon sein Vater und sein Großvater – eine Laufbahn im höheren diplomatischen Dienst angestrebt. Das wurde auch von ihm erwartet, aber anders als manchen Kindern von Ärzten oder Anwälten, die von ihren Eltern, teils mit finanziellem Druck, in den gleichen Beruf gezwungen wurden, machte ihm dieser Druck nicht das Geringste aus, denn er wollte es ja selbst nicht anders. Sein Großvater (er war jetzt bald hundert und lebte immer noch) war, wenn auch in unglücklicher Zeit, unter anderem Botschafter in Moskau und Paris gewesen und durfte nach dem Krieg in Südafrika weitermachen, und auch sein Vater leitete ab 1957 so manche prestigeträchtige Botschaft, unter anderem in London und Ankara. Das traute Schröder sich auch zu. Er wusste, wie man eine Karriere als Botschafter anging: Nach dem Abitur gleich Wehrdienst bei den Fallschirmjägern, Eintritt in die CDU, Jurastudium in Passau und München, dort Abschluss zweites Staatsexamen, zwischendurch ein Erasmus-Jahr in Madrid. Noch immer waren Juristen im Auswärtigen Amt in der Mehrheit, wenn auch deutlich weniger als früher. Auch hatte der Anteil an Adeligen in der sozialliberalen Phase der Siebziger deutlich abgenommen, was er bedauerte, war er doch selbst von Adel. Nach dem Studium hatte er sich für den höheren Dienst im Auswärtigen Amt beworben, wurde aber (zu seiner eigenen Überraschung) abgelehnt. Offenbar hatte er die Sache zu sehr auf die leichte Schulter genommen. Im zweiten Anlauf klappte es dann, als einer von 50 aus etwa 1800 Bewerbern. Nun war er Attaché der 61. »Crew«, wie der Jahrgang 2007 genannt wurde. Nach 14 Monaten hatte man ihn als Legationsrat nach Santiago de Chile geschickt, wo er zwar nicht in der Politischen Abteilung, sondern bei der Kultur gelandet war, wo er aber immerhin Marysol, seine spätere Frau, kennenlernte. Ab da war alles planmäßig gelaufen, drei Jahre darauf war er, inzwischen verheiratet, zurück ins Auswärtige Amt nach Berlin gekommen, später nach Brüssel als Politischer Referent in die Arbeitsgruppe Lateinamerika, schließlich wieder nach Berlin als stellvertretender Referatsleiter in der Politischen Abteilung 3, Lateinamerika-Referat. Eigentlich ein ziemlich perfekter Lebenslauf für den nächsten und wichtigsten Schritt in Richtung Großbotschaft, denn nach etwa zwölf bis fünfzehn Jahren im Amt trennte sich noch einmal die Spreu vom Weizen mittels einer Beurteilung. Hier entschied sich, »wer Häuptling wird und wer Indianer bleibt«, wie sein Vater immer gesagt hatte.

Strategisch nicht unklug, hatte Schröder sich nicht für Washington oder Moskau beworben, das wäre zu früh zu ambitioniert gewesen und hätte schiefgehen können, aber Abteilungsleiter Politik (und gleichzeitig stellvertretender Botschafter) in Tel Aviv, das hielt er ohne Weiteres für angemessen. Aber wohin hatte ihn dieses Arschloch von Personalleiter geschickt? Nach Rabat in Marokko! Quasi aufs Abstellgleis. Warum nicht gleich auf Besoldungsstufe 15 in den Tschad oder nach Südsudan? Was war da schiefgelaufen? War seine Beurteilung nicht gut genug gewesen – und wenn ja, warum nicht?

Er hatte Spielmann, seinen Unterabteilungsleiter in Berlin, in Verdacht. Dieser hatte mehrmals gute Texte von ihm übernommen. Hatte er sie als seine eigenen ausgegeben? Und ihn jetzt auflaufen lassen, als unbequemen Mitwisser? Es könnte aber auch an der Frauenförderung des Amtes gelegen haben, die nicht nur aus Schröders Sicht mittlerweile absurde Züge angenommen hatte. Wahrscheinlich wurde irgendeine jüngere Kollegin bevorzugt, nur weil das Auswärtige Amt meinte, in Sachen Gleichstellung aufholen zu müssen. Oder war es einfach nur seine Ausstrahlung? Schon auf der Diplomatenakademie in Tegel hatte man ihn während der Ausbildung nicht ohne Häme als »Stasa« bezeichnet. Das waren diejenigen Attachés, die aus jeder Pore ausstrahlten, dass als Karriereziel alles außer dem Posten des Staatssekretärs, des höchsten Beamten im Auswärtigen Amt, unter ihrer Würde war. Wie auch immer, jetzt war es zu spät, er kam nicht durch dieses berufliche Nadelöhr und war in diesem Shithole Country gelandet, wie Donald Trump es formuliert hätte.

Wieder war es der Hund, der ihn aus seinen Gedanken riss. Von Anfang an hatte er den Tross begleitet, jetzt stürzte er mit lautem Gebell auf eine Herde wilder Kamele zu, die den Kläffer aber nicht sonderlich ernst nahmen. Heinrich hatte anfangs einen Berber gefragt, was für ein Hund das denn sei, und die Antwort erhalten, der sei zugelaufen und gehöre nicht zu ihnen. Ein zweiter behauptete das Gegenteil: Der Hund sei seiner und heiße Max. Klar, dachte Schröder, garantiert so ein Touristending. Bei einer spanischen Gruppe heißt er dann Pepe und bei den Franzosen Jean-Jacques oder Jean-Yves. Immerhin nahmen die Kameltreiber die Unterbrechung zum Anlass anzuhalten, und sie durften endlich auf die Kamele.

Hier ging es Schröder nicht unbedingt besser. Mit Pferden kannte er sich aus, schon als Kind hatte er reiten gelernt, da seine Familie oft die Sommerferien auf der Hazienda eines

Großonkels in Argentinien verbracht hatte. Auf einem Kamel aber saß er zum ersten Mal, und das war etwas anderes. Er hatte gutes Sitzfleisch, allerdings war er Galopp gewohnt. Ein Kamel hingegen läuft im Passgang, die linken und die rechten Beine ziehen gleichzeitig nach vorne, was oben zu einem leichten Schaukeln führt. Jetzt wusste er, warum die Viecher auch Wüstenschiffe genannt wurden. Er wurde sofort seekrank und musste sich zusammenreißen, um nicht erneut zu kotzen. Und dazu brachten ihn diese Koreaner noch um den Verstand. In ihrem knallgelben Partnerlook mit Turban, dicken verspiegelten Sonnenbrillen, Gesichtsschleier gegen Fliegen sowie einer Art Schienbeinschoner gegen Schlangen (gab es hier etwa Schlangen?) ritten sie gerade freihändig der untergehenden Sonne entgegen, die Arme zum Himmel erhoben, was wohl eine Meditation sein sollte. Am liebsten hätte er sie von ihren Kamelen geschubst.

Den Berbern war nun offenbar der Gesprächsstoff ausgegangen, dafür sangen sie jetzt, wahrscheinlich arabische Volkslieder. Als sie den Platz für das erste Nachtlager erreicht hatten, war Schröder fix und fertig. Die Berber bauten die Zelte auf und kochten, alle aßen gemeinsam.

Wenig später war es stockdunkel. Schröder schaute nach oben. Der Himmel über der Wüste. Er suchte ihn nach dem Großen Wagen ab, dem einzigen Sternbild, das er kannte, und fand ihn schnell. Dann fiel ihm sein Kameltraum wieder ein. Wie das Tier wohl heißen mochte? Sie hatten sich umarmt, und es war eine tiefe Verbundenheit zwischen ihnen gewesen. Er fühlte sich verstanden. Mit diesen Gedanken kletterte er in sein Zelt, denn es war Wind aufgekommen und er fror, sicher auch vor Müdigkeit. »Schlaf gut, Schröder«, kam es flüsternd aus dem Nachbarzelt.

»Auch so«, dachte Schröder, der eigentlich von Schröder

hieß. Cornelius von Schröder. Und mit diesem Namen hatte er Probleme, immer schon. Sein Vorname war okay, aber von Schröder? Das klang fast so schlecht und gewöhnlich wie von Meier oder von Schulze. Müllermeierschulze. Also irgendwie Hinz und Kunz. Deshalb hatte er auch nicht wirklich etwas dagegen, wenn man den Titel wegließ und ihn einfach nur Schröder nannte, das konnte man als Markenzeichen verstehen. Ein Mann ohne Vornamen, wie so mancher Westernheld in amerikanischen Spielfilmen. Schröder – ein Mann geht seinen Weg. Selbst die gleichnamige Figur aus der Comicserie »Peanuts« hatte ein Alleinstellungsmerkmal, war etwas Besonderes und teilte überdies seine eigene Bewunderung für Beethoven. Deutlich mehr zu schaffen machte ihm die Namensgleichheit mit dem früheren SPD-Bundeskanzler, den er schon lange vor dessen Engagement bei russischen Ölfirmen unerträglich fand. Da konnte ihn auch nicht trösten, dass ein recht erfolgreicher CDU-Politiker ebenfalls Gerhard Schröder hieß. Dieser war von 1961 bis 1966 als Außenminister sogar eine Zeit lang der Chef seines Vaters gewesen und unterlag später bei der Wahl zum Bundespräsidenten nur knapp dem Sozialdemokraten Gustav Heinemann. Wie gerne hätte er ähnlich geheißen wie Falk aus der Crew von 2008, Falk Freiherr Ritter zu Lobensteyn, da sorgte allein schon der Name für Aufmerksamkeit und Respekt, im Ausland sogar noch mehr als zu Hause. Da konnte »von Schröder« natürlich bei Weitem nicht mithalten, aber wenn es ihm allzu bunt wurde in mancher Diskussion und Debatte, warf er gerne mal ein »Für Sie immer noch VON Schröder« ein. Meistens reichte das, um dem Gegenüber zumindest ansatzweise dessen Unterlegenheit deutlich zu machen. Einmal jedoch hatte jemand genauer nachgefragt, und Schröder hatte zugeben müssen, dass seine Familiengeschichte nur drei Generationen nachzuvollziehen war und dann irgendwo im

Brandenburgischen versandete. Das war ihm eine Lehre gewesen. Er hatte ein bisschen hier und dort geforscht und tatsächlich einen gewissen Emil Friedrich Robert von Schröder ausfindig gemacht, der von 1807 bis 1894 im pommerschen Kohlberg gelebt hatte, Rittergutsbesitzer und Politiker gewesen war, studierter Jurist (wie er!) und Cameralwissenschaftler (was immer das sein mochte) und sogar für die »Konservative Partei« im Deutschen Reichstag gesessen hatte. Auf den wollte er sich fortan berufen. Da sollte ihm erst mal jemand das Gegenteil beweisen. Er war jedoch guter Dinge, dass niemand es je versuchen würde.

Der nächste Morgen begann früh und mit heftigem Palaver seitens der Berber. Heinrich fand heraus, dass zwei Kamele verschwunden waren. Offenbar hatten sie sich nachts losgerissen und waren einfach weg. Abdul, der Einzige, der ein wenig Englisch sprach (es war eher ein Kauderwelsch aus Englisch, Französisch und Deutsch), rannte sofort mit einem Fernglas auf einen kleinen Hügel in der Nähe, kam aber ohne Ergebnis zurück. Die anderen Berber suchten nach Spuren im Sand, fanden aber keine, da der Wind sie längst verweht hatte. Alle waren verzweifelt, kein Wunder, kosteten die Tiere doch, je nach Alter und Größe, zwei- bis dreitausend Euro pro Stück, also ein Vermögen für die Leute hier. Ob sie nun für den Schaden aufkommen mussten oder dieser Verlust dem Risiko des Safaribetreibers oblag, blieb im Dunkeln. Aber auch für die Reisegruppe hatte es Konsequenzen. Sie mussten sich jetzt mit dem Reiten abwechseln. Nur Heinrich durfte durchgehend oben bleiben, er machte sein relativ frisch operiertes Kreuzband geltend. Als Erstes kam Simon auf eine naheliegende Idee. Das mit dem Schweigegelübde sei doch Unsinn in Gegenwart der redseligen Berber. Alle waren einverstanden, ab sofort wieder zu kommunizieren, auch die Koreaner, die ohnehin bei jeder Gelegenheit auf das Display ihrer Handys blickten, was eigentlich gegen die Absprache war. Ein Netz war allerdings nicht zu erwischen, so sehr sie sich, warum auch immer, darum bemühten. Sie durften also ab jetzt wieder sprechen, und Schröder erfuhr, dass der eine der zweite Mann seiner Botschaft, der andere, wie es schien, sein fester Freund, ein Besucher aus Seoul war. Auch hörten beide auf den Namen Kim, worauf Schröder beschloss, sie für sich und zur besseren Unterscheidung Pit und Pat zu nennen. Pit und Pat vom Hallenbad.

Mittags, sie rasteten gerade unter einem der wenigen Bäume, die hier Schatten spendeten, erkundigte sich Schröder vorsichtig nach den Namen der Kamele, denn eines, das größte und erhabenste von ihnen, war definitiv jenes gewesen, von dem er geträumt hatte. Er rechnete fest mit »Jimmy« oder »Johnny« oder dergleichen, Abdul nannte jedoch einen arabischen Namen, den er mit »Blue« übersetzte. Die Kamele dieser Herde, erklärte er, würden nach Farben unterschieden, dieses hier hatte blaue Augen. Schröder hatte sie türkis in Erinnerung, aber nun gut. Blue döste im Sand, träge wiederkäuend. »Allah loves Kamele«, erklärte Abdul, »weil they can survive vier Wochen in the sauvage without trinken«, um dann aber binnen 15 Minuten 200 Liter Wasser aufzusaugen und zu speichern, wie Schröder verstand. Blue lächelte ihn an, oder vielleicht war das auch nur der Physiognomie seiner Mundpartie geschuldet, in der die großen Lippen einen sanften Bogen nach oben beschrieben.

Beim Abendessen war dann auch der Hund verschwunden, nur schien das diesmal keinen zu stören, denn geldwert war der ja nicht. Schröder bewunderte einmal mehr die Berber. Mit welcher Geschicklichkeit sie die Zelte aufbauten, fünf kleine und ein größeres Versorgungszelt. Er selbst hätte das wohl in Stunden nicht geschafft. Auch zauberte der Koch wieder ein derart köstliches Mahl auf den mitgebrachten Gasbrennern, wie es die meisten Restaurants in Berlin nicht hinbekommen hätten. Gemüsesuppe, frischer Salat, Tajine mit Hühnchen. Wie hatten sie die Zutaten nur konservieren können? Wenn einmal die westliche Zivilisation untergehen sollte, wofür ja manches durchaus sprach, diese Menschen hier würden überleben.

Nachts zog ein Sandsturm auf. Die Berber, die immer unter freiem Himmel nächtigten, drängten die Touristen in ihre Zelte, damit diese schwer genug waren, um nicht davonzufliegen, und waren selbst damit beschäftigt, das Versorgungszelt festzuhalten. Wie lange sie so dastanden, vermochte Schröder nicht zu sagen. Der Wind pfiff laut und zerrte gewaltig an den Zelten, trotzdem schlief er erstaunlich schnell ein und dann auch durch.

Einen Tag noch, dachte Schröder am nächsten Vormittag, dann ist das Ganze hier endlich vorbei. Er lief schon wieder seit vielen Kilometern neben Blue her, als ihm klar wurde, dass er schon seit drei Tagen nicht mehr »groß« gemacht hatte, wie es seine Mutter ausdrückte. Er wollte sich dafür nicht irgendwo hinter einem Hügel in den Sand hocken, diese Vorstellung fand er eklig. Aber ob er noch weitere 24 Stunden durchhalten würde? Und was, wenn es ihn plötzlich mitten in der Nacht überfallen würde? Er musste an den Bernhardiner eines Bekannten in Berlin denken, der immer ganz stolz darauf war, wie lange sein Köter »einhalten« konnte, wie er es nannte. Hundebesitzer waren ihm immer schon suspekt gewesen, besonders in Großstädten. Trotzdem fragte er sich, wie lange er selbst wohl noch einhalten könnte. Dieses Wort ging ihm jetzt nicht mehr aus dem Kopf.

Die Kamele zu seiner Rechten, geführt von den nun schweigsamen Berbern, überall Sand und Wüste, die Szene hatte etwas Biblisches. Schröder stellte sich vor, er sei Moses und führe sein Volk ins Gelobte Land.

»Wie hieß diese Wüste in der Bibel noch mal,« fragte er Simon, der neben ihm lief, »Gobi oder Sinai?« Dieser dachte auch ernsthaft darüber nach, bevor sich Heinrich von oben auf dem Kamel einschaltete.

»Weder noch, ihr Spacken! Gobi ist ein Trockengebiet in Zentralasien und Sinai ist keine Wüste, sondern eine Halbinsel in Ägypten.« Richtig, jetzt wusste er es auch wieder. Es musste an der Hitze liegen. Vielleicht sollte er doch lieber mehr Wasser trinken.

Abends, nach dem Essen vor dem Lagerfeuer, berichtete Pit von seinen Drogenerfahrungen in Amerika. Obwohl »Droge« ja nicht das richtige Wort sei, er würde Ayahuasca eher als Medizin bezeichnen. Schröder hatte einmal gelesen, dass es sich hier um ein Pflanzengebräu aus Südamerika handelte, mit dem man angeblich – ähnlich wie bei LSD – bewusstseinserweiternde Erfahrungen machen könne. Pit berichtete, wie er sich unter Anleitung eines Schamanen etwa eine Stunde nach Einnahme zunächst übergeben musste, was er als Reinigung empfunden habe, dann aber zu einem Käfer wurde und sich im tiefen Dunkel eines Sarges wiederfand, in dem er eingeschlossen war. Während Pat fasziniert an seinen Lippen hing, fragte sich Schröder spätestens jetzt, welchen Sinn diese Droge denn haben sollte. Er selbst hatte mal an einem Joint gezogen (und auch inhaliert), allerdings keinerlei Wirkung verspürt, abgesehen von einer großen Müdigkeit, die ihn erfasste, und das war schon zu viel Kontrollverlust für ihn gewesen. Pit war dermaßen beflügelt von seinem Bericht, dass er nicht vergaß, den anderen auch noch das Ergebnis seiner Meditation mitzuteilen, die er unmittelbar vor dem Essen absolviert hatte. Es würde nachts ein großer Sturm kommen, so hatte er es erfühlt, weit größer als der von letzter Nacht. Es sei wirklich höchste Gefahr im Verzug! Schröder war zwiegespalten. Einerseits bekam er es durchaus mit der Angst zu tun, ein schwerer Wüstensturm war nicht ungefährlich. Andererseits hoffte er auch leise, dass die Pit'sche Prognose eintreffen möge. Das wäre doch mal ein Hinweis darauf, dass es tatsächlich Dinge auf der Welt gab, die nicht rational zu erklären waren und keiner Logik folgten. Die Berber waren irritiert. Sie, die Söhne der Wüste, hatten bisher keine Anzeichen eines Sturmes wahrgenommen. So wartete Schröder schlaflos in seinem Zelt auf den großen Sturm und war fast ein wenig enttäuscht, dass er nicht kam.

Das Thema wurde am Morgen konsequent totgeschwiegen. Es war windstill wie seit Tagen nicht. Die Koreaner guckten ungläubig in den sonnigen Himmel, die Deutschen warfen sich vielsagende Blicke zu, und die Berber sahen zum ersten Mal müde und erschöpft aus. Sie waren die ganze Nacht wach geblieben. Man konnte ja nie wissen.

Zwei Jeeps brachten die Gruppe zurück ins Basecamp. Schröder fuhr mit den Koreanern und war nun doch stolz auf sich. Anderthalb Stunden dauerte die Fahrt zurück, 60 Kilometer hatten sie erlaufen, erritten und erlitten. Unterwegs erfuhr er, dass Pit und Pat von Zagora zurück nach Casablanca fliegen würden, das nur gut eine Stunde von Rabat entfernt war. Wie, in Zagora, also quasi um die Ecke, gab es einen Flughafen? Sollten doch die anderen mit dem Auto zurück, er hatte jedenfalls die Nase voll. Sein Sohn sei krank und er müsse schnell zurück, war seine Rechtfertigung gegenüber Simon und Heinrich, und es war ihm relativ egal, dass sie nichts sagten, es aber wohl nicht wirklich glaubten.

Sobald er wieder Netz hatte, buchte er sich auf dieselbe Maschine, nahm in Casablanca ein Taxi und war innerhalb kürzester Zeit zu Hause. Dort ging er als Erstes auf die Toilette und blieb lange sitzen.

3

Rede von Außenminister Dr. Hans Behring
in der Kirche St. Cyrill und Method zu Prag

»Verehrter Kollege Außenminister,
lieber Lukasz, sehr geehrte Gäste, meine Damen und Herren!

›Vergesst niemals! Schweigt niemals!‹ Dies waren, soweit unsere Überlieferungen reichen, die letzten Worte der beiden Widerstandskämpfer Jozef Gabčík und Jan Kubiš, die hier vor fast achtzig Jahren von einem Kommando der Waffen-SS in den Tod getrieben wurden. Wir wissen nicht genau, wer von den beiden die trotzigen Sätze durch die verriegelten Kirchentüren hinausrief. Ganz gewiss ist jedoch, dass der Ruf nicht den über 300 Deutschen galt, die die Kirche umstellt und mehrere Stunden vergeblich versucht hatten hineinzugelangen, bis sie schließlich die lokale Feuerwehr herbeiriefen, um die Kirche zu fluten und so die Kämpfenden niederzuzwingen. Nicht diesen Schergen galt ihr Ruf, sondern ihren eigenen Landsleuten.

›Lasst euch euren Kampfgeist nicht austreiben!‹, riefen die beiden in ihrer ausweglosen Situation den Pragerinnen und Pragern zu. Dann zogen sie sich vor den herein stürzenden Wasserfluten in die Krypta zurück und nahmen sich mit ihren Pistolen das Leben.

Meine Damen und Herren, Jozef Gabčík und Jan Kubiš wussten damals nicht, ob ihr Ruf gehört werden würde. Sie wussten nicht, ob irgendjemand außer den deutschen Mördern die tschechische Hymne hören würde, die sie in ihren letzten Lebensminuten gemeinsam sangen. Aber ganz offensichtlich wurden sie gehört! Ihre Mahnung wurde gehört, und es ist gut und richtig, dass wir sie heute wiederholen. Hier, am Ort des Geschehens, gemeinsam mit tschechischen und deutschen Zeitzeugen und Nachgeborenen. Der heutige Tag ist Teil des gemeinsamen Gedenkens von Tschechen und Deutschen, Teil jener schweren Arbeit von Erinnerung und Aufarbeitung, die im Jahr 2000 mit der Errichtung der Gedenkstätte in Lidice begann, später gefolgt von der Gedenksäule am Ort des Attentats auf Reinhard Heydrich. Heute wird die Kirche St. Cyrill und Method zum ersten Mal Ort des gemeinsamen Gedenkens. Ich danke allen, die diese wichtige Ausstellung ermöglicht haben, und gemeinsam mit ihnen allen dürfen wir sagen: Wir vergessen nicht und wir schweigen nicht – sondern wir gedenken gemeinsam als Tschechen und Deutsche der grauenvollen Verbrechen jener Tage.

Ich möchte Ihnen allen von meiner letzten Begegnung mit Lukasz erzählen. Sie liegt neun Wochen zurück. Damals war mein tschechischer Amtskollege zu politischen Gesprächen nach Berlin gekommen. Wir hatten mehrere Stunden in der Villa Borsig zusammengesessen und die vielen aktuellen Baustellen unserer Politik besprochen: die Eurokrise, die Friedensbemühungen der europäischen Außenpolitik im syrischen Bürgerkrieg und natürlich den Umgang mit den Millionen Menschen, die vor diesem brutalen Konflikt geflohen sind und Zuflucht bei uns in Europa suchen. Nach dem Abendessen saßen wir im Kaminzimmer beisammen und widmeten uns auch der Vorbereitung der heutigen Ausstellungseröffnung. Als wir darüber sprachen, sah Lukasz mich an und sagte: »Weißt du – ich hatte eine Großcousine, die war verheiratet mit einem Schuster in einem Dorf namens Lidice. Sie alle wurden 1942 ermordet. Ich habe sie nie kennengelernt.«

Lieber Lukasz, dieser Moment hat mich tief bewegt. Inmitten des politischen Alltags unserer beider Länder warf deine persönliche Bemerkung auf einmal ein Schlaglicht auf die historischen Abgründe dieser Beziehung. Dieser Moment hat mich auch deshalb so berührt, weil er lange schlummernde Erinnerungen bei mir geweckt hat. Auch die Spuren meiner eigenen Familie führen nämlich in jener Zeit nach Prag. Mein Vater war in den letzten Kriegsjahren in dieser Gegend eingesetzt. Viel wusste ich darüber nicht. In meiner Kindheit war wenig darüber gesprochen worden. Aber dieser Moment vor neun Wochen, lieber Lukasz, hat mich veranlasst nachzuforschen. Und so habe ich in den vergangenen Wochen in Erfahrung gebracht: Mein Vater war zur Zeit jener Geschehnisse Leutnant in der Wehrmacht. Anfang 1942 wurde er Feldseelsorger in der Stadtkommandantur Prag, im Reichsprotektorat Böhmen und Mähren. Heute, neun Wochen nach unserer Begegnung in der Villa Borsig, lieber Lukasz, muss ich dir also antworten, und ich will es auch Ihnen allen nicht verheimlichen: Ja, mein eigener Vater kannte diesen Reinhard Heydrich, den Schlächter von Prag, und er folgte seinen Befehlen. Er war nicht unmittelbar beteiligt an den Vergeltungsaktionen nach dem 27. Mai, aber er war sehr wohl sein Handlanger in der Verwaltung. So wie deine Großcousine, Lukasz, unter den Opfern war, muss ich heute bekennen: Mein Vater war unter den Tätern!

Meine Damen und Herren, ich bin heute nicht hier, um über meinen Vater zu richten. Ich bin nicht hier, um offene Schuldfragen zu klären. Sondern ich bin hier, um gemeinsam mit meinem Freund Lukasz den Opfern der nationalsozialistischen Verbrechen in Böhmen und Mähren zu gedenken. Und ich bin hier, um zu bekennen, wie nahe mir persönlich diese Geschehnisse gehen. Ich bin hier, um mich selbst und uns daran zu erinnern, wie dünn die Haut über den Wunden ist; wie wenig selbstverständlich der Frieden und die Freundschaft, die uns heute in Europa verbinden. Auch wenn wir das in unseren Nachrichtensendungen und Ministerräten gerne so sehen: Das vereinte Europa ist kein Idealkonstrukt zum gegenseitigen Nutzen, geräuschlos, effektiv, geradezu logisch zwingend. Sondern das vereinte Europa wurde einer dunklen Geschichte abgerungen, und die dunklen Seiten wirken bis heute. Europa ist nie nur rational – es ist voller böser Erinnerungen, Verletzungen und Ressentiments. Ob sie uns immer bewusst sind oder nicht – sie wirken fort. Gerade heute, in Zeiten von Eurokrise, Schuldenkrise, Flüchtlingskrise, spüren wir doch, wie dicht unter der Oberfläche die Ressentiments sitzen und wie gefährlich schnell sie hervorbrechen können. Und vor allem deshalb habe ich heute so offen über die Narben der Vergangenheit gesprochen. Ja, ich bin ganz persönlich geprägt von den Wunden unserer Geschichte. Lukasz ist es auch. Unzählig viele sind es in Europa. Ich sage das, weil ich glaube, meine Damen und Herren: Wer will, dass

Europa eine Zukunft hat, der muss seine Vergangenheit anerkennen – voll und ganz. Und in diesem Sinne will ich am Ende die Mahnung der beiden Helden noch einmal wiederholen: Vergesst niemals! Schweigt niemals! Nicht über unsere eigenen Narben und nicht über die unserer Nachbarn und Freunde.

Vielen Dank!«

Klenke war erst weit nach Mitternacht zurück in Berlin. Nach einem kleinen Empfang in der Kirche waren alle sehr schnell aufgebrochen; Behring und ein paar andere mussten weiter nach Linz, der Rest der Delegation flog zurück nach Tegel. Klenke holte sich die Erlaubnis, alleine mit dem Zug zurückzufahren, er liebte die Fahrt durch Böhmen und entlang der Elbe. Wenig später, hinter Dresden, blieb der Zug stehen und fuhr erst mal nicht weiter. Wenn wenigstens einer mal eine Durchsage gemacht hätte. Stattdessen fiel die Klimaanlage aus und der Speisewagen schloss, weil es weder Speisen noch Getränke mehr gab.

Seine Freundin schlief schon, als er sich in seine kleine Wohnung in Moabit schlich. Er duschte möglichst leise, trank noch ein Glas Rotwein, putzte sich die Zähne und legte sich zu ihr. Sie schlief auf dem Bauch und einmal mehr so geräuschlos, dass er sich fragte, ob sie überhaupt noch lebte. Er rückte mit seinem Gesicht ganz nah an ihres und spürte zum Glück ihren leichten Atem. Nahm ihr Parfüm wahr, das er sehr mochte, maskulin mit einem Hauch von Mandel.

Zum ersten Mal hatte er es in Krakau gerochen, vor etwas mehr als einem halben Jahr. Behring hatte seinen Antrittsbesuch in Polen gemacht, und schon beim Aufstehen und später im Flugzeug hatte er das sichere Gefühl gehabt, dass sich sein

Leben heute ändern würde. Zuerst hatte er gedacht, es läge daran, dass die Reise sie unter anderem nach Auschwitz führte. Das Konzentrationslager machte ihn wirklich betroffen, insbesondere ein Raum mit Hunderten Koffern, die den Neuankömmlingen abgenommen worden waren, bevor man sie umbrachte, und die jetzt hier ausgestellt waren. Aber auch danach ging das Gefühl nicht weg, dass sich das Schicksal heute etwas für ihn einfallen lassen wollte, es steigerte sich sogar zur Gewissheit.

Dann sah er sie abends beim Empfang für die Delegation im Goethe-Institut, und sie sah ihn auch sofort. Sie stand am Rande des Saales mit ihrem Tablett in der Hand, darauf Prosecco und Weißwein, und blickte ihn an. Er ging hinüber, um sich genau bei ihr ein Glas zu holen, und roch ihr Parfüm. Sie lächelte schüchtern und schaute weg. »Maria« stand auf ihrem Namensschild der Catering-Firma. Er traute sich, ihr seine Visitenkarte zuzustecken, sie schrieb ihm noch in derselben Nacht eine SMS, da war er schon in Warschau, wo er an nichts anderes mehr denken konnte als an sie. Er fuhr, anstatt am späten Nachmittag mit der Delegation zurückzureisen, heimlich mit dem Zug zurück nach Krakau. Maria wartete am Bahnhof auf ihn und war auf eigenartige Weise nervös. Sie sprach kein Wort, konnte ihm nicht in die Augen schauen, gab auf Fragen keine Antwort und fragte auch selbst nichts. Als sie merkte, dass Klenke irritiert war und nachdenklich wurde, holte sie einen Zettel aus ihrer Manteltasche. *Ich kann nicht sprechen,* stand darauf. »Wie, du kannst nicht sprechen?«, entgegnete Klenke verblüfft. Sie antwortete mit einem traurigen Blick, den sie aber nur für eine Sekunde halten konnte, und hatte nun Angst, dass Klenke den nächsten Zug zurück nach Warschau nehmen würde, aber er dachte keine Sekunde daran. Stattdessen gingen sie die ganze Nacht spazieren, er redete viel, sie hörte zu und tippte dann und wann eine Frage oder eine Antwort in ihr Handy und zeigte sie ihm schüchtern. Irgendwann küssten sie sich auch, aber als er mit in ihre Wohnung ging, war beiden klar, dass sie nicht miteinander schlafen würden. Das wäre zu profan gewesen. Erst am nächsten Abend, als beide das Gefühl hatten, es sich durch ihre fast schmerzhafte Enthaltsamkeit des Vortages verdient zu haben, taten sie es doch.

Maria war Deutsche und ein paar Jahre jünger als er. Sie hatte sich durch ein Gedicht von Wisława Szymborska, auf das sie eher zufällig gestoßen war und von dem sie kein Wort verstand, in die polnische Sprache verliebt, die sie von da an unbedingt lernen wollte. So war sie vor ein paar Jahren nach Krakau gekommen und studierte seitdem Philologie und Publizistik hier an der Universität, wie seinerzeit übrigens Szymborska auch. Nebenher arbeitete sie, um ihr Studium zu finanzieren, für die Firma Magenta-Catering, die auch den Besuch des deutschen Außenministers betreute. Klenke war beeindruckt, und als sie ihm auf Polnisch das Gedicht »Katze in der leeren Wohnung« vorspielte (sie legte ihm das Smartphone hin und verließ währenddessen das Zimmer), war er nicht mehr zu retten.

»Ist das deine Stimme?«, fragte er, als sie wieder hereinkam, und sie nickte.

»Aber dann kannst du ja doch sprechen …«

Maria schüttelte den Kopf und schrieb ihm auf: »Es ist schwer zu erklären.«

Klenke lauschte weiter ihrer schönen Stimme, die aus dem Smartphone kam, und meinte zu spüren, was seinerzeit Maria bei diesem Gedicht empfunden hatte, aber wahrscheinlich hätte sie ihm auch das Krakauer Telefonbuch vorlesen können, das Ergebnis wäre dasselbe gewesen. Im Gedicht ging es um eine Hauskatze, die in einer leeren Wohnung auf ihren Besitzer wartet, der allerdings gestorben und schon beerdigt war. Die Katze malte sich nun aus, schrieb Maria ihm auf, wie sie reagieren würde, wenn sie ihn eines Tages wiedersehen würde, nämlich verletzt und beleidigt. Sie würde ihm klarmachen, dass man ihr ein solches Verschwinden nicht zumuten könne. Oder hier, in »Liebe auf den ersten Blick«. Für Szymborska seien Liebe und Freundschaft Teil des alltäglichen Lebens, deshalb hüte sie sich vor großen Worten:

Denn jeder Anfang
ist Fortsetzung nur
und das Buch der Ereignisse
ist stets in der Mitte aufgeschlagen.

Sechs Wochen später zog sie zu ihm nach Berlin.

Sie wurden beide gleichzeitig wach, als es gerade hell wurde. Sofort schliefen sie miteinander, wie fast jeden Morgen. Es war ihre bevorzugte Zeit, noch im Halbschlaf, ohne Nachdenken. Das kam erst später, im Laufe des Tages. Marias Verzweiflung, aufgrund ihrer Sprachlosigkeit nicht gut genug für ihn zu sein, war in den vergangenen Wochen immer größer geworden. Das führte oft zu Spannungen und emotionalen Auseinandersetzungen, nach denen an Sex nicht mehr zu denken war. Erst am folgenden Morgen ging es wieder.

Von Anfang an bestand sie darauf, ihr Geld selbst zu verdienen, und ließ sich von Klenke auch zu nichts einladen, weder zum Essen noch ins Theater oder zum Kaffee. Macken fand er bei Frauen schon immer interessant, auch körperliche Ungereimtheiten und sogenannte Schönheitsfehler fand er deutlich attraktiver als jede Form von weiblicher Perfektion.

Aber diese Konstellation führte ihn langsam an seine Grenzen.

Am Abend waren sie bei Georg eingeladen, dem persönlichen Referenten des Finanzministers. Dessen Freundin Lisa hatte indisch gekocht. Es war das erste Mal, dass sie zusammen irgendwo auftraten, zumindest in privater Umgebung. Vorher waren sie nur gemeinsam im Theater oder im Kino gewesen, aber nur selten konnten sie sich auf einen Film einigen. Klenke mochte am liebsten das klassische Hollywood-Kino, Maria bevorzugte Arthouse, gerne auch im Original mit Untertiteln. Meistens bekam sie ihren Willen, indem sie einfach schwieg, aber wenn er in den Kritiken auf die Formulierung »atmosphärisch dicht« stieß, war er zu keinem Kompromiss bereit. Atmosphärisch dicht, da wusste er, dass er sich zu Tode langweilen würde.

Klenke hatte Georg vorgewarnt. Falls Maria wenig beziehungsweise gar nicht sprechen sollte, dürfe er das bitte auf keinen Fall persönlich nehmen.

»Köstlich«, lobte er Lisas Vorspeise.

»Danke. Das sind Chatpate Baingan«, erklärte Lisa, »gebratene Auberginentaler.«

»Wirklich hervorragend.«

»Schmeckt's dir denn auch?«, wollte Lisa von Maria wissen, aber die zuckte nur kurz die Schultern, was man durchaus als »geht so« interpretieren konnte.

»Hm«, machte Georg und wechselte einen Blick mit seiner Freundin.

»Schade. Dabei haben wir extra für dich vegetarisch gekocht.«

Extra für sie, das konnte Maria gar nicht gebrauchen. Sie wollte nicht im Mittelpunkt stehen, stocherte in ihren Auberginen herum und nahm hin und wieder einen kleinen Bissen. Es schmeckte gar nicht schlecht, aber die Vorstellung, dass man ihr beim Essen und vor allem beim Schlucken zuschaute, ließ ihren Appetit gar nicht erst aufkommen.

»Darf man fragen, warum du so still bist?«, fragte Georg vorsichtig und in einem Tonfall, der nicht ungeduldig wirken sollte. »Gab es da mal ein Trauma oder so?«

Wieder schüttelte Maria den Kopf.

»Nein, gab es nicht«, übersetzte Klenke, »sie ist als Kind weder misshandelt noch missbraucht worden. Es ist eine Art Angststörung.«

»Oh«, machte Lisa.

Maria legte vorsichtig die Gabel neben ihren Teller und starrte vor sich hin. Allen war klar, dass der Abend gelaufen war.

Unten auf der Martin-Luther-Straße wehte ein frischer Wind, es war bereits dunkel. Maria marschierte entschlossen Richtung Schöneberger Rathaus, Klenke hatte Mühe, mit ihr Schritt zu halten.

»Jetzt warte doch mal …«

Aber Maria wartete nicht.

»Wollen wir nicht besser ein Taxi nehmen?«

Keine Antwort.

»Na gut, wenn du laufen willst, gerne. Aber das ist die falsche Richtung.«

Maria blieb abrupt stehen, orientierte sich kurz und lief ebenso entschlossen in die Gegenrichtung. Klenke eilte hinterher.

»Wenn du schon nicht sprichst, könntest du wenigstens etwas freundlicher gucken, wenn meine Freunde sich Mühe geben.«

Maria schüttelte kaum merklich den Kopf und setzte ihren Weg fort, Klenke folgte mit einigen Metern Abstand.

Schweigend durchquerten sie den Tiergarten. Klenke

kannte das schon. Sie würde nichts mehr sagen. Es gab da diesen »Point of no return«, wenn sie sich in ihr Schneckenhaus zurückgezogen hatte und nicht mehr herauskommen würde. Nur einmal blieb sie kurz stehen und tippte in ihr Telefon:

»Bin ich dir schon jetzt zu kompliziert?«

Dabei sah sie ihn an. Kann schon sein, dachte Klenke und wusste, dass sie gerade seinen Gedanken lesen konnte. Maria drehte sich um und stiefelte weiter. Eine Stunde später waren sie zu Hause in Moabit.

4

Seltsamerweise fand Schröder, als er wieder zurück war, seinen kleinen Sohn Pablo, noch nicht ganz ein Jahr alt, tatsächlich krank vor und seine Frau traumatisiert. Dies war geschehen: Das Kind hatte schon ungewöhnlich lange mit hohem Fieber im Bett gelegen, aber als Marysol gegen 22 Uhr routinemäßig nach ihm sehen und Fieber messen wollte, war es dunkelblau angelaufen, atmete nicht und bewegte sich auch nicht. In Panik rief sie Schröder an, der aber in der Wüste keinen Empfang hatte. Wählte dann den Notruf und lief schließlich, als niemand abhob, verzweifelt mit ihm auf die Straße. Hielt dort ein Taxi an und raste ins nächste Krankenhaus, fest davon überzeugt, dass Pablo bereits gestorben war. In der Notaufnahme kam er jedoch von selbst wieder zu sich, nahm langsam wieder eine normale Hautfarbe an und begann zu schreien. Marysol konnte nur noch unkontrolliert schluchzen, bekreuzigte sich und dankte Gott. Und beschimpfte ihren Mann aufs Übelste, als er endlich von seiner Wüstentour nach Hause kam. Sie war von Anfang an gegen diesen Ausflug gewesen.

Es war ein sogenannter Fieberkrampf gewesen, wie ihr die Vertrauensärztin der Botschaft am nächsten Tag erklärte. »Fieberkrämpfe sind zu keiner Zeit lebensbedrohlich«, sagte Dr. Grabensee, sie stünden auch mit dem plötzlichen Kindstod in keinerlei Zusammenhang. Es sei vielmehr eine epileptische Reaktion, von der in Europa etwa zwei bis fünf Prozent aller Kinder betroffen seien, und das meistens nur einmal im Leben. Der eigentliche Skandal bestehe hingegen in der Tatsache, dass kaum ein Kinderarzt glaube, die Eltern vorwarnen zu müssen, auch in Deutschland sei das so. »Dabei wäre es so simpel: einfach nur sagen, Leute, wenn Ihr Kind mal Fieber hat und lila anlaufen sollte, machen Sie sich keine Sorgen, das geht schnell von selbst wieder weg.« Stattdessen hinterlasse man traumatisierte Eltern, die dann nicht selten in psychologische Behandlung müssten.

Für Marysol war dieses Ereignis nur ein weiterer Minuspunkt auf ihrem Marokko-Kontokorrent. Sie war Chilenin, einzige Tochter eines erfolgreichen Architekten, und hatte Schröder bei einem Richtfest für eine Liegenschaft der deutschen Botschaft in Santiago kennengelernt, die ihr Vater gebaut hatte. Schröder gefiel ihr Name, der nach Sonne und Meer klang, aber eine völlig andere Bedeutung hatte, wie sie ihm erklärte, nämlich eine Mischung aus der heiligen Maria und Soledad, Einsamkeit. Marysol. Die einsame Maria. Wie in ganz Südamerika waren auch in Chile Beruf und Karriere den Jungen vorbehalten, und so musste Marysol ständig beweisen, dass das Geld, welches in ihre Schulbildung floss, gut angelegt war. Stets war sie die Beste ihres Jahrgangs gewesen, viel besser als ihre vier Brüder, und als sie nun die Gelegenheit hatte, mit von Schröder (dieser Adelstitel blieb auch in Chile nicht unbemerkt) eine gute Partie zu machen, griff sie zu und, da ihr Vater einverstanden war, heiratete ihn schnell. Wenn es auch nicht die große romantische Liebe war, wie sie es aus ihren Telenovelas kannte, sie mochte diesen etwas steifen, aber vielversprechenden deutschen Diplomaten und freute sich auf Kinder und ein Leben als Botschaftergattin, vorzugsweise in den USA oder Kanada. Ihre Zeit in Berlin genoss sie in vollen Zügen, sie bezogen eine großzügige Wohnung in Wilmersdorf. Marysol lernte schnell Deutsch, ging viel ins Theater und traf sich oft und gerne mit Freundinnen aus der chilenischen Community, mit denen sie Salsa tanzen ging. Denn Tanzen war Schröders Sache nicht.

Auch ihre Brüsseler Zeit (Schröder war hier für drei Jahre als Politischer Referent für Lateinamerika tätig) war schön und von keinen Missständen getrübt, außer vielleicht einer kleinen Gewichtszunahme, die dem guten Essen und dem Wein geschuldet war. Zurück in Berlin, wurde sie zweimal innerhalb eines Jahres schwanger. Robert Friedrich hieß ihr erster Sohn, benannt nach einem Urahnen der Familie, wie ihr Mann ihr erklärte. Beim zweiten bestand sie auf einem spanischen Namen, Pablo. Sie war jetzt Anfang 30, verheiratet, hatte zwei kleine Kinder und fühlte sich, ebenso wie ihr Mann, reif für die erste Großbotschaft.

Und dann das: Marokko. Rabat, das klang wie Rabatt. Zu 97 Prozent muslimisch. Musste sie dort etwa verschleiert herumlaufen? Nun, so schlimm war es nicht, aber ihr erster Besuch dort ging nach hinten los. Schröder hatte, als sie für ein paar Tage in Rabat waren, um sich ein kleines Haus zur Miete zu suchen, einen Ausflug nach Marrakesch vorgeschlagen. Orientalisches Flair schwebte ihm vor, die Stadt versprach etwas Zauberhaftes aus Tausendundeiner Nacht. Ihr erster Weg führte sie auf den berühmten Djemaa el Fna, den Platz der Gehenkten, mit seinen Schlangenbeschwörern und Feuerschluckern laut Reiseführer »das Highlight Marokkos schlechthin«, wo besonders in den frühen Abendstunden »der Bär brummt«. Als Erstes begegneten sie einer Frau, die sofort ungefragt anfing, Marysols Handrücken mit einem Henna-Tattoo zu bemalen.

»Where are you from?«, fragte sie. Marysol, freundlich und offen, wie sie war, antwortete: »My name is Marysol, I am from Chile, but I live in Germany.«

»Ah, Deutschland, sehr gut!«, erwiderte die Frau und berechnete 100 Dirham für den Farbklecks, der überdies auf Marysols neue Gucci-Handtasche abfärbte. Bei den Schlangenbeschwörern nahm ihr ein aggressiver Mann, ohne dass Schröder reagieren konnte, plötzlich ihr Handy weg und forderte sie auf, für ein Foto vor den Schlangen zu posieren. Das tat sie notgedrungen und war überrascht, das Telefon überhaupt zurückzubekommen. Das Foto kostete dann 200 Dirham, knapp 20 Euro, und der Mann sah nicht aus, als sollte man mit ihm diskutieren. Und als sie schließlich einen Minztee im Café Ariana am Rande des Platzes tranken und bei Google feststellten, dass genau hier 2011 bei einem Bombenanschlag 17 Menschen gestorben waren, wollte Marysol gleich wieder abreisen.

Auch Schröder mochte Marrakesch nicht. Ihn nervten die aufdringlichen Händler, und als er einmal wissen wollte, was eine kleine Lampe kostete, die ihm gefiel, war er schon in der Falle. Wie viel er denn zahlen wolle, war die Gegenfrage. Aber Schröder hasste es zu handeln. Er wollte einen Preis, am besten ausgeschildert, und den dann zahlen oder eben nicht. Natürlich war er in der Disziplin des Handelns hoffnungslos unterlegen, das wurde ihm bald klar, denn der Händler machte ja den ganzen Tag nichts anderes und wusste genau, wie er mit einem blöden deutschen Touristen zu verfahren hatte. Und egal zu welchem Preis Schröder etwas kaufen würde, der andere würde nicht zustimmen ohne einen satten Gewinn.

»Okay, 500 dirham, my last offer«, bot Schröder an. Und als der andere 800 wollte, hatte er keine Lust mehr und verließ den Laden, natürlich sofort gefolgt vom Ladenbesitzer, der plötzlich mit 500 einverstanden war. »Donne l'argent!«, rief dieser und hielt ihn an der Schulter fest. »Gib mir das

Geld!« Aber Schröder gab es ihm nicht und setzte, von Flüchen verfolgt, seinen Weg fort.

Sechs Wochen später war Schröder auf Posten in Rabat, wo sich die kleine Familie recht schnell einlebte. Er kam mit dem Botschafter gut aus und auch mit seinen Kollegen. Dann zog er zum ersten Mal die Arschkarte, wie er den dicken, ledernen Aktenkoffer nannte. Bereitschaftsdienst. Eine deutsche Botschaft musste ja auch außerhalb der Geschäftszeiten erreichbar sein, und so hatte jeder Mitarbeiter – bis auf den Botschafter selbst – etwa zweimal im Jahr das zweifelhafte Vergnügen, von Montag 18 Uhr bis zum nächsten Montag um 7.30 Uhr für Notfälle zur Verfügung stehen zu müssen. Und zwar nüchtern, man wusste ja nie, was passieren würde.

Schröder überprüfte den Koffer kurz vor Dienstschluss auf Vollständigkeit: ein Ordner mit allen wichtigen Telefonnummern (Visastelle, Rechts- und Konsularwesen, Polizei, Rechtsanwälte). Ein Ablaufplan für alle Eventualitäten, ein riesiger Bund mit allen Schlüsseln für die Botschaft und vor allem ein Mobiltelefon mit Ladekabel. Nicht etwa ein Smartphone, sondern ein altes Nokia. Das klingelte ausgerechnet um kurz nach sechs. Unterdrückte Nummer.

»Schröder, guten Abend?«

»Ja, guten Abend, ist das die deutsche Botschaft?«, fragte eine weibliche Stimme.

»Richtig, deutsche Botschaft. Sie sprechen mit Herrn von Schröder.« Vorsichtshalber ließ er seinen Adelstitel durchblicken.

»Sie müssen mir bitte unbedingt helfen, ich bin in einer Notlage!«

Das sagen sie alle, dachte Schröder.

»Wie ist denn Ihr Name?«

»Leyla.«

»Leyla. Und was genau ist denn Ihr Problem?«

Aufgeregt und in fließendem Deutsch erklärte Leyla, sie sei Deutsch-Marokkanerin, Studentin in Freiburg und gerade mit ihren Eltern, die sehr konservativ seien, auf Heimaturlaub im Norden des Landes. Hier solle sie nun plötzlich gegen ihren Willen mit dem Freund eines Cousins verheiratet werden.

»Und jetzt haben die mir den Pass abgenommen und ich kann das Land nicht verlassen. Außerdem habe ich Angst.«

»Angst wovor?«

»Dass ich wieder verprügelt werde.«

»Verstehe.« Schröder dachte kurz nach.

»Wo genau sind Sie denn?«

»In einem Dorf in der Nähe von Anjra. Östlich davon, Richtung Tétouan.«

»Gut, Fräulein Leyla, machen Sie sich keine Sorgen, das kriegen wir hin. Kann ich Sie gleich zurückrufen?«

»Nein, das geht nicht!«

»Warum nicht?«

»Weil sie mir auch das Handy weggenommen haben!«

»Und wem gehört das Telefon, von dem aus Sie sprechen?«

»Ich bin kurz zum Markt gelaufen, eine Frau hat mir ihres geliehen.«

»Verstehe. Wäre es Ihnen möglich, in 15 Minuten noch mal anzurufen? Ich muss mich erst erkundigen, was genau wir da am besten machen.«

»Okay, ich versuch's.«

»Dann bis gleich.«

»Ja, bis gleich. Danke!«

Schröder legte auf, sein Beschützerinstinkt war geweckt. Er rief Simon an, der ja schon länger im Land war und sich besser mit den Gegebenheiten auskannte. Anjra sei ein Ort unweit der Hafenstadt Tanger, und dorthin komme man von Rabat sehr bequem und in deutlich weniger als zwei Stunden mit dem Schnellzug TGW, wusste Simon. Ein Hotel könne er auch empfehlen, wenn das Ganze länger dauern sollte.

Eine Viertelstunde später klingelte das Telefon erneut.

»Von Schröder?«

»Ja, hier ist noch mal Leyla.«

»Hallo, Fräulein Leyla, wie geht es Ihnen?«

»Ganz okay.«

»Wäre es Ihnen möglich, noch heute Abend nach Tanger zu kommen?«

Leyla überlegte kurz. »Ja, das würde ich irgendwie hinkriegen …«

»Schön. Dann setze ich mich gleich in den Zug. Wir können uns dort treffen, dann kann ich Ihnen vor Ort Ersatzpapiere ausstellen, mit denen Sie das Land verlassen können. Sie haben doch die deutsche Staatsbürgerschaft?«

»Ja, und die marokkanische.«

»Sehr gut. Kennen Sie das Hotel La Tangerina? Das muss am Rande der Kasbah sein, in der … Rue Riad Sultan.«

»Nein, kenne ich nicht. Aber das macht nichts, das kriege ich raus, das finde ich.«

»Prima, dann treffen wir uns dort, am besten in der Lobby. Spätestens um 22 Uhr sollte ich dort sein.«

»Sehr gut, sehr gut«, sagte Leyla erleichtert. »Mir fällt ein Stein vom Herzen! Tausend Dank, Herr von Schröder, tausend Dank!«

»Sehr gerne, Fräulein Leyla. Wir sehen uns um zehn, bis später.«

»Ja.«

»Und wenn irgendwas ist, Sie haben ja meine Mobilnummer.«

»Ja, bis später. Hoffentlich.«

Sein Zug fuhr pünktlich los, hielt noch einmal in Kenitra und rauschte dann mit über 300 Stundenkilometern durch die Dunkelheit. Schröder war überrascht, wie ruhig der »Boraq«, benannt nach Mohammeds Himmelspferd, trotz der hohen Geschwindigkeit auf den Gleisen lag. Hätte er dem Land gar nicht zugetraut, so etwas zu bauen. Sicher, da waren ohne Zweifel französische Ingenieure am Werk gewesen, aber ganz ohne die Marokkaner wäre es auch nicht gegangen.

An einer Gleisbaustelle verlangsamte der Zug seine Fahrt. Schröder schaute aus dem Fenster und sah, wie eine Gruppe von etwa zehn Schwarzafrikanern, vom Licht der Baustellenlampen erhellt, mit ihren Habseligkeiten Richtung Norden lief. Später, im Kopfbahnhof von Tanger, sah er mehrere Gruppen von schwarzen Männern, die sich die Zeit vertrieben und rauchten. Was wollten die bloß alle hier?

Schröder nahm ein Taxi zum Hotel und checkte ein, der nächste Zug zurück fuhr ohnehin erst am nächsten Tag. Sein Zimmer hatte einen kleinen Balkon, von dem er am Horizont, auf der anderen Seite der Meerenge von Gibraltar, die Lichter der spanischen Stadt Tarifa sehen konnte. Da war es also, das gelobte Land. Europa!

Um Viertel vor zehn begab er sich in die Lobby, es konnte ja sein, dass Leyla etwas früher ankommen würde. Aber sie war noch nicht da. Er nahm in einem breiten Sessel Platz und stellte sich vor, wie sie wohl aussehen könnte. Ihre Stimme hatte ihm gefallen. Er bestellte einen Minztee, und eine Stunde später, als sie immer noch nicht aufgetaucht war, auch ein Bier und danach noch eins. Überprüfte immer wieder, ob er genug Strom und vor allem Netz hatte.

Kurz vor Mitternacht brachte er den Koffer zurück auf sein Zimmer, beschloss, auf der Strandpromenade noch einen Spaziergang zu machen, und nahm das Telefon mit. Auch am Strand sah er, neben einigen jungen Marokkanern, wieder erstaunlich viele schwarzafrikanische Männer. Ein paar von ihnen deuteten immer wieder hinüber, dahin, wo Tarifa leuchtete. Plötzlich kamen einige direkt auf ihn zu.

»Ça va?«, fragte der größte von ihnen, wie geht's? Und ob er denn Feuer habe? Schröder hatte kein Feuer, er hatte schon ewig nicht mehr geraucht. Die Schwarzen umringten ihn und lachten und redeten in einer Sprache, die er nicht verstand. Machten die sich etwa über ihn lustig?

»We want to go German!«, rief einer, als klar wurde, woher Schröder stammte. »Beckenbauer, Klose!«, ein anderer, »Müller!«, ein dritter.

Schröder bekam ein wenig Angst, wünschte eine gute Nacht und ging langsam, aber zielgerichtet zu seinem Hotel zurück. Legte sein Telefon neben das Bett und schlief bald ein. Aber auch am nächsten Morgen rief Leyla nicht an. Schröder wollte helfen, aber wie? Die Polizei einschalten? Aussichtslos, er hatte ja nichts außer ihrem Vornamen, weder Adresse noch Telefonnummer. Beim Frühstück fühlte er sich ohnmächtig und wurde wütend. Eine Zwangsheirat! Im 21. Jahrhundert! Keinen Respekt vor Frauen, diese Afrikaner! Gegen Mittag bestieg Schröder ein Taxi, fuhr zum Bahnhof Tanger-Ville und nahm den Zug zurück nach Rabat.

5

Franz-Josef Klenke blickte aus dem Fenster des Auswärtigen Amts auf den Werderschen Markt. So aufreibend sich sein Privatleben gestaltete, seit Maria bei ihm eingezogen war, so sehr genoss er seinen Beruf, das hatte ihm die Reise nach Prag wieder einmal gezeigt. Für einen Quereinsteiger – die meisten Redenschreiber waren Politologen, Juristen oder auch Journalisten – hatte er es wirklich weit gebracht. Sein Vater besaß in Bonn einen kleinen Handwerksbetrieb (Heizung/Sanitär) und war früh in die SPD eingetreten, »wegen Willy Brandt«, wie so viele. Von seiner Frau bekam er den Auftrag, seinen Sohn kurz nach dessen Geburt auf den Namen »Josef« registrieren zu lassen, weil auch ihr Vater schon so geheißen hatte. Als ihn die schlecht gelaunte Standesbeamtin nach einem zweiten (oder gar dritten) Vornamen fragte, war er erst mal ratlos und überfordert, und weil seine Frau telefonisch nicht zu erreichen und er selbst wegen des Babys (seinem ersten und einzigen) noch benommen vor Glück war, ließ er sich (Restalkohol mag hier auch eine Rolle gespielt haben) vor Ort zu »Franz« überreden. Josef Franz klinge dann doch etwas holprig, meinte die Standesbeamtin, und als er schließlich zu seiner Frau nach Hause kam, hatte er schriftlich, dass sein Sohn fortan Franz-Josef hieß. Das gab erst mal Ärger, denn auch sie war Sozialdemokratin, und sein Kind nach dem in ihren Kreisen maximal unpopulären CSU-Vorsitzenden zu benennen, kam ihr wie ein schlechter Scherz vor. Nur wenige Wochen später starb Strauß bei der Hirschjagd, weil er infolge eines Zusammenbruchs buchstäblich etwas in den falschen Hals bekam, nämlich sein Erbrochenes in die Luftröhre. Jetzt noch etwas zu ändern kam ihr unnötig (und auch ein bisschen pietätlos) vor. Als Rufname setzte sich Franz durch, nicht Josef. Franz-Josef war natürlich nie eine Option gewesen.

Weil sich Franz gerne mit Sprache beschäftigte (er hatte bereits mit sechzehn eine eigene Sendung in einem Bonner Lokalradio) und am Formulieren großen Spaß hatte, bewarb er sich nach dem Abitur bei mehreren Werbeagenturen in London. Er hatte ein Faible für England, seit er einmal mit der Arbeiterwohlfahrt die Osterferien dort verbracht hatte. Gleich drei der besten (Abbott Mead, Publicis und J. Walter Thompson) luden ihn zum Vorstellungsgespräch ein, und alle drei wollten den jungen Deutschen als Trainee einstellen. Er entschied sich letztlich für Publicis, deren Sitz im Stadtteil Marylebone war, den er sehr mochte, und dann noch auf der Baker Street. Das erinnerte ihn an den Song von Gerry Rafferty und der wiederum an Bea, mit der er beim Abiball zu diesem Lied getanzt und geknutscht hatte. Wichtige Entscheidungen hatte er immer schon aus dem Bauch heraus gefällt, er achtete auf Zeichen, die ihm das Schicksal sendete, seien sie auch noch so abstrus.

London war teuer. Sehr teuer. Klenke hauste auf zwölf Quadratmetern in Whitechapel, einem Viertel im East End mit mehr Indern und Pakistani als Engländern. Er verdiente wenig Geld und fuhr jeden Morgen mit der Circle Line zur Arbeit. Er perfektionierte sein Englisch, lernte die indische Küche kennen und lieben und erfreute sich am britischen Humor, der ihm in Fleisch und Blut überging. Nach zwei

Jahren aber hatte er die Nase voll davon, sich abends, wenn er ausging, über Stunden an einem Glas Bier festzuhalten, weil er sich ein zweites nicht leisten konnte. Seine Kollegen waren nett und höflich, Freundschaften ergaben sich allerdings nicht. Am liebsten blieb er zu Hause, schaute sich Debatten aus dem britischen Unterhaus im Fernsehen an und bekam allmählich das Gefühl zu vereinsamen. Er musste dringend etwas ändern und nahm Kontakt zu den deutschen Partneragenturen von Publicis auf, die unter anderem in Berlin, Hamburg, Köln und München vertreten waren. Dort war ein Job als Junior-Texter vakant, den er bekam. Er machte sich schnell bei Kampagnen für L'Oréal und Ryanair einen Namen und arbeitete auch für Non-Profit-Organisationen, das war ihm wichtig. Bald hatte er die Möglichkeit, als Senior-Texter in die Zentrale nach Hamburg zu wechseln, entschied sich aber für Berlin, wo er mit Kamila zusammenleben wollte, einer Kundenberaterin, die er bei einem Werbedreh für Maggi kennengelernt hatte. Nach nur sechs Monaten zog sie wieder aus, um nach Kapstadt zu gehen, wo sie bei einem Werbedreh für Ferrero einen Kameramann kennengelernt hatte, dessen Familie überdies ein Weingut und eine Pferdezucht bei Paarl besaß. In dieser Situation war es für den Headhunter nicht schwer, ihn zu einem Wechsel zu einer Agentur mit dem Namen Super J+K zu bewegen. Die Agentur, auf die der SPD-Parteivorstand im kommenden Bundestagswahlkampf setzen würde.

Super J+K mit Sitz in Berlin-Kreuzberg sollte für einen Politikwechsel in Deutschland sorgen, sollte den SPD-Kandidaten Peer Steinbrück zum Bundeskanzler machen, und Klenke war mittendrin, mit 24. Besser hätte er es nicht treffen können! Sein Vater (er starb bei einem Zugunglück, als Klenke vier war) wäre stolz auf ihn gewesen! Er, Franz-Josef Klenke, würde Merkel aus dem Amt campaignen und die

SPD zurück an die Macht bringen! Endlich zeigte sich das Schicksal, endlich machte auch sein Vorname Sinn!

In der Praxis sah das alles etwas anders aus. Zwar schätzte er Steinbrück als klugen Kopf und brillanten Analytiker, der auch keine Angst hatte, sich (insbesondere während der Bankenkrise) mit den Lobbyisten anzulegen, aber mit dieser Partei war damals kein Blumentopf zu gewinnen. Das war ihm spätestens 2008 klar, bei der Landtagswahl in Hessen. Hier bestand die einmalige Chance, das nach Klenkes Auffassung größte Ekelpaket der deutschen Politik aus dem Amt zu wählen, den CDU-Ministerpräsidenten Roland Koch. Dieser hatte im großen CDU-Spendenskandal trotz anderer Verlautbarungen (»brutalstmögliche Aufklärung«) gelogen, bis sich die Balken bogen. Im Wahlkampf selbst diffamierte er kurzerhand alle Politiker der Linkspartei und schürte ausländerfeindliche Ressentiments, indem er die ausländisch klingenden Namen seiner politischen Gegner genüsslich auf die Wahlplakate schreiben ließ, was sich dann so las: »Ypsilanti, Al-Wasir und die Kommunisten stoppen!« Mal abgesehen davon, dass sich die meisten Politiker der Linken sicher nicht als »Kommunisten« verstanden, lautete der Vorname der SPD-Kandidatin sehr deutsch »Andrea« und der über Parteigrenzen hinweg respektierte Tarek Al-Wazir war nicht nur Deutscher, sondern obendrein in Offenbach am Main geboren.

Alle Meinungsumfragen deuteten auf ein Kopf-an-Kopf-Rennen zwischen Koch und Ypsilanti hin, dann Auftritt Wolfgang Clement (SPD). Dieser war früher mal ein durchschnittlich begabter Ministerpräsident in Nordrhein-Westfalen gewesen, nun saß er im Aufsichtsrat des Energieriesen RWE. Als dessen Lobbyist riet er öffentlich von der Wahl seiner Parteifreundin ab, wohl weil diese im Falle eines

Wahlsieges unter anderem auch die von RWE betriebenen Kernkraftwerke Biblis A und B abschalten wollte. Er sprach sich auch gegen einen gesetzlichen Mindestlohn aus, was ihm von Rainer Brüderle das Angebot einbrachte, in die FDP einzutreten. Das nahm er zwar nicht an, gleichzeitig konnte sich die SPD aber auch nicht dazu durchringen, den Mann aus der Partei auszuschließen. Wenn das nicht »parteischädigendes Verhalten« war, dachte Klenke, was dann?

Ypsilanti gewann die Wahl nicht, die SPD kam auf 42 Sitze, ebenso wie die CDU. Eine klassische Pattsituation. Mehrheitsbildung war nur mit den Stimmen der kleineren Fraktionen oder in einer großen Koalition möglich, was nach diesem hitzigen Wahlkampf ausgeschlossen war. Bei allen denkbaren Konstellationen musste nun mindestens eine der beteiligten Parteien ihren im Wahlkampf geäußerten Koalitionsabsichten zuwiderhandeln. Darüber dachte natürlich auch die SPD unter Andrea Ypsilanti nach, die sich nun den Linken öffnen musste. Auf einem Sonderparteitag unterstützten 98 Prozent der Mitglieder diesen Kurs, doch plötzlich entdeckten vier SPDler auf wundersame Weise ihr Gewissen und verweigerten einen Tag vor der Ministerpräsidentenwahl die Gefolgschaft. Ypsilanti trat zur Wahl gar nicht erst an, und der große Sieger hieß: Roland Koch. Der blieb geschäftsführend im Amt und gewann ein Jahr später die Neuwahl deutlich gegen einen tapferen Hinterbänkler mit dem schönen deutschen Namen Schäfer-Gümbel. Kurze Zeit später hatte auch Koch keine Lust mehr auf Politik und ging für ein Jahresgehalt von 1,5 Millionen Euro zum Baukonzern Bilfinger Berger.

Klenke war so sauer auf diese Partei, dass er beinahe ausgetreten wäre; nur seiner Mutter zuliebe, die das nicht verwunden hätte, blieb er.

Jetzt, 2013, also Steinbrück. Guter Mann, aber in der falschen Partei, so etwas hörte er in dieser Zeit öfter von Freunden und Bekannten. Natürlich argumentierte er eifrig dagegen, aber insgeheim wusste er, dass sie recht hatten, er wollte es nur lange nicht wahrhaben. Zwar war Steinbrück Minister für Wirtschaft (und später auch Finanzen) in den Kabinetten Clement I und II(!) gewesen und sogar Finanzminister in der ersten großen Koalition unter Merkel, trotzdem war Klenke mehr als einmal erstaunt, wie wenig Steinbrück auf der diplomatischen Klaviatur zu spielen vermochte. Lange Zeit redete er sich das schön, indem er darauf verwies, was für ein authentischer Politiker das doch sei, einer mit Ecken und Kanten, aber spätestens seit dem Stinkefinger im SZ-Magazin dämmerte es ihm, dass er hier nicht den zukünftigen Bundeskanzler bewarb, zumal gegen Angela Merkel wohl auch jeder andere Kandidat verlieren würde. Sie war einfach zu beliebt bei den Leuten, und es gab keine Wechselstimmung im Land. Klenke beschloss zu retten, was zu retten war. Er plädierte in der Agentur dafür, sich deutlich vom Personenwahlkampf der CDU zu unterscheiden, indem auf Wahlplakaten eben nicht der Kandidat präsentiert wurde, sondern ein Thema. »Das WIR entscheidet.« Man wolle den Kandidaten verstecken, meinten die Kritiker (sicher nicht zu Unrecht), aber das war für Klenke das kleinere Übel, das er in Kauf nahm.

Wirkliches Aufsehen erregte Klenke aber mit einem TV-Werbespot, der auf seiner ureigenen Idee basierte. Statt Werbeästhetik wollte er Authentizität, statt gecasteter Darsteller sollten echte Menschen zu Wort kommen. So nahm seine Idee »Rednerpult des Volkes« Gestalt an. Dialog auf Augenhöhe statt Politik als Frontalunterricht. Ein echtes rotes SPD-Rednerpult reiste kreuz und quer durchs Land und wurde von echten Menschen bespielt. Starke Statements für den Wechsel, direkt aus dem Leben. Menschen, die Klartext sprachen, von der Straße, aus der Werkstatt, über Mindestlohn und sichere Renten. Aus den vielen Stunden Filmmaterial wurden vier kurze Spots geschnitten, in denen am Ende auch der Kandidat selbst (als einer von ihnen) auftrat und um Stimmen bat. Es wurden dann doch deutlich zu wenige. Zwar konnte die SPD im Vergleich zur Katastrophenwahl 2009 leicht zulegen, blieb aber erwartungsgemäß deutlich hinter der Union.

Steinbrück wurde also nicht Bundeskanzler, aber kurz nach der Wahl nahm der SPD-Wahlkampfmanager Klenke beiseite. Ob er denn unbedingt in der Werbung bleiben wolle, beruflich. Klenke verneinte, nicht um jeden Preis. Sechs Wochen später bekam er einen Anruf aus dem Auswärtigen Amt, das um einen Termin bat. Hier hatte er sehr schnell das Gefühl, als seien die Würfel schon gefallen. Der Leiter des Ministerbüros fühlte ihm nicht wirklich auf den Zahn, fragte ihn vielmehr über London aus (wo er drei Jahre lang an der Botschaft gewesen war), und auch Frank-Walter Steinmeier, der Guido Westerwelle als Außenminister ablöste, nickte nur kurz, als er auf dem Weg zu einem Termin kurz vorbeischaute. Klenke war im Boot, im Team der Redenschreiber.

6

Die Bundesrepublik Deutschland unterhält weltweit 153 diplomatische Vertretungen und 61 Generalkonsulate. Darüber hinaus sind 345 Honorarkonsuln für das Land tätig, die gerne und oft darauf hinweisen, dass sich ihre Tätigkeit nicht von »Honorar«, sondern von »Ehrenamt« ableitet, sie also nicht dafür bezahlt werden. Die Länder, in denen deutsche Diplomaten tätig sind, werden – je nach Beliebtheit – in drei Kategorien unterteilt, wobei die Lebensqualität der jeweiligen Hauptstädte ebenso eine Rolle spielt wie die Bedeutung der Botschaft (Washington, Moskau) und die Nähe zu Deutschland (Wien, Den Haag, Kopenhagen): Kategorie A. Kriegsregionen (Afghanistan, Irak) fallen in Kategorie C, wo der Dienst immerhin mit einer sogenannten »Zitterzulage« versüßt wird, weil Gefahr für Leib und manchmal auch für Leben nicht auszuschließen ist. Der Beamte, der eine Zeit lang auf Posten in C war, durfte also damit rechnen, als Nächstes in ein A-Land versetzt zu werden und umgekehrt. Man bewarb sich rechtzeitig für einen frei werdenden Posten, eine Garantie für ein bestimmtes Land gab es aber nicht.

Marokko war Kategorie B, bei vielen Diplomaten durchaus nicht unbeliebt, für Schröder allerdings eher unteres B.

B minus. Er brauchte sich nur diesen schmucklosen Zweckbau aus den Sechzigern anzuschauen, in dem immer mal das eine oder das andere nicht funktionierte. Das Haus an der Zankat Madnine war marode und hätte schon längst durch einen Neubau ersetzt werden sollen, aber das zog sich und führte dazu, dass dringend notwendige Renovierungen nicht durchgeführt wurden, denn der Bundesrechnungshof war natürlich der Ansicht, das lohne sich nicht mehr, man habe doch eh bald den Neubau. Dieser wiederum war allenfalls in Planung, und so blieb meist alles, wie es war. Die Brandmeldeanlage war oft defekt und die Fluchtwege zum Teil nur für diejenigen zu meistern, die sehr sportlich waren und nach Möglichkeit nicht hochschwanger. Immerhin, für Hygiene war gesorgt. An den Wänden der Toiletten hingen über den Waschbecken kleine Namensschilder, unter denen jeweils ein Waschlappen aufgehängt war, auch für »von Schröder«. Ordnung musste sein.

»Leute, Folgendes…« Botschafter Gisbert Vogel hatte gerade die »kleine Runde« eröffnet, die jeden Dienstag im Sitzungssaal im ersten Stock stattfand, ein Jour fixe für die Abteilungsleiter des Hauses. »Simon Beck hat sich leider krankgemeldet, er hat wohl ein bisschen Sand in die Augen bekommen bei eurem Ausflug, nicht wahr …« Dabei blickte er Schröder an, als ob der irgendeine Mitschuld daran trüge. Vielleicht war die lange Rückfahrt mit dem Auto doch etwas zu viel für Simon gewesen? Heinrich jedenfalls saß mit am Tisch, als Stellvertreter für Jansen, den Leiter der Konsularabteilung, der auf Heimaturlaub war. Vogel war bester Laune, hatte er doch einen Coup zu verkünden, den er aber – so hatte er sich vorgenommen – erst am Ende der Sitzung verkünden wollte.

»Wilfried, bitte«, erteilte er Dr. Nafziger das Wort, seinem Stellvertreter und gleichzeitig Chef der Wirtschaftsabteilung.

»Viel hab ich nicht heute«, begann dieser, »gestern der Termin im Ministerium, BMW und die Tarifsache dort, aber entschieden wurde natürlich nichts.«

Alle nickten, das kannten sie. Gespräche und Verhandlungen, gleich welcher Art, endeten meistens im Ungefähren. Klare Ansagen waren von marokkanischer Seite selten zu bekommen, weil man Verantwortung scheute. Der Vorgesetzte, der Chef der Abteilung, am Ende womöglich der König selbst könnten ja irgendeine Entscheidung völlig anders bewerten, dann war es um die eigene Karriere schlecht bestellt.

»Manchmal wundere ich mich, dass dieses Land überhaupt einigermaßen funktioniert«, konstatierte Vogel, und wieder gab es keine zwei Meinungen in der Runde.

»Sonst noch was?«

»Eine Delegation der Grünen aus Bayern möchte gerne die Anlage in Noor anschauen und bittet um Terminvorschläge.« Noor war ein relativ neues Solarkraftwerk in der Wüste bei Ghessate und galt als Leuchtturmprojekt der ambitionierten marokkanischen Energiepolitik.

»Herr von Schröder, Sie kümmern sich?«

Schröder nickte.

»Sonst noch was bei Ihnen in der letzten Woche?«

»Nein, bei mir nicht.«

»Gabriele?«

»Nein, bei mir auch nicht«, antwortete die Kollegin, die als Referentin vom deutschen Ministerium für Ernährung und Landwirtschaft entsandt war.

»Jochen?« Gemeint war der Kulturreferent Bender, der gleichzeitig für das Pressereferat zuständig war.

»Ja, der, äh ... Besuch des Tanzforums NRW nimmt langsam Form an. Geplant sind Auftritte in Casablanca, Fes und Marrakesch. Wir suchen momentan nach, äh ... Möglichkeiten für einen Gegenbesuch der Marokkaner, aber da ist die Finanzierung noch nicht geklärt. Das Goethe-Institut hat schon abgewunken, kein Geld mehr, und bei uns sieht's ja auch düster aus ...«

»Von nichts kommt nichts, nicht wahr«, kommentierte der Botschafter, der zwei Angewohnheiten hatte, die Schröder fast wahnsinnig machten. Die meisten seiner Beiträge leitete er mit einem »Folgendes …« ein, aber schlimmer noch war die Formulierung »nicht wahr«, die er oft und völlig wahllos an den Anfang, in die Mitte oder an das Ende eines Satzes stellte. Simon hatte zusammen mit Schröder, auch um etwas Abwechslung in die drögen Sitzungen zu bringen, ein Spiel erfunden: Sie stellten, für beide gut sichtbar, einen kleinen Wecker auf den Tisch. Simon war für die Minuten eins bis fünf zuständig, Schröder für sechs bis zehn, dann wieder Simon von elf bis fünfzehn und so weiter. Sie führten heimlich Strichlisten und am Ende wurde addiert. Wer in seiner Zeit die meisten »nicht wahr« zu hören bekam, der musste den anderen abends zum Essen einladen. Das Ergebnis fiel oft derart knapp aus, dass die Spannung manchmal unerträglich wurde.

Ansonsten war der Botschafter ein durchaus angenehmer Mann. Eher konservativ, Mitte 60, klein und von untersetzter Statur. Ein guter und fairer Chef, der aber auch streng werden konnte, wenn er es für angemessen hielt. Eine wirklich wichtige Botschaft hatte er nie geleitet, aber darauf war er auch nie erpicht gewesen. Vor zwei Jahren war er nach Marokko versetzt worden, auf seinen wahrscheinlich letzten Auslandsposten. Er war, wie er selbst sagte, aus zwei Gründen hier, für die er seinen Beitrag leisten wollte: die illegale Migration nach Deutschland zu verhindern und die legale möglich zu machen. Schröder hingegen hatte es sich zur Aufgabe gemacht – spätestens nach seinem Erlebnis in Tanger –, beides zu verhindern.

Nachdem alle Abteilungen, vom Militärattaché bis zum Politikressort, zu Wort gekommen waren, war es an Vogel, die Sitzung zu beenden. Er hatte das Schlusswort und freute sich offenbar diebisch auf das, was er gleich sagen würde. Beiläufig, als wäre das eine Selbstverständlichkeit, verkündete er:

»Übrigens, Folgendes: In Kürze kommt der Außenminister auf Besuch nach Marokko.«

Tatsächlich staunten nun alle nicht schlecht. Der Außenminister persönlich? Im Gesicht des Botschafters spiegelten sich Freude und Stolz. Man könnte meinen, es sei seine Idee gewesen, den Minister einzuladen, aber natürlich war es das Auswärtige Amt, das die Botschaft kontaktiert hatte.

»Ihr wisst, was ihr zu tun habt, nicht wahr.«

7

Der Schriftsteller Carsten Pollerhoff wollte noch etwas trinken. Es war mitten in der Nacht auf dem Flug von Berlin nach Hanoi, und die Flugbegleiter waren längst fertig mit dem Service, aber er wollte noch einen Rotwein, möglichst schwer, und einen Cognac, am besten doppelt, damit er endlich einschlafen konnte.

Pollerhoff war Mitglied der Kulturdelegation, die den Außenminister auf seiner Reise nach Vietnam begleitete und die des Weiteren aus dem Chef des DAAD, des Deutschen Akademischen Austauschdienstes, sowie einem vietnamesischen Künstler bestand, der mit Klebeband ganz erstaunliche Dinge fertigen konnte. Neben den üblichen Wirtschaftsleuten und Politikern fast aller Fraktionen wurden auch immer wieder Künstler mitgenommen, die einen Bezug zum Land hatten, das der Außenminister besuchte. Jansen, der DAAD-Mann, hatte überall auf der Welt zu tun und war schon oft dabei gewesen. Ngo Duc Tranh, der bildende Künstler, war als Kind unbegleitet als einer der vielen »Boat People«, die vor den amerikanischen Napalmbomben und Racheaktionen des Vietcong flohen, als Flüchtling in der DDR gelandet. Er arbeitete, weil er von seiner Kunst alleine nicht leben konnte, im Restaurant seines Bruders, der einige Szenelokale in Hamburg-Altona betrieb. Pollerhoff war, wie er immer wieder betonte, Mitglied der sogenannten »Autoren-Nationalmannschaft«, einer Gruppe von Fußball spielenden Schriftstellern, und zwar »auf der Sechs«, wie er betonte. Ein Begriff, mit dem Klenke nichts anzufangen wusste. Hier an Bord war Pollerhoff nur Ersatzspieler, weil drei andere nicht konnten und abgesagt hatten. Sein Bezug zu Vietnam bestand aus der Tatsache, dass eines seiner wenigen Bücher, aus welchen Gründen auch immer, ins Vietnamesische übersetzt worden war. Aber das war jetzt nebensächlich, vor allem für Pollerhoff selbst. Er war unglaublich stolz, in einem Flugzeug mitfliegen zu dürfen, auf dem nicht »Lufthansa« stand oder »Condor«, sondern »Bundesrepublik Deutschland«, dezent unterlegt mit einem schwarz-rot-goldenen Unterstrich.

Klenke hatte sich auf die Reise gefreut. Es war fast wie Urlaub, ein bisschen Händeschütteln hier und da für Behring, eine Werksbesichtigung, ein Richtfest und der Besuch einer Rechtshochschule. Die Reden dafür würde er im Flugzeug aus dem Ärmel schütteln, dachte er. Aber nun saß er neben Pollerhoff, der ihm ohne Punkt und Komma von seinen literarischen und sportlichen Heldentaten berichtete. Klenkes anderes Problem war Hauptfeldwebel Arzu Saglam, eine Flugbegleiterin der Bundeswehr, die ihn ein Jahr zuvor auf einer mehrtägigen Reise nach Mittelamerika sehr entschlossen verführt hatte. Ihn hatte die Mischung aus geheimnisvoller Schönheit und ihrer Uniform gewogen gemacht, und in der Tat waren erotisch keine Wünsche offengeblieben. Arzu war auch jetzt wieder dabei, wie er beim Check-in dem Reiseprogramm entnahm, und bei dem Blick, den sie ihm beim Einstieg ins Flugzeug zuwarf, war ihm klar, dass er ihr aus dem Weg gehen musste.

Beim Landeanflug auf Hanoi schlief Pollerhoff noch immer und schnarchte leise vor sich hin, nicht ohne eine Wolke übelsten Mundgeruchs zu verströmen, eine Mischung aus Cognac und Rotwein und Käse, der als Nachspeise gereicht worden war. Klenke musste ihn wecken, indem er ihn zunächst sanft, dann etwas härter an den Oberarm stieß. Auch Arzu half mit, nutzte aber gleichzeitig die körperliche Nähe zu Klenke und schaute ihn vielsagend an. Dann war Pollerhoff wach und bat um ein Aspirin, besser noch zwei.

Als das Flugzeug nach der Landung ausgerollt war, standen die Fahrzeuge schon bereit. Als Erster stieg Behring die Rolltreppe hinunter, wurde vom vietnamesischen Außenminister und dem deutschen Botschafter begrüßt und verschwand, zusammen mit einem Sicherheitsmann, in der schwarzen Limousine, die auch gleich losfuhr, gefolgt von den Autos des Ministerbüros, der Ärzte und des Botschafters. Der Rest der Delegation wurde auf Minibusse verteilt, die Mühe hatten, den Anschluss an die Autos nicht zu verlieren. So ging es in der prallen Sonne direkt zu einer Werkseröffnung nach Hải Phòng, einem trostlosen Industriegebiet etwa eine Stunde von Hanoi entfernt. Hier eröffnete die Firma Zuber Beton, ein Familienbetrieb aus Rheinland-Pfalz, ihr weltweit achtzehntes Werk. Eine traditionelle Tanzgruppe empfing die Gäste, aus Deutschland waren auch einige Mitglieder der Familie Zuber angereist, für die es natürlich eine Ehre war, hier in ihrer Niederlassung den Außenminister zu begrüßen. Behring fand ein paar freundliche Worte zur Geschichte der Firma und zum neuen Standort in Südostasien, dann gab es eine Werksführung. Pollerhoff fand die total langweilig und schnappte sich gleich ein Glas Sekt, Ngo fragte sich halblaut, wo denn der Sinn des Ganzen liege, warum man denn unbedingt ein achtzehntes Werk brauche, wenn man doch schon siebzehn habe, und das hier im Moloch von Hải Phòng, wo es ja nun alles andere als schön sei. Ministerialdirektor Köpf, Leiter der Wirtschaftsabteilung im Auswärtigen Amt, brachte das Wort »Standortpolitik« ins Spiel. Wenn Zuber hier nicht hingehe, um Beton zu produzieren, tue es eben jemand anderes aus Belgien oder Schweden, und das bringe dann Nachteile auf dem Weltmarkt. Ganz oder gar nicht, sonst könne man sich als Firma, die weltweit Geschäfte mache, auf Dauer nicht halten. Petersen von der Fraktion »Die Linke« schnappte das auf und verwies auf Ausbeutung und Lohndumping hier in Vietnam, nicht zu Unrecht. Überhaupt sei die Geschichte des Landes, besonders im 20. Jahrhundert, besonders tragisch. Vietnam sei, zusammen mit Laos, das meistbombardierte Land der Welt. Der Krieg, von den Vietnamesen übrigens »Amerikanischer Krieg« genannt, habe das Land um Jahrzehnte zurückgeworfen. In letzter Zeit aber sei die wirtschaftliche Entwicklung rasend vorangeschritten, und daran wolle nun auch die Zuber-Gruppe teilhaben.

Drei Stunden später war die Delegation endlich in Hanoi, dem »Venedig des Ostens«. Über das Metropole-Hotel wusste Pollerhoff durchaus Interessantes zu berichten, waren doch berühmte Leute wie Charlie Chaplin und William Somerset Maugham hier abgestiegen. Graham Greene hatte seine Erfahrungen später in seinem Roman *Der stille Amerikaner* verarbeitet, und Jane Fonda hatte ganze zwei Monate hier verbracht, aus Solidarität mit der Bevölkerung Vietnams. Als Klenke sein Zimmer betrat, fand er gleich den kleinen Zettel, den Arzu unter der Tür durchgeschoben hatte. Ob er später noch Lust auf einen Drink an der Bar habe, daneben ihre neue Mobilnummer. Er überlegte nur kurz und ging dann doch vorsichtshalber lieber früh schlafen. Der lange Flug und die Werksführung waren nun auch wirklich anstrengend gewesen.

Am folgenden Tag in der HLU, der Hanoi Law University, diskutierte der Außenminister mit den vietnamesischen Studenten. Klenke hörte über Kopfhörer mit, er fand die Simultanübersetzung Englisch/Deutsch nicht sehr gelungen. Das war auch eine seiner schlimmsten Befürchtungen, wenn er sich die größte Mühe mit der Rede gab und es dann irgendein Dolmetscher versemmelte. Während sich Pollerhoff über die Klimaanlage beschwerte, stellte wieder einmal Ngo die richtigen Fragen zum Thema. Wieso gab es hier überhaupt eine deutsche Rechtsschule? Nun, wusste Sieglinde Kunz von der CDU, auch das habe wirtschaftliche Gründe. Deutsche Firmen investierten am liebsten dann im Ausland, wenn sie sich auch rechtlich auf sicherem Boden wähnten. Deshalb versuche Deutschland (wie übrigens die USA und Russland ebenso), sein eigenes Rechtssystem auch in Südostasien zu etablieren.

Am Nachmittag fand das Treffen Behrings mit dem Ministerpräsidenten statt, anschließend fuhren sie im Konvoi zum Flughafen. Auf der Fahrt leuchteten die Augen des Carsten Pollerhoff. Eskortiert von Polizei und Motorrädern ging es, ohne auch nur einmal anzuhalten, quer durch die Sieben-Millionen-Stadt direkt vor das Flugzeug. »Das will ich auch zu Hause haben«, juchzte er, und Klenke sah ihm an, dass er genau das umsetzen würde, wenn er die Macht dazu hätte. Auf dem kurzen Flug nach Ho-Chi-Minh-Stadt schien Arzu überhaupt nicht sauer, wie Klenke es befürchtet hatte. Im Gegenteil, sie lächelte ihm öfter freundlich zu, so als wollte sie sagen: Kein Problem, früher oder später krieg ich dich sowieso. Vielleicht musste er einmal in einem Nebensatz erwähnen, dass er mittlerweile liiert war.

Ho-Chi-Minh-Stadt, kurz HCM, hieß früher Saigon und wurde das »Paris des Ostens« genannt. Heute sei die Stadt sehr jung, sehr modern, sehr multikulturell mit einer gut ausgebildeten Stadtbevölkerung, sie habe eine gute und positive Energie, befand Bruhns, der Abteilungsleiter Asien und Pazifik, beim Richtfest für das Deutsche Haus im Zentrum der Stadt. Klenke gab ihm recht. Er wollte sich noch ein wenig die Beine vertreten und Großstadtluft atmen, daher ging er einmal um den Block und landete im alten Postamt, wo ihm ein sehr alter Mann auffiel, der vor einem kleinen Schreibtisch saß und traurig in die Welt blickte. Der Mann war Briefeschreiber, sicher weit über achtzig. Früher hatte er übersetzt und das aufgeschrieben, was Menschen ihm diktierten, die selbst nicht schreiben konnten, die es nie gelernt hatten. Heute gab es kaum noch Analphabeten in HCM, und der alte Mann war nahezu arbeitslos. Klenke konnte sich lange nicht losreißen von diesem Anblick, der ihn sehr berührte. Unter dem Dach das riesige Porträt von Ho Chi Minh, dem Vater des modernen Vietnam. Unten das alte Vietnam. Ein einsamer Mann der Worte.

Am Nachmittag sollte endlich auch Pollerhoff seinen großen Auftritt haben, eine Lesung aus seinem Roman *Im Dunstkreis der Fische* im Goethe-Institut – aber es war niemand gekommen, ihn zu hören. Pollerhoff war zunächst außer sich, und dem Leiter des Instituts war es furchtbar peinlich, aber er konnte beweisen, dass er in der Tat die Lesung weitläufig angekündigt hatte, sowohl per Aushang und per Plakat als auch über Facebook und andere soziale Medien. Als Pollerhoff klar wurde, dass auch Ort und Uhrzeit korrekt wiedergegeben waren, nahm er das persönlich und sprach kein Wort mehr. Den ganzen Abend nicht, weder vor noch nach dem Kulturabend »Tradition und Moderne«, auf dem Sänger, Tänzer und Akrobaten eine erstklassige Show ablieferten.

Behrings Rede zu Beginn des Abends hatte Klenke gewissermaßen recycelt. Vor ein paar Jahren hatte sich ein deutscher Oberbürgermeister mit der Schließung seines Schauspielhauses wichtigmachen wollen. Klenke fand, dass seine damaligen Gedanken zur Kultur noch immer und überall auf der Welt Gültigkeit besaßen, auch hier in Ho-Chi-Minh-Stadt. Kultur war wichtig, und wie überall stand sie gegenüber den wirtschaftlichen Interessen mit dem Rücken zur Wand.

»Sehr verehrter Herr Vorsitzender des Volkskomitees,
sehr geehrte Exzellenzen,
meine Damen und Herren,

kann man die Frage, welche Kultur eine Stadt wie diese braucht, überhaupt so stellen? Oder impliziert nicht bereits die Frage, dass es auch Kultur geben könnte, die man nicht braucht, die man weglassen könnte? Der frühere deutsche Bundespräsident Richard von Weizsäcker hat schon 1991 gesagt, es sei grotesk, dass Ausgaben im kulturellen Bereich ›Subvention‹ genannt würden, während kein Mensch auf die Idee käme, die Ausgaben für einen Bahnhof oder einen Spielplatz als Subvention zu bezeichnen …«

An dieser Stelle hielt Behring kurz inne, das kam ihm wohl bekannt vor. Lächelnd suchte er den Blick Klenkes, der in der dritten Reihe saß. Dieser blickte gelassen zurück und zuckte kaum sichtbar mit den Schultern. Sie waren ja hier nicht in New York bei den Vereinten Nationen. Behring sah das genauso und fuhr fort:

»Kultur ist kein Luxus, den wir uns leisten oder auch streichen können, sondern der geistige Boden, der unsere innerliche Überlebensfähigkeit sichert. Das trifft den Kern der Debatten, die immer wieder um den Stellenwert und die Kosten von Kultur geführt werden. Die

Formulierung des geistigen Bodens leitet über zum lateinischen Ursprung des Wortes aus der Agrarwirtschaft, wo ›cultura‹ die Pflege des Ackers und die Urbarmachung des Bodens bedeutete, sodass darauf etwas wachsen und gedeihen kann.

Wenn Sie wollen, dass sich Ihre Stadt entwickelt, dass sie wächst und gedeiht, dann brauchen Sie Kultur, genau wie Sie Wirtschaft, Handel, Verkehr, Infrastruktur, Sport, Bildung und alle anderen Bestandteile einer modernen städtischen Gesellschaft brauchen. Nur so kann Ho-Chi-Minh-Stadt eine lebendige, funktionierende und innovative Großstadt sein, die in die Zukunft orientiert ist und über ihre Grenzen hinausstrahlt. Eine Stadt, die lebenswert ist und noch lebenswerter sein möchte, muss allen Bürgern und potenziellen Neubürgern ein breites Spektrum bieten. Kultur ist auch ein Standortfaktor, das belegen inzwischen zahlreiche Studien, auch hier in Vietnam. Die Geschichte, besonders die deutsche, zeigt hinlänglich, wie gefährlich es ist, Kultur als vermeintlich entbehrlichen Bestandteil einer Gesellschaft zur Disposition zu stellen und so der Nichtkultur Tür und Tor zu öffnen. So entsteht die destruktive Tendenz, Dinge gegeneinander aufzurechnen, die sich nicht aufrechnen lassen: Schule gegen Theater, Schwimmbäder gegen Museen. Sehr schnell gerät man so in die trüben Gewässer unsäglicher populistischer Schlammschlachten wie unlängst bei uns in Düsseldorf, wo Eltern ihre Kinder mit Plakattexten auf die Straße schickten wie: ›Mama, ich will nicht in die Oper, ich will ins Schwimmbad!‹ Gerade Kunst und Kultur schauen inhaltlich und geografisch über den Tellerrand, sie operieren in anderen Dimensionen als das kurzlebige Tagesgeschäft. Dafür brauchen sie die Rückendeckung und die aktive Verantwortung von Stadt und Staat. Die Kulturschaffenden sind sich bewusst, dass auch sie beauftragt sind, sich um Unterstützung und private Sponsoren zu kümmern. Dies ist längst aktiver Bestandteil der Arbeit aller Kulturinstitute. Aber: Je stolzer eine Stadt auf ihre Kultur ist, sie fördert und mit ihr wirbt, desto leichter ist es umgekehrt auch für die Kultur, Partner in der Wirtschaft zu finden. In diesem Sinne wünsche ich uns allen einen schönen Abend,

vielen Dank!«

Auf dem Rückflug nach Deutschland gab es erst mal einen Rüffel vom Chef. Klenke hätte ihn doch wenigstens vorwarnen können, wenn er schon eine uralte Rede aus dem Hut ziehe. Aber ganz ernst gemeint war das nicht, und Behring lud die Wirtschaftsleute noch auf ein paar Gläser Rotwein in seine Suite. Die meisten von ihnen hatten aussichtsreiche Geschäfte anbahnen können und waren dementsprechend gut gelaunt. Ein paar Beamte waren auch dabei, sie hatten jetzt ihre Anzüge gegen Jeans und Sweatshirts eingetauscht und saßen auf dem Boden. Es herrschte Stimmung wie auf einer Klassenfahrt, und Klenke wusste einmal mehr, warum er diesen Job so mochte. Später schlug jemand vor, die Serie *House of Cards* über die Bordanlage zu spielen, was aber daran scheiterte, dass der DVD-Player schnell seinen Geist aufgab. Und so kam Carsten Pollerhoff doch noch zu seiner Lesung – nachts um drei in der Flugzeugsuite des deutschen Außenministers, zehntausend Meter über Pakistan.

8

»A...«, sagte der grauhaarige Mann und nickte Maria auffordernd zu. Es war der Tag vor ihrem achtzehnten Geburtstag, und sie schaute auf den grünen Apfel, der in einer kleinen Holzschale in der Mitte des Tisches lag. Dann holte sie tief Luft, öffnete den Mund und versuchte es.

»A...«, wiederholte der Mann, der auf den schönen Namen Dr. Blume hörte. Daran musste Maria jetzt komischerweise denken, als sie sich konzentrierte, um den Buchstaben nachzusprechen, den der Therapeut ihr vorgab. Es gelang nicht.

»Versuch's einfach, Maria. Was liegt da auf dem Tisch? Ein ...?«

Sein Plan war, zunächst einen Vokal aus ihr herauszulocken, dann eine Silbe, ein Wort, einen Halbsatz und irgendwann auch mal einen ganzen Satz. Sie schaute zu ihm auf und bekam einen Schweißausbruch.

»Nur den ersten Buchstaben, Maria, oder die erste Silbe, falls dir das leichter fällt. Ap...«

Maria gab sich wirklich Mühe, ihm den Gefallen zu tun, aber außer einem unverständlichen, kehligen Laut kam nichts über ihre Lippen. Ihre Augen füllten sich mit Tränen.

»Okay, hören wir auf für heute. Ist nicht schlimm.«

Dr. Blume beendete die Sitzung.

»Wir sehen uns nächste Woche?«

Ja, dachte Maria, sah ihn aber nicht an. Sie schämte sich. Nicht mal diesen einen blöden Buchstaben hatte sie geschafft, und bestimmt war der Therapeut jetzt enttäuscht von ihr.

Draußen wartete ihre Mutter vor dem Auto und trat ihre Zigarette aus, als sie Maria kommen sah. Dann stiegen sie schnell in den Wagen, um sich vor dem eisigen Wind zu schützen.

»Na, wie war's?«

»Kannst du bitte weniger rauchen, Mama? Oder zumindest nicht direkt bevor wir losfahren? Das stinkt.«

Gleichzeitig hielt sie ihr ein Kaugummi hin, das ihre Mutter auch nahm, und schnell überlagerte der Geruch von Waldbeere den des Zigarettenrauchs.

»Tut mir leid. Möchtest du reden?«

»Später. Fahr bitte los, es ist kalt.«

Marias Mutter startete den Wagen, gab »nach Hause« in das Navi ein und fuhr zurück nach Frankfurt.

Es war drei Monate her, dass sie von dem Kölner Therapeuten mit dem schönen Namen gelesen hatte, der als Koryphäe auf seinem Gebiet galt. Wie viele Therapien hatte sie nun schon hinter sich? Waren es vier oder bereits fünf? Ihre Mutter war anfangs nicht begeistert von der Aussicht gewesen, ihre Tochter einmal pro Woche mit dem Auto nach Köln zu bringen, aber Maria bestand darauf, weil sie sich nicht traute, mit dem Zug zu fahren. »Öffentliche Verkehrsmittel«, allein dieser Begriff ließ sie schon zusammenzucken. Sie wollte nicht unter Menschen, sie konnte es nicht, weil sie Angst hatte, vielleicht angesprochen zu werden, selbst sprechen zu müssen. Ihr Ticket konnte sie sich am Automaten ziehen, aber was, wenn der einmal kaputt war? Nie hätte sie es gewagt, im Reisecenter ein Zugticket zu kaufen oder beim Bäcker einen Kaffee oder ein Brötchen, wenn sie Hunger hatte.

Selektiver Mutismus. Seit sie zum ersten Mal bei Dr. Blume gewesen war, gab es endlich einen Namen für ihr Problem, für ihre Krankheit, ihre Angststörung. Und auch wenn sie heute das Wort »Apfel« nicht aussprechen konnte, an manchen Tagen ging es schon besser und sie hatte das Gefühl, Fortschritte zu machen, wenn auch sehr langsam.

Sie selbst konnte sich nur sehr vage erinnern, aber von ihrer Mutter wusste sie, dass alles im Kindergarten angefangen hatte, wo sie jede Kommunikation sofort eingestellt und kein einziges Wort mehr gesprochen hatte. Die Kindergärtnerin hatte zunächst mit Geduld und Verständnis reagiert, auch als Maria begann, um sich zu schlagen und einmal einen Stuhl so heftig gegen die Wand schlug, dass dieser zerbarst. Aber als sich Maria irgendwann täglich in die Hose machte – weil (aber das konnte die Pädagogin nicht wissen) sie sich nicht zu fragen traute, ob sie zur Toilette dürfe –, gab sie auf und legte den Eltern nahe, ihre Tochter vom Kindergarten abzumelden. Die anderen Kinder seien zu irritiert und verunsichert, das könne sie im Sinne der Gruppe nicht mehr verantworten. So musste Frau Benek ihre Stelle als Sekretärin bei einer Sparkasse aufgeben, um Maria zu betreuen.

Zu Hause war die Situation aber nicht wesentlich besser. Zwar sprach Maria im Kreise ihrer Familie (es gab noch den Vater, einen stillen Mann Ende dreißig, und ihre zwei Jahre ältere Schwester) oft und gerne, aber sobald eine fremde Person die Wohnung betrat, sei es der Postbote oder die Putzfrau, erstarrte ihr Körper dermaßen, dass sie völlig bewegungsunfähig war. Auch außerhalb der Wohnung war es nicht anders. Im Schuhgeschäft konnte Maria nicht sagen, ob die neuen Schuhe passten oder drückten und wehtaten. Die Verkäuferin gab ihnen netterweise fünf Paar mit nach Hause, wo Maria sich sicher fühlte und dort eines aussuchen konnte, die anderen brachte ihre Mutter zurück. Und trat Maria anfangs ihren Verwandten noch einigermaßen offen gegenüber, so änderte sich zunehmend auch das. Als die Familie den Onkel in Wiesbaden besuchen wollte, weigerte sie sich dort, aus dem Auto zu steigen, und blieb über Stunden darin sitzen, bis alle wieder zurückfuhren. Beim nächsten Versuch sperrte sie die anderen gleich ganz aus, verbarrikadierte sich in der Wohnung und ließ sie erst spätabends wieder herein. Von da an waren Verwandtenbesuche bis auf Weiteres gestrichen, was für ihre Mutter nicht einfach zu erklären war, denn besonders ihr Bruder reagierte verständnislos und nahm es persönlich. Aber Maria hatte zwei Gesichter: lebhaft zu Hause, eine Schweigerin überall sonst.

Der erste Psychologe, bei dem sie in Behandlung war, diagnostizierte Autismus, aber das war ganz klar falsch, denn Autisten waren gleichbleibend zurückgezogen, während sich Maria zu Hause ja weitgehend normal verhielt, wenn auch zunehmend dominant. Der zweite tippte auf Asperger-Syndrom, eine psychologische Störung, bei der die Patienten außerstande seien, nichtsprachliche Signale wie Gestik und Mimik zu erkennen und auszuwerten beziehungsweise selbst auszusenden. Die Intelligenz sei meist sehr ausgeprägt und falle manchmal sogar mit einer Hochbegabung zusammen, was auf Maria definitiv zutraf. Der Arzt verschrieb verschiedene Antidepressiva gegen Angst- und Zwangsstörungen, was aber kaum Besserung brachte, dafür aber Nebenwirkungen wie Kopfschmerzen, Schwindel und Schlafstörungen verursachte.

Immerhin war Maria mit sechs in der Lage, in die Grundschule zu gehen. Dafür brachte sie ihre körperlichen Bedürfnisse unter Kontrolle, indem sie zu Hause noch schnell auf die Toilette ging und danach nichts mehr trank. So kam sie um die Frage herum, ob sie austreten dürfe. Ihren Hunger unterdrückte sie bis zum Mittag, es könnte sie ja jemand beim Essen sehen und das eklig finden. Für ihre Mitschüler war Maria irgendwie interessant und exotisch, sie begegneten ihr zunächst durchaus mit Wohlwollen und Empathie, aber schon nach wenigen Wochen fanden die meisten sie »doof« oder »voll arrogant«, wahrscheinlich hatten sie selbst das Gefühl, irgendetwas falsch zu machen, weil Maria ja offenkundig keinen Kontakt wollte. So wurde sie ausgeschlossen (manchmal auch gemobbt) und verbrachte die Pausen allein auf dem Schulhof. Ihre Lehrerin war ebenfalls ratlos, wie sie mit Maria umgehen sollte und wie sie überhaupt zu bewerten sei. Im Sportunterricht stand sie einfach nur da und bewegte sich nicht. In der Klasse zeigte sie nie auf, aber nach einiger Zeit fasste sie Vertrauen zu ihrer Sitznachbarin Ulrike, der sie die Antworten auf die Fragen der Lehrerin ins Ohr flüsterte, woraufhin Ulrike sie laut weitergab. Die Antworten waren immer richtig, und der Lehrerin war klar, dass sie es mit einer hochbegabten Schülerin zu tun hatte, die unbedingt aufs Gymnasium sollte. Zur Belohnung durfte sie auch beim weihnachtlichen Krippenspiel mitmachen und sich eine Rolle aussuchen. Sie nahm den Erzengel Gabriel, der hatte keinen Text.

Auf dem Gymnasium bot sich das gleiche Bild. Schriftlich eins, mündlich fünf. Zum Glück war auch Ulrike wieder in derselben Klasse, saß neben ihr und fungierte weiterhin als Marias Sprachrohr. So schaffte sie es problemlos in die Oberstufe. Die meisten Lehrer arrangierten sich mit der Situation und gaben ihr im Zweifel sogar die bessere Note. »Nachteilsausgleich« nannten sie das, aber das wollte Maria nicht, insbesondere von Herrn Kalina nicht, dem ungewaschenen Geschichtslehrer mit dem Haarzopf, der sie nicht auf einen Frankreich-Austausch mitnahm, weil Marias Schweigen dort als Arroganz ausgelegt werden und so ein schlechtes Licht auf »uns Deutsche« werfen konnte.

»Selbst wenn ich sprechen könnte«, dachte Maria, »mit dir würde ich kein Wort reden.«

Sie bestand ihr Abitur mit einem Notendurchschnitt von 1,5 und stand vor der Frage, was sie nun mit ihrem Leben anfangen sollte – oder konnte. Ein Studium traute sie sich nicht zu, und eine Ausbildung? Wer nahm schon jemanden, der nicht sprach? Gab es überhaupt Berufe, in denen man nicht sprechen musste? Schweigen führt, das wusste Maria, in die gesellschaftliche Isolation. Es ist die Sprache, die einen Menschen in eine Wechselbeziehung mit anderen treten lässt. Mit der Sprache erschließen wir uns die Welt, schaffen Zugang zu unseren Mitmenschen und schließlich zu uns selbst. Mit diesen Gedanken entschloss sich Maria, noch ein letztes Mal eine Therapie zu versuchen, und stieß so auf Dr. Blume.

Acht Monate nach der ersten Sitzung bei ihm konnte sie, auch in Anwesenheit fremder Personen, »Der Apfel liegt auf dem Tisch« sagen. Und nicht nur das.

»Polen?«, fragte Blume, als sie über einer Landkarte saßen und die Länder der europäischen Union durchgingen.

»Die Hauptstadt von Polen ist Warschau«, sagte Maria mühelos.

»Sehr gut«, lobte Blume zufrieden.

»Polen hat etwa 40 Millionen Einwohner und liegt auf Platz 22 der größten Volkswirtschaften der Erde.«

Blume staunte und lächelte, was Maria dankbar zur Kenntnis nahm. Irgendwie mochte sie dieses Land, ohne jemals selbst dort gewesen zu sein. Diese bescheidene rotweiße Flagge. Das Wappen mit dem Adler. Die Nationalhymne.

»Noch ist Polen nicht verloren,
solange wir leben.
Was uns fremde Übermacht nahm,
werden wir uns mit dem Säbel zurückholen.«

Sie suchte im Internet nach dem polnischen Originaltext und mochte auch die Sprache. Fand im Radio einen polnischen Sender, und als sie dort eines Tages ein Gedicht von Wisława Szymborska hörte, wollte sie diese Sprache auch lernen und kam auf eine Idee: Sie wollte versuchen, in Polen zu leben. Dort würde sie sich sicherer fühlen, dort würde ihre psychische Störung nicht so auffallen, weil ja niemand davon ausgehen würde, dass sie als Deutsche auch Polnisch sprach. So schrieb sie sich für Philologie und Publizistik an der Universität Krakau ein, bezog ein möbliertes Zimmer im Stadtteil Nowy Świat und fühlte sich wohl in dieser Stadt mit den vielen Studenten, die sie weitgehend in Ruhe ließen. Nach fünf Jahren sprach sie gut Polnisch, was ihr half, einen Nebenjob bei einer Catering-Firma zu bekommen, wo sie bei Veranstaltungen kaum reden, aber freundlich lächeln musste. Das tat sie auch beim Empfang für die Delegation des deutschen Außenministers im Goethe-Institut. Sie stand am Rande des Saales mit ihrem Tablett in der Hand, darauf Prosecco und Weißwein. Dann sah sie Klenke. Und ohne es zu wollen, lächelte sie ihn an. Er ging auf sie zu und nahm sich ein Glas Wein, obwohl andere Hostessen deutlich näher bei ihm standen. Sie spürte einen leichten Schauer in ihrem Nacken. Wenig später gab er ihr schüchtern seine Visitenkarte. Noch in derselben Nacht schrieb sie ihm eine SMS.

9

Sieben Monate später stand Maria in Berlin auf einem Steg am Tegeler See und blickte nach Osten in Richtung Borsigwerke. Ein Flugzeug verschwand dort gerade in den Wolken. Von der anderen Seite wehte diffuses Geplauder zu ihr herüber, zu weit entfernt, als dass sie Gesprächsfetzen hätte verstehen können. Außenminister Behring hatte Kulturschaffende zu einem Meinungsaustausch in die Villa Borsig eingeladen, und die waren zahlreich gekommen. Zu zahlreich für Maria. Klenke hatte darauf bestanden, dass sie ihn diesmal begleitete, zum ersten Mal, seit sie in Berlin war. Sie hatte sich zunächst wieder gesträubt, unter Menschen zu gehen, aber sie wusste, dass er recht hatte. So konnte es nicht weitergehen. Irgendwann musste sie zumindest versuchen, ihre Angststörung in den Griff zu bekommen, erste Schritte aus ihrem Schneckenhaus machen. Dann aber war es doch sehr schnell zu viel für sie. Im Garten vor dem Schloss waren Stehtische mit weißen Hussen und ein Büfett aufgebaut. Zwar hatte man auch an die Vegetarier und Veganer gedacht, dennoch wurde so ausgiebig gegrillt, dass den Dunstwolken des gebratenen Fleisches nicht zu entkommen war. Maria aß kein Fleisch mehr, seit sie als Kind den Film *Ein Schweinchen namens Babe* gesehen hatte. Schon nach zehn Minuten hielt sie es nicht mehr aus und ging einen kleinen Abhang hinunter zum See. Hier roch es besser und sie hatte ihre Ruhe.

»Hi«, dröhnte plötzlich eine Stimme hinter ihr. Sie drehte sich erschrocken um. Da stand ein Mann Mitte dreißig, dessen brauner Anzug etwas zu groß und dessen Hemd, oben zusammengehalten von einer neongrünen Krawatte, etwas zu klein war, sodass sich sein Bauch deutlich abzeichnete. Er erinnerte sie an einen Arbeitskollegen ihrer Mutter, einen Kundenberater bei der Sparkasse.

»Ich bin der Carsten.«

Er streckte ihr seine Hand hin, die sie aber nicht nahm, sondern nur anstarrte, ein bisschen ängstlich, aber das merkte der Mann nicht.

»Und wer bist du? Was machst du hier?«

Maria schaute hoch, wieder in sein Gesicht, antwortete aber nicht, worauf er seine Hand zurückzog.

»Schön hier, ne?«

Carsten lächelte sie an, sie nickte nach kurzem Zögern.

»Bist du auch das erste Mal hier?«

Wieder ein Nicken von Maria.

»Und so coole Leute, findest du nicht? Ich hab gerade den Max Raabe gesehen, den finde ich echt geil!«

Den Namen hatte sie schon mal gehört, das war wohl ein berühmter Sänger. Ansonsten, so hatte Klenke ihr angekündigt, waren ein paar Schauspieler da, Intendanten der Berliner Theater, die Staatssekretärin für Kultur und Medien, auch bildende Künstler.

Und Autoren.

»Interessierst du dich für Literatur?«, fragte der Mann weiter. Maria nickte. Wahrscheinlich mehr als du, dachte sie, sagte es aber nicht. Ihr Fluchtimpuls hatte schon eingesetzt.

»Ich bin übrigens Schriftsteller.«

Augenscheinlich wartete er auf die Frage, welche Bücher er denn schon geschrieben habe. Sie hätte sie auch dann nicht gestellt, wenn sie sprechen könnte, stattdessen fragte sie sich einmal mehr, warum die Menschen nicht merkten, wenn der andere nicht an einem Gespräch interessiert war.

»Hast du *Im Dunstkreis der Fische* gelesen? Das ist von mir.«

Maria schüttelte wieder den Kopf.

»Solltest du mal machen. Hat gute Chancen auf die Shortlist.«

Maria sah ihn fragend an und dachte jetzt ernsthaft über ihre Fluchtmöglichkeiten nach.

»Für den Deutschen Buchpreis.«

Wer immer nur spricht, kann nichts dazulernen, dachte Maria. Während Carsten nun anhob, die Bedeutung dieses Preises zu würdigen, Longlist, Shortlist, Stanišić etc., schaute ihn Maria nur an. Weil sie nicht sprach, konnte sie umso besser beobachten und hatte sich eine profunde Menschenkenntnis angeeignet, auch als Selbstschutz. Sie scannte fortwährend ihr Umfeld, um bestimmte Situationen und Gefahren zu vermeiden.

Dieser hier war harmlos. Er wollte sich nicht mit ihr verabreden, das war klar, er wollte nur von sich selbst erzählen. Er hatte noch nicht einmal gemerkt, dass sie noch kein einziges Wort gesagt hatte. Maria entspannte sich.

»Gleich spricht der Behring, kommst du mit?«

Abermals schüttelte sie den Kopf.

»Okay. Dann bis später vielleicht. Tschüss!«

Maria musste fast ein wenig lächeln, als sie ihn zur Villa Borsig zurückstapfen sah.

Er kam gerade rechtzeitig, eben wurde Behring mit herzlichem Applaus auf der Terrasse der Villa begrüßt. Schräg hinter ihm, einige Meter entfernt, Klenke. Für das, was Behring zu sagen hatte, brauchte er keinen Redenschreiber. Es ging ein bisschen um Kultur und die Bedeutung derselben, gerade in diesen unsicheren Zeiten sei sie wichtig wie nie. Behring meinte es ernst, es waren keine hohlen Phrasen, das merkten die Leute. Sie fühlten sich wertgeschätzt und waren dankbar für die Worte des Außenministers. Er zog noch eine Schleife über das aktuelle Weltgeschehen, ließ sie teilhaben an seinen Gedanken zu Krisen in der Türkei, in Nahost, dem Verhältnis zu China, der Flüchtlingskrise in Europa. Nicht zu viel, das meiste durfte er an dieser Stelle nicht sagen, aber man war zufrieden, das konnte Klenke in den Gesichtern der Gäste erkennen. Er hielt nach Maria Ausschau, vergeblich. Dafür sah er nun vorne links ein anderes bekanntes Gesicht.

»Steht der etwa auf der Gästeliste?«, fragte er leise Katrin Holter vom Protokoll, die neben ihm stand.

»Wer?«

»Carsten Pollerhoff.«

»Nicht dass ich wüsste.«

»Und wie ist der hier reingekommen?«

»Keine Ahnung. Vielleicht als Begleitperson von jemandem?«

»Ja, vielleicht ...«

Aber so wichtig war ihm das auch wieder nicht, er machte sich Sorgen um Maria, die er nirgends entdecken konnte. Während Behring nun eine Anekdote von seinem Besuch in den USA zum Besten gab, zog sich Klenke diskret zurück ins Innere des Gebäudes.

»Wo bist du?«, fragte er per SMS.

Ihre Antwort kam sofort.

»Auf dem Weg zur Bushaltestelle.«

»Was machst du da?«

»Blöde Frage. Eishockey spielen?«

Ja, die Frage war in der Tat blöd. Trotzdem:

»Ich kann hier noch nicht weg.«

»Weiß ich.«

»Weißt du auch, wie du nach Hause kommst?«

»Routenplaner. Ich kann gut googeln.«

»Okay. Wir sehen uns später.«

»Okay.«

Klenke hatte einige Monate gebraucht, um mit Marias Schweigen klarzukommen. Sprechen – Maria konnte es manchmal, wenn sie sich komplett sicher fühlte, aber auch noch nicht so lange. Die Therapie bei Dr. Blume hatte geholfen, und es war die richtige Entscheidung gewesen, nach Polen zu gehen und neu anzufangen. In Berlin hatte sie eine gewisse Zeit benötigt, bis sie Klenke genug vertraute, um mit ihm zu sprechen. Sehr wenig und stockend zwar, aber immerhin.

Er erinnerte sich, wie frustrierend es zu Beginn für ihn gewesen war. Eines Abends – er kam früher von der Arbeit zurück als erwartet – vernahm er im Flur Stimmen aus der Wohnung. Er hielt sein Ohr an die Tür und hörte, wie Maria mit einer weiblichen Person sprach, wohl mit ihrer Schwester, die zu Besuch war. Nicht stotternd oder abgehackt, sondern völlig zwanglos. Die Schwester stellte ein paar Fragen, Maria beantwortete sie ohne Probleme. Als Klenke aufschloss und die Wohnung betrat, verstummte sie augenblicklich. Klenke war sauer, und sie sah ihm sofort an, dass er gelauscht hatte. Lief ins Bad und schloss sich dort ein.

»Sie meint das nicht so«, erklärte die Schwester, »sie kann nicht anders!«

»Ach ja? Aber mit dir kann sie sprechen?«

»Ja, weil sie mich schon lange kennt!«

»Verstehe ich nicht!«

Klenke war regelrecht eifersüchtig und wollte schon wieder gehen, da kam Maria aus dem Bad, ging zu ihrer Schwester und flüsterte ihr etwas ins Ohr.

»Ich soll dir sagen, dass sie nicht anders kann.«

»Danke, das habe ich schon begriffen!«

Wieder flüsterte Maria.

»Sie würde dir gerne etwas zeigen.«

Klenke nickte nach kurzem Zögern. Maria ging zu ihrem Laptop, tippte etwas ein. Winkte ihn zu sich. Zeigte ihm einen Bericht irgendeines Fernsehsenders, auf YouTube.

Und Klenke sah auf dem Monitor, wie ein Sprecher ein Zwillingspaar vorstellte, zwei Jungs, etwa zwölf Jahre alt. Aufnahmen aus dem Klassenraum ihrer Schule. Beide sprachen kein Wort und starrten vor sich hin. Kurzes Interview mit dem Klassenlehrer. Dieser Zustand bestehe schon seit Jahren. »Diagnose selektiver Mutismus«, erklärte der Sprecher. Dann Schnitt ins Elternhaus. Hier das Bild einer versteckten Kamera, die irgendwo an der Decke angebracht war. Die Familie am Küchentisch, Vater und Mutter und die beiden Kinder beim Abendbrot. »Und jetzt passen Sie mal auf«, sagte der Sprecher. Und tatsächlich: Die beiden Kinder sprachen völlig zwanglos mit ihren Eltern. Stritten miteinander um ein Stück Wurst, vertrugen sich, lachten. »Kaum zu glauben«, sagte der Sprecher. Dann entdeckte zuerst das eine, dann das andere Kind die Kamera unter der Decke. Beide fielen augenblicklich wieder in Schockstarre und waren still. Schnitt. Werbeunterbrechung. Maria schaltete den Computer aus.

Als er am nächsten Tag von der Arbeit nach Hause kam, war Maria verschwunden. Er nahm einen verschlossenen Brief vom Küchentisch, der aussah wie die Abschiedsbriefe, die man immer in Filmen sah. Er öffnete das Kuvert und las:

Lieber Franz,
eines musst Du wissen: Es ist nicht so, dass Mutisten nicht sprechen wollen – sie KÖNNEN es nicht! Niemand ist

darüber trauriger als ich. Die Sprache ist der Zugang zur Welt, und diesen Zugang habe ich nicht. Ich weiß, dass ich deswegen manchmal unterkühlt wirke, unnahbar und distanziert. Aber das bin ich eigentlich gar nicht. Es ist nur die Angst, nicht gut genug zu sein, nicht gut genug besonders für Dich, der die Sprache so liebt und so gut mit ihr umgehen kann. Ich hatte gehofft, dass sich die Gegensätze bei uns anziehen, aber ich bin mir da nicht mehr sicher. Wenn Du mich ansiehst, wenn Dein Blick auf mir ruht, werde ich immer verlegen und fühle mich unwohl. Weil ich denke, dass Du dann tief in mich hineinschaust, mich erkennst, dass Du alle meine Fehler siehst und mich dann doof findest. Was soll ich machen – ich kann nicht raus aus meiner Haut.

Neulich bei Georg und seiner Freundin habe ich zum ersten Mal indisch gegessen. Es war interessant, all diese fremden Gewürze, es hat mir sogar geschmeckt – aber ich konnte es nicht sagen, ich konnte es nicht aussprechen. Was müssen die beiden jetzt von mir denken? Bestimmt, dass ich arrogant und blasiert bin, und das tut mir auch für Dich leid, wenn Deine Freunde so über Deine Freundin denken. Und vor allem: Was denkst Du über mich? Eigentlich weiß ich es gar nicht, obwohl wir ja schon eine Weile zusammenleben. Deine vielen Worte kommen oft nicht zum Kern der Dinge. Und der ist am Ende des Tages: Kannst Du Dir wirklich eine Zukunft für uns beide vorstellen? Und wenn ja: Führen unsere Probleme am Ende vielleicht sogar zu größerer Nähe?

Lieber Franz, mein Plan war eigentlich, zu meinen Eltern nach Frankfurt zu fahren und diesen Brief von dort abzuschicken. Am Poststempel hättest Du erkennen können, wo ich bin, hättest Dir vielleicht ein Auto gemietet und mich zurückgeholt. Aber das fand ich dann doch albern, aus dem Alter bin ich raus. Und was wäre gewesen, wenn Du diesen Poststempel übersehen hättest? Oder er durch Regen nicht mehr lesbar wäre? Oder Du nicht gekommen wärst, weil Du gar nicht kommen willst? Da hätte ich ja ewig warten können.

Deshalb habe ich mich entschieden, meine Sachen zu packen und erst mal zum Hauptbahnhof zu fahren. Der letzte Zug nach Frankfurt geht um 21.28 Uhr. Du findest mich an Gleis fünf – wenn Du willst. Wenn Du nicht willst, danke ich Dir ehrlich für die schöne Zeit mit Dir!

Deine Maria

Klenke wollte, das war ihm sofort klar. Alles im Leben war ihm bisher immer zugefallen, alles ging wie von selbst. Vielleicht war es an der Zeit, mal für etwas zu kämpfen.

Wie Maria geschrieben hatte, fand er sie auf einer Bank auf Gleis fünf, deutlich früher als halb zehn. Er hatte zwei Becher Kaffee dabei, die sie schweigend tranken.

10

Schröder staunte nicht schlecht, als er zusammen mit seiner Frau die Residenz des italienischen Botschafters betrat. Sie war viel größer als die seines Chefs Gisbert Vogel und auch wesentlich prunkvoller eingerichtet, zudem stand sie in einer besseren Gegend der Hauptstadt. Offenbar lag den Italienern das Wohlergehen ihrer Diplomaten mehr am Herzen als den Deutschen.

Dr. Di Matteo, so hieß der Gastgeber, hatte einige Kolleginnen und Kollegen und deren engste Mitarbeiter zum Abendessen eingeladen. Es kamen die Botschafterin der Niederlande mit ihrer (erwachsenen) Tochter, der griechische Botschafter mit seiner Frau, Gisbert Vogel nebst Gattin, Simon ohne Begleitung und er selbst mit Marysol. Sie waren die Letzten, Marysol hatte erst abwarten wollen, bis Pablo eingeschlafen war, bevor sie ihn dem Kindermädchen überließ, und das hatte gedauert.

Ein Bediensteter hielt ihnen ein Tablett mit Wasser und Champagner hin, nicht etwa Sekt, wie es bei Vogels Einladungen üblich war. Beide entschieden sich für Champagner und traten hinaus in den großen Garten, wo die Gesellschaft plauderte. Erstaunlich viele rauchten.

»Ah, Schröder! Schön, dass Sie uns am Ende doch gefunden haben«, begrüßte ihn Vogel. »Alle haben, nicht wahr, schon ordentlich Hunger!«

Schröder erklärte kurz den Grund ihrer Verspätung,

beide wurden der Runde vorgestellt. Marysol lächelte charmant. Di Matteo begrüßte sie besonders herzlich, er war ein gut aussehender Mann Ende vierzig, groß und schlank, die Haare noch immer pechschwarz und auch der dunkelblaue Dreireiher picobello. Ganz schön jung für einen Botschafter, dachte Schröder nicht ohne Neid, bevor zu Tisch gebeten wurde.

Das Placement, also die Festlegung einer Sitzordnung bei einem Essen, ist so etwas wie eine Geheimwissenschaft der Diplomatie, die, wenn richtig gemacht, Pflicht und Kür gleichzeitig ist, hierarchische Unterschiede abbildet und männliche und weibliche Gäste so platziert, dass keine Verstimmungen zu befürchten sind und gleichzeitig gute Gespräche befördert werden. Ehepaare saßen also selten zusammen, dennoch wunderte sich Schröder, warum er zwischen dem griechischen Botschafter und Hedwig zu sitzen kam, der dicken Tochter der Holländerin, die auch sehr holländisch aussah. Ihre rotblonden Haare waren zu zwei Zöpfen geflochten, in ihrem blassen Gesicht leuchteten rote Wangen, die aussahen, als seien sie geschminkt. Am Kopfende saß Di Matteo, Marysol überraschenderweise zu seiner Rechten.

»Ick bin die Hedwig«, sprach ihn das Mädchen von links an. Schröder gab ihr die Hand, die sie nahm und so fest drückte, dass es ihm kurz den Atem verschlug.

»Schröder«, sagte Schröder.

»Freut mich. Hast du keine Vorname?«

»Doch, klar. Cornelius.«

»Zorry, bei uns in Holland nennen sich alle bei die Vorname. Is dat chut für dich?«

»Na klar, kein Problem.«

Ein livrierter marokkanischer Kellner mogelte sich zwischen die beiden, in jeder Hand eine Flasche Wein.

»Blanc ou rouge, s'il vous plaît?«

»Blanc alsjeblieft.«

»For me, too«, erwiderte Schröder.

»Dank je wel«, so Hedwig.

Während der Kellner eingoss, kippte Schröder noch schnell den Rest seines Champagners, der wirklich vorzüglich war.

»Wie lange seid ihr schon in Rabat?«, wollte Hedwig wissen.

»Achtzehn Monate demnächst.«

»Und? Is lecker?«

»Wie bitte?«

»Bei uns in Holland is lecker een andere Wort für chut. Oder wel.«

»Ach so«, erwiderte Schröder. »Dann eher nicht so lecker.«

»Nee? Wat jammer! Also, ick find dat super hier! Mit meinen Eltern war ick in der Schweiz und davor in Tansania, aber hier gefällt et mir am besten! Also, ick bin ja nur op Besuch hier, ick studier Internationale Recht in Den Haag, aber immer wann ick …«

Sie wurden von einem Geräusch unterbrochen. Di Matteo war aufgestanden und bat um Ruhe, indem er eine kleine Gabel gegen sein Glas schlug.

> *»Ladies and gentlemen, I would like to welcome you all to my humble house. I am very happy that you found the time to follow my invitation this evening, and I do hope that we will have a nice time together. A warm welcome to Italy, enjoy your stay with us!«*

Sein Englisch war perfekt, das musste Schröder zugeben. Nicht so gebrochen wie das der meisten Italiener. Wahrscheinlich hatte er in England studiert.

»As you might probably know, tomorrow will be our national day, the ›Festa della Republica‹, as we say in Italy ...«

Und er erinnerte an die Gründung der Italienischen Republik 1946, als die Mehrheit der Italiener gegen die Monarchie als Staatsform stimmte und für die Einführung ebenjener Republik. Das Königshaus von Savoyen wurde ins Exil nach Ägypten verbannt, und zum ersten Mal nach der faschistischen Diktatur konnte ein demokratisches Parlament gewählt werden.

»Viva Italia«, endete er und hob sein Glas. Die Runde tat es ihm gleich, dann wurde getrunken. Auch Schröder nahm einen Schluck.

Exzellenter Wein, dachte er.

»Ou, dat kann!«, sagte Hedwig laut und wandte sich nach links, wo Frau Vogel saß.

Schröder wollte höflich sein und sprach den griechischen Botschafter zu seiner Rechten an, der etwas verloren vor sich hin starrte. Dieser nutzte die Gelegenheit, um Schröder sofort die Probleme seines Landes in der Flüchtlingsfrage zu erläutern. Mittelmeer, Frontex, Seawatch, Lesbos, Ankerzentren – Schröder hatte Mühe, dem Redeschwall des Griechen zu folgen, zumal er die Hälfte gar nicht verstand, weil dessen Englisch nun wirklich nicht das beste war. Schröder schaltete auf Durchzug und ließ seinen Blick halbherzig in die Runde schweifen. Er blieb bei Di Matteo hängen, der sich angeregt mit Marysol unterhielt. Für seinen Geschmack saßen sie etwas zu nah beieinander. Di Matteo sagte ihr etwas ins Ohr, worauf sie zunächst lächelte und dann laut loslachte. Täuschte er sich oder wurde sie sogar etwas rot? Und wo war eigentlich Di Matteos Frau? Hatte er überhaupt eine? Marysol bemerkte nun seinen Blick, nach kurzem Zögern lächelte sie ihm zu, aber irgendwas kam ihm falsch vor an diesem Lächeln.

Im Auto auf dem Weg nach Hause sprachen sie kaum, was eigentlich so gar nicht Marysols Art war. Die Tajine vom Lamm lag Schröder noch schwer im Magen. Zwar war es die beste Tajine, die er je gegessen hatte, aber nach anderthalb Jahren Marokko hing ihm dieses Gericht langsam zum Hals raus. Sie bogen in die Einfahrt ihrer Gated Community ein, einer bewachten Wohnanlage, die etwas außerhalb des Zentrums lag. Nachdem er seinen Daumen auf einen Scanner gelegt hatte, was ihn als Anwohner legitimierte, ging die Schranke hoch. Rabat war kein gefährlicher Ort, das hatte er seiner Frau immer wieder gesagt, aber sicher war sicher. Vielleicht sollte er doch einmal über eine Alternative nachdenken. Aber lohnte sich ein Umzug noch für die restlichen zwei Jahre bis zur Versetzung?

Beide Kinder schliefen, als sie ins Haus kamen und das Kindermädchen ablösten.

»War ganz schön heute Abend, oder?«, fragte Marysol.

»Ja.«

»Und was für ein schönes Haus.«

»Ja.«

Schröder überlegte, ob er das Thema ansprechen sollte. Besser nicht, dachte er, aber er konnte nicht anders.

»Ist er eigentlich verheiratet?«

»Wer?« In ihrer Stimme lag gespielte Unschuld.

»Der Botschafter natürlich.«

»Geschieden.«

»Ach. Und woher weißt du das?«

»Das hat er mir erzählt.«

»Okay …«

Es war ein schmaler Grat. Wenn er jetzt weiter insistieren würde, liefe das auf einen großen Streit hinaus, auf den er keine Lust hatte. Wenn nicht, würden seine düsteren Gedanken dafür sorgen, dass er die halbe Nacht wach läge. Aber vielleicht war ja auch alles ganz harmlos. Er entschied sich für das Letztere. Sie gingen beide ins Bad, putzten sich die Zähne und machten sich bettfertig, dann ging sie ins Schlafzimmer.

»Buenas noches, guapo.«

»Gute Nacht.«

Schröder verschwand in einer Kammer, die nicht größer als acht Quadratmeter war und gerade mal Platz für ein Bett bot. Seit geraumer Zeit schon hatten sie getrennte Schlafzimmer – auf Marysols Wunsch. Er glaubte nicht, dass er nachts schnarchte, sondern war der Meinung, dass er bestenfalls etwas zu laut atmete. Aber sie hatte einen sehr leichten Schlaf, wurde von jedem Bellen eines Hundes in der Nachbarschaft wach. Und als sie ihm eines Tages eine Tonaufnahme seines dann doch wirklich sehr lauten Schnarchens auf dem Handy präsentierte, hatte er keine Argumente mehr.

Wie erwartet konnte er lange nicht einschlafen. Nachts waren die Gedanken besonders dunkel, das wusste er. Wie lange war es nun her, dass sie zum letzten Mal miteinander geschlafen hatten? Vier Monate? Oder sechs oder acht? Nicht dass ihm daran besonders viel gelegen hätte, er fand Sex überbewertet. Vor Kurzem noch waren sie immerhin noch zusammen eingeschlafen, bevor sie ihn irgendwann rausschmiss, oder er kam morgens unter ihre Decke gekrochen, aber auch das schien nun vorbei zu sein.

Er überlegte, ob er sich einen runterholen und dabei an seine Frau und Di Matteo denken sollte, der sie mit seinem Schwanz, der dann viel größer wäre als sein eigener, von hinten penetrieren würde, ließ es aber sein. Später dann hielt ihn der Gedanke an den Muezzin wach, der bei Sonnenaufgang über Lautsprecher zum Gebet rufen würde, und zwar genau dann, wenn er gerade eingeschlafen wäre. Also stand er noch einmal auf, ging ins Arbeitszimmer und schaltete den Computer ein.

In den Nachrichten das Übliche. Krisen, Kriege, Klima, Krankheit. Wie immer Panikmache. Lügenpresse halt. Wobei er persönlich ja nicht glaubte, dass die Leute da mit Absicht logen, sie wussten es einfach nicht besser. Ahnungslose Gutmenschen. Was hatten sie nicht alles prophezeit? *Brexit? No way!* Und sich am Morgen die Augen gerieben. Als Nächstes der »Milliardär Trump«: *Wird früh in den Vorwahlen der Republikaner scheitern*. Und als das nicht geschah, der Mann sogar zum Kandidaten der Republikaner aufstieg: *Keine Chance gegen Hillary Clinton!* Erst recht nicht nach »You can grab her by the pussy« wenige Tage vor der Wahl. Endgültig ins Aus geschossen? Pustekuchen. Wer hatte gewonnen? *Ja, aber …!*, hieß es dann in den Mainstreammedien, *lange wird er's nicht bleiben!* Da wusste Schröder längst, dass diese Geschichte ganz anders ausgehen würde. Lauter Ahnungslose, echt!

Lieber wechselte er jetzt zu NZZ online. Die Neue Zürcher Zeitung, die er vor Kurzem für sich entdeckt hatte. Er suchte und fand ein paar Artikel zu Migration und Flüchtlingskrise. Großes Thema, immer noch, auch für ihn. Es war jetzt zwei Monate her, dass er auf Heimaturlaub in Berlin gewesen war (warum eigentlich war Marysol nicht mitgekommen, sondern in Marokko geblieben?). Sein Zug, mit dem er vom Bahnhof Gesundbrunnen nach Dortmund fahren wollte, um dort einen Bundeswehrkameraden zu besuchen, fiel wegen eines technischen Defekts aus. Der nächste kam erst eine Stunde später, also entschloss er sich zu einem Spaziergang im nahe gelegenen Park, dem Humboldthain. Er konnte es zunächst selbst nicht glauben, aber wie er da so spazierte, sah er keinen, wirklich keinen einzigen Deutschen! Nordafrikaner, Schwarze, Araber, Türken, auch Russen oder Ukrainer, wie er an der Sprache hören konnte. Er ging noch einmal eine Runde, aber es blieb dabei: kein Deutscher weit und breit! Und zum ersten Mal bekam das Wort »Umvolkung« für ihn eine Bedeutung, eine Dimension, die er endlich verstand.

Aber warum das alles? Wer hatte etwas davon? Deutschland jedenfalls nicht, das stand fest. War das alles Zufall oder steckte am Ende doch ein Plan dahinter, den er nicht durchschaute? Zumindest noch nicht? Ihm fiel die WhatsApp seines älteren Bruders wieder ein, die er ihm zusammen mit einem YouTube-Video geschickt hatte. »Wenn du mal Zeit hast – sehr interessant!«, hatte er dazugeschrieben. Zu sehen war ein Vortrag des Südtiroler Historikers Silvio Mederle an einer deutschen Universität, es ging um die Anschläge auf das World Trade Center am 11. September 2001 und seine Zweifel an der offiziellen Version der US-Regierung. Mederle argumentierte schlüssig und nachvollziehbar, dass es nicht unbedingt ein Terroranschlag arabischer Terroristen gewesen sein musste. Auch wenn er es nicht aussprach, so ließ sein Vortrag letztlich nur den Schluss zu, dass die Regierung Bush das Attentat, wenn auch nicht selbst geplant, so doch zumindest billigend in Kauf genommen hatte. Und wenn so etwas möglich war, konnte es nicht auch ganz andere, größere Dinge zwischen Himmel und Erde geben, deren Zusammenhänge den meisten Menschen verborgen blieben?

Mit diesen Gedanken ging er zurück in sein schmales Bett und deckte sich mit einer kratzigen Wolldecke zu. Da rief auch schon der Muezzin.

11

Drei Stunden später wunderte sich Klenke in Berlin über die Glocken, die er vom Französischen Dom her vernahm. So früh schon ein Gottesdienst? Oder waren die Dinger neu und mussten getestet werden? Gab es überhaupt noch Glocken oder kam das Geläute vom Band?

Er war mit dem Fahrrad unterwegs zur Arbeit ins Auswärtige Amt und passierte in der Oberwallstraße ein großes Plakat. Ein junger, sehr gut aussehender Mann mit freiem Oberkörper und Sixpack guckte lasziv in die Kamera, hatte aber einen ziemlich uncoolen roten Fahrradhelm auf. »Looks like shit. But saves my life« stand als Claim darunter. Und der Hashtag #helmerettenleben. Sehr prima, dachte Klenke, auf den Punkt! Und setzte auch gleich seinen eigenen Helm auf, wie er es Maria versprochen hatte, aber viel zu selten tat. Manchmal gab es wirklich gute Kampagnen. Nicht schlecht auch vor ein paar Jahren die der Bundeswehr mit »Wir kämpfen auch dafür, dass du gegen uns sein kannst«. Chapeau! Bundeswehr und Kommunikationsguerilla, wer hätte das gedacht. Zuweilen kam Klenke nicht raus aus seiner Werberhaut.

Er beschloss, sich noch schnell einen Kaffee zu holen und mit ins Amt zu nehmen. Zur Firma Starbucks hatte er ein ambivalentes Verhältnis. Der Kaffee war woanders besser, besonders in den kleinen, hippen Klitschen, trotzdem hielt er der Kette aus Dankbarkeit die Treue, war sie doch mit die erste gewesen, die eine Art Kaffeekultur jenseits der deutschen Bäckereien einführte, deren Plörre oft nicht genießbar war. Er bestellte einen Cappuccino.

»Tall, grande, venti?«, wollte der tätowierte Mann hinter der Theke wissen. Ein Schild mit dem Namen »Sean« klebte auf seiner grünen Schürze.

»Wie bitte?«

»Which size would you fancy for your cappuccino?«

»Den kleinsten, den Sie haben.«

Der Mann sah ihn ratlos an. Sein Englisch klang nach Australien oder Neuseeland. Klenke antwortete dennoch auf Deutsch, er wollte es ihm nicht allzu einfach machen. Er hatte überhaupt nichts dagegen, dass junge Leute aus aller Welt nach Berlin kamen und hier arbeiteten, im Gegenteil, aber ein bisschen Mühe, zumindest in Grundzügen die Sprache des gastgebenden Landes zu erlernen, durfte er schon erwarten.

»Entschuldigen, aber … meine Deutsch ist … ick bin erst …«

Na bitte, geht doch. Sean hatte es immerhin versucht, und damit war Klenke zufrieden.

»Oh, no problem!« Er schaltete sofort um und ging großzügig ins Englische über. »A small cappuccino, please.«

»We have tall, grande or venti«, erwiderte Sean und zeigte auf die Tafel hinter ihm, auf der die verschiedenen Bechergrößen abgebildet waren. Einen kleinen Becher »tall« zu nennen, fand Klenke nun doch übertrieben bis anmaßend. Die Amis halt.

»Okay, tall.« Er wollte jetzt nicht allzu pedantisch werden.

»For here or to go?«

»To go, please.«

»Fine. And your name?«

Der Australier hatte schon einen schwarzen Edding in der Hand, mit dem er Klenkes Namen auf einen kleinen Becher, den er »tall« nannte, schreiben wollte. Obwohl Klenke dieses Prozedere kannte, ging es ihm zu weit. Was ging es den Starbucks-Mann an, wie er hieß? Gar nichts, und die beiden Männer in der Schlange hinter ihm auch nicht.

»Sabine!«, rief nun Seans Kollege sehr laut in den Raum, und eine attraktive Frau im dunkelblauen Businesskostüm ließ sich ihr bestelltes Getränk aushändigen. Sie hieß also Sabine. Der Name passte nicht zu ihr.

»Without name, please«, sagte Klenke.

Dafür hatte nun wiederum Sean kein Verständnis und schaute ihn prüfend an, aber Klenke wollte sich jetzt nicht auf eine Diskussion einlassen. Was sollte das überhaupt? Er hätte es ja verstanden, wenn der Laden bumsvoll gewesen wäre, aber außer Sabine und den beiden Männern hinter ihm war niemand hier, da sollte es doch möglich sein, einen Kaffee dem richtigen Kunden zuzuordnen. In anderen Kaffeeketten klappte das ja auch. Sean sah ihn noch immer fragend an, jetzt aber eine Spur zu provokant.

»Okay. Professor Dr. Giselher von Schaumburg-Kuczinsky.«

Sean wusste nun, dass er verarscht werden sollte.

»Mit Bindestrich. Und Kuczinsky mit cz und am Ende mit Ypsilon«, ergänzte Klenke, jetzt wieder auf Deutsch.

Sean schien zu überlegen, ob er Klenke kurz in die Fresse hauen sollte, ließ es aber bleiben, vielleicht um seinen Aufenthaltsstatus nicht zu gefährden. Lieber ignorierte er ihn, malte einen Smiley auf den Becher, gab ihn an seinen rufenden Kollegen weiter und wandte sich dem nächsten Kunden zu.

»Good morning, how can I help you?«

Klenke schnappte sich seinen Tall Cappuccino und ging nach draußen. Ein leicht schlechtes Gewissen hatte er schon, nicht wegen Sean, sondern wegen dem Becher und dem Deckel. Gut, dass Maria ihn jetzt nicht sah. Ohne Helm auf dem Kopf, dafür mit Plastik in der Hand. Aber so ein Cappuccino to go brachte seine Synapsen in Schwung, mehr als wenn er ihn aus der Tasse trank, er hatte keine Ahnung, warum das so war. Auf der anderen Seite aß er kein Fleisch mehr, besaß kein Auto, heizte mit Ökostrom, nutzte ein Flugzeug nur, wenn es gar nicht anders ging, und trennte seinen Müll akribisch. Klenke fand, dass seine Nettobilanz auf dem Gebiet der Nachhaltigkeit ganz in Ordnung war.

Er betrat das Auswärtige Amt über den Hintereingang in der Kurstraße und schloss sein Fahrrad ab. Reine Gewohnheit, hier würde es garantiert keiner klauen. Hochsicherheitsgebiet. Eines von vierzehn Ministerien der Bundesrepublik Deutschland, und sicher das traditionellste. Man führte seine Entstehung auf das Ministerium für Auswärtige Angelegenheiten in Preußen zurück, das bereits 1810 gegründet wurde und anschließend im Norddeutschen Bund weitergeführt wurde. Im Kaiserreich wurde es 1871 in »Auswärtiges Amt« umbenannt, eine Bezeichnung, die sich die traditionsbewusste Behörde bis heute erhalten hatte, zumal Otto von Bismarck einer der ersten deutschen Außenminister war. Hier in der Zentrale und in über zweihundert Auslandsvertretungen arbeiteten etwa 12.000 Mitarbeiter, ihr Chef war seit Beginn der Legislaturperiode Dr. Hans Behring, dessen Büro im zweiten Stock lag. Nur vier Zimmer weiter befand sich das seines Redenschreibers.

Klenke kam wie immer auf dem Weg dorthin an einer Vitrine im Flur vorbei, und jedes Mal verspürte er Ehrfurcht, wenn er die Originalverträge deutscher Geschichte sah, die dort ausgestellt waren. Der Moskauer Vertrag vom August 1970, unterzeichnet vom großen Willy Brandt und Walter Scheel, dem damaligen Außenminister! Dann der Vertrag zur Wiedervereinigung von 1990, unterschrieben von Wolfgang Schäuble und, nun ja, Günter Krause, seinerzeit Staatssekretär des letzten DDR-Ministerpräsidenten und bis 1993 Verkehrsminister im Kabinett Kohl. Später führten diverse Affären zu seinem Rücktritt, es gab Gerichtsverfahren unter anderem wegen Betrug und Steuerhinterziehung, 2001 folgte ein Offenbarungseid und schließlich, gar nicht so lange her, war Krause zu Gast im *Dschungelcamp* gewesen. Ich bin ein Star, holt mich hier raus! Tja, dachte Klenke, Zeiten ändern sich.

Durch das Fenster zum Protokollhof konnte er sehen, wie die Wagenkolonne des Außenministers eintraf. Hans Behring stieg aus, wechselte ein paar Worte mit den Personenschützern und schüttelte Hände. Die Beamten lächelten ihn glücklich an. Wie gut, dass der diesen Job macht und nicht ein anderer, dachte Klenke. Dabei war die Personalie zunächst eine faustdicke Überraschung gewesen, niemand hatte Behring auf dem Zettel gehabt. Dabei war er ein hochgeachteter Universitätsprofessor und Wissenschaftler, als Politiker jedoch ein völlig unbeschriebenes Blatt. Überdies war Behring mit 69 Jahren nicht unbedingt in einem Alter, in dem man normalerweise einen beruflichen Neubeginn wagte, aber er war körperlich und geistig topfit. Seit 2006 ordentlicher Professor unter anderem für vergleichende Vermögenskultur und Vermögenspsychologie, war er dadurch einer breiteren Öffentlichkeit bekannt geworden, dass er den Einfluss von privatem Geldvermögen auf die Gesellschaft untersuchte, was ihm immer wieder Einladungen in renommierte Talkshows eintrug. Seine Vermögensforschung rückte jene Menschen in den Mittelpunkt, die neben ihrem Reichtum auch ihr Know-how und ihr Verantwortungsbewusstsein einsetzten, um die gesellschaftliche Entwicklung mitzugestalten. Darüber hinaus setzte er dem meist negativen Bild des Alterns ein positives Altersbild entgegen. Es gelte, das Potenzial des dritten Lebensabschnitts zu entdecken und die sich daraus ergebenden Chancen für die Allgemeinheit zu nutzen. Verschiedene Veröffentlichungen zum Thema trugen zu seinem Renommee bei, sodass die Kanzlerin diesem Personalvorschlag gerne gefolgt war.

Klenke sah nun, wie Behring im Hof hier und da einen Scherz mit den Fahrern machte. Flache Hierarchien. Er gab jedem das Gefühl, irgendwie wichtig zu sein, dazuzugehören, was ihm bei vielen Verhandlungen zugutekam. Auch wenn diese scheinbar hoffnungslos festgefahren waren, fand er irgendwo eine Öffnung, in die er mit stets wohl gewählten Worten stieß, um sein Gegenüber kompromissbereit zu stimmen. Hans Behring wollte die Welt besser machen, und das gelang ihm erstaunlich oft.

»Erster!«, rief Barbara Bachmann-Berk, als sie das Bismarckzimmer betrat. Mit schnellen Schritten ging sie zum Kopfende des Tisches, an dem sie gleich die Sitzung leiten würde. Sie war nicht der Erste, sondern die Letzte, aber dieses eine Wort charakterisierte sie gleich in zweifacher Hinsicht: für ihren trockenen Humor und für ihre Gelassenheit in Genderfragen. Nie wäre sie auf die Idee gekommen, »Erste« zu rufen, auf das Binnen-I verzichtete sie schon aus Prinzip, sie fand das albern. Auch für Genossinnen und Genossen, Wählerinnen und Wähler war ihr die Zeit zu schade. Wenn man alle im Laufe eines Lebens nicht gebrauchten Binnen-Is addieren würde, so hatte sie einmal scherzhaft ausgerechnet, kämen etwa zwei gewonnene Tage an Lebenszeit dabei heraus. Gipfel des Schwachsinns war für sie das Wort »Studierende«, wie es immer häufiger an deutschen Universitäten vorkam. War es nicht sogar inhaltlich falsch, weil ein Studierender (oder eben eine Studierende) nur dann einer war, wenn er (oder eben sie) das gerade aktiv betrieb, also eine Vorlesung besuchte oder ein Buch zum Thema las? Ansonsten war man doch Studentin oder Student. Aber BBB (bisweilen auch Triple-B), wie sie genannt wurde, konnte sich diese Haltung, über den Dingen zu stehen, auch leisten. Ausgebildet in der Crew von 2003, hatte sie eine diplomatische Bilderbuchkarriere in der ganzen Welt hinter sich, beherrschte sechs Sprachen fließend und sah auch noch gut aus. Seit zwei Jahren war sie die Büroleiterin des Außenministers und es schien nur eine Frage der Zeit zu sein, wann sie Staatssekretärin werden würde.

»Morgen. Tut mir leid für die Verspätung«, meldete sie in die Runde, »und ich hab noch nicht mal 'ne Ausrede …«

»Kein Problem, akademische Viertelstunde«, sprang ihr Karl Wiesner bei, der Leiter Protokoll.

»Hättest ja auch sagen können, dass du im Besprechungsraum warst.« Auch Henning Meyer, der als Leiter der Politischen Abteilung 3 in der Hierarchie noch über Bachmann-Berk stand, ließ fünfe gerade sein. Sitzungen dieser Art fanden üblicherweise im Sitzungsraum im zweiten Stock statt, diese hier war aber aufgrund kleinerer Renovierungen kurzfristig ins Bismarckzimmer verlegt worden, die heilige Halle des Außenministeriums.

»Dann lass mal anfangen«, sagte BBB. »Ich sehe ein neues Gesicht?«

»Ja, das ist Liv Sörensen«, erklärte Stefan Bissinger, Direktor D6 für den Bereich Kultur. »Sie ist jetzt Referentin bei uns.«

»Aber, Stefan, Frau Sörensen kann doch bestimmt selbst sprechen, oder?«

»Natürlich«, antwortete Liv Sörensen.

»Ihrem staunenden Blick entnehme ich, dass Sie wissen, an welchem historischen Ort wir uns hier befinden?«

»Ich denke schon.«

»Dann ist Ihnen auch klar, dass auf Ihrem Stuhl möglicherweise schon Erich Honecker gesessen hat.«

Liv Sörensen wusste nicht, was sie darauf antworten sollte.

»Magst du's ihr erzählen, Franz?«

Als Redenschreiber saß auch Klenke mit in der Runde.

»Gerne. Dieses Gebäude haben zunächst die Nazis als Reichsbank genutzt, später in der DDR war es die Parteizentrale der SED. Die Möbel von damals wurden mit Absicht so belassen, sodass du tatsächlich auf Honeckers Stuhl sitzen könntest.«

Liv Sörensen schielte vorsichtig nach unten, jetzt doch ein bisschen verlegen.

»Danke, Franz. Und bevor ich's vergesse: Du möchtest bitte gleich anschließend zum Chef kommen.«

Klenke nickte.

»Stammen Sie eigentlich aus Skandinavien?«, wollte BBB von Liv wissen.

»Nein, aus Niedersachsen.«

»Seht ihr, reingefallen!«, rief sie theatralisch in die Runde. »Immer diese Klischees! Sie ist groß und blond, dazu noch dieser Name ... Aber denken Sie jetzt bitte nicht, Frau Sörensen, dass ich mit einem Sozialdemokraten verheiratet bin. Ich habe schon seit meiner Geburt einen Doppelnamen.«

Liv war es jetzt offensichtlich unangenehm, im Kreise so vieler wichtiger Diplomaten plötzlich im Mittelpunkt zu stehen. Das merkte auch Bachmann-Berk und wechselte jetzt das Thema.

»Also«, sie schlug sanft mit der Handfläche auf den Tisch, »was genau wollen wir eigentlich in Marokko? Hagen?«

Hagen Vogt war der Referatsleiter Maghreb, der Fachmann für Nordafrika. Er hatte auch die Vorlage eingebracht, auf dem Rückweg vom Besuch der in Mali stationierten Bundeswehrsoldaten einen Besuch in Marokko einzubauen. Dieser Plan war im Büro Behring für gut befunden worden, nun ging es an die Inhalte.

»Also, mal abgesehen davon, dass wir wegen Mali eh in der Gegend sind und schon lange kein Außenminister mehr da war …«

»Wann genau war das zuletzt?«, unterbrach Bachmann-Berk.

»Das war Steinmeier 2015.«

»Also lange genug her«, bestätigte Meyer, der Politische Direktor.

»Jedenfalls gibt es einige Gründe für den Besuch, Migration natürlich an erster Stelle. Seit die Balkanroute problematisch ist, gibt es wieder deutlich mehr Verkehr über Marokko. Wir arbeiten diesbezüglich mit den Leuten da unten gut zusammen und wir sollten dafür sorgen, dass es auch so bleibt.«

»Gibt es dazu aktuelle Zahlen?«, wollte Thiele wissen, der Sprecher des Auswärtigen Amtes und Leiter des Pressereferats.

»Ja. Zurzeit wollen dort pro Jahr mehrere Zehntausend nach Europa, davon etwa ein Drittel Marokkaner, der Rest aus fast ganz Westafrika. Senegal, Ghana, Kamerun, Burkina Faso, das ganze Programm.«

»Und dann über Ceuta und Melilla?«

Die beiden spanischen Enklaven, die auf marokkanischer Seite lagen, waren immer wieder in den Schlagzeilen, wenn Flüchtlinge den Grenzzaun, manchmal mit Gewalt, überwinden konnten oder es zumindest versuchten.

»Ja, oder mit Booten auf die Kanarischen Inseln oder nach Spanien, Letzteres vorzugsweise über Tanger«, antwortete Vogt.

»Von wo aus sie dann Europa wirklich sehen können«,

wusste Stefan Bissinger. »Das muss man sich mal vorstellen! Die Straße von Gibraltar ist da weniger als 15 Kilometer breit und man kann da rübergucken.«

»Aber die meisten wollen gar nicht zu uns nach Deutschland«, erklärte Hagen Vogt.

»Nicht?«

»Nein, die bleiben lieber in Spanien, wo sie Verwandte haben, oder in Frankreich, weil viele Französisch sprechen, das hat natürlich Vorteile.«

»Die meisten Asylbewerber bei uns sind immer noch die Ukrainer«, ergänzte Dr. Plottke, Chef der Rechtsabteilung.

»Vor der Kölner Silvesternacht wussten die Leute nicht mal, dass überhaupt Marokkaner hier im Land sind«, brummte Erwin Hoppe vom BKA.

»Darf ich eine Zwischenfrage stellen?«

Alle Augen richteten sich auf Liv Sörensen, mit deren Wortmeldung zu diesem Zeitpunkt niemand gerechnet hatte.

Bachmann-Berk gefiel das. Sie schenkte ihr ein Lächeln und nickte.

»Ist vielleicht 'ne blöde Frage … Aber was hat Marokko davon? Warum lassen sie die Migranten nicht einfach durch?«

»Weil Marokko in dem Moment, in dem das bekannt wird, von halb Afrika überrannt würde«, schaltete sich Meyer ein. »Und dann auch Spanien und die EU.«

»Hier wird ausgebildet«, lächelte Wiesner und fing sich gleich von BBB einen bösen Blick ein.

»Es geht also um Stabilität vor der Haustür. Marokko, Spanien, die EU und somit auch wir haben in der Region dieselben Interessen.«

»Danke schön«, sagte Liv höflich.

Wenn sie nicht sitzen würde, hätte sie bestimmt einen

Knicks gemacht, dachte Klenke schmunzelnd. Während Hagen Vogt weitere Themen erläuterte, von Solarenergie über Tourismus, den Westsaharakonflikt bis hin zu Religion und IS, machte er sich Notizen. Behring wollte in Marokko eine Grundsatzrede halten, und alles, was Klenke jetzt über Marokko erfuhr, könnte wichtig sein und in sein Manuskript einfließen. Trotzdem würde er früher oder später hierzu auch die Botschaft vor Ort einbeziehen müssen.

»Gibt es denn auch irgendwas Konkretes?« Bachmann-Berk wurde langsam etwas ungeduldig.

»Ja«, meldete sich Dr. Plottke, »wir handeln gerade eine Rücknahmevereinbarung aus, und mit ein bisschen Glück schaffen wir es, bis …«

»Was soll das denn heißen?«, fuhr sie dazwischen. »Natürlich schaffen Sie das! Wir fahren doch nicht dahin, ohne irgendetwas zu unterzeichnen, oder?«

Die Frage ging an Thiele, den Pressechef.

»Schöner wär's schon.«

Schöner wär's, wenn's schöner wär, dachte Klenke. Dr. Plottke sagte, sie würden es schon hinkriegen.

»Veranstaltungsort wird übrigens nicht Rabat sein, sondern Marrakesch«, bemerkte Protokollchef Wiesner. »Für uns aber auch okay.«

»Für uns sogar besser wegen der Infrastruktur mit Hotels und so weiter«, ergänzte Erwin Hoppe, der für die Sicherheit vor Ort zuständig war.

»Ist eigentlich Gisbert Vogel da noch Botschafter?«, wollte die Büroleiterin zum Abschluss noch wissen.

»Yep«, bestätigte Hagen. »Guter Mann, kennt sich aus im Maghreb.«

»Na denn«, schloss Barbara Bachmann-Berk die Sitzung. »Vielen Dank. Wir sehen uns.«

Das Büro des Außenministers passte zur Architektur des Amtes. Großzügig und von kühler Eleganz. Sein Schreibtisch war schlicht und aufgeräumt. Dahinter hing ein Nagelbild von Günther Uecker.

Klenke nahm in der Sitzecke Platz, während Behring einen großen Wandschrank öffnete, den »Geschenkekeller«, wie er ihn nannte. Andenken der vielen Auslandsreisen, die er von seinen Gastgebern bekommen hatte, meist Kleinigkeiten aus dem jeweiligen Land. Jedenfalls zu klein, um versteuert werden zu müssen.

»Hier müssen wir unbedingt mal wieder Platz schaffen«, stellte Behring fest, und Klenke wusste, was gemeint war.

»Kein Bier vor vier«, winkte er ab.

»Ich weiß. Aber es gibt auch feine Sachen ohne Prozente. Guck mal hier, ein alkoholfreier Blue Curaçao von den Niederländischen Antillen. Mit Mineralwasser dazu, solltest du mal probieren.«

»Lieber nicht. Ist echt nicht meine Farbe.«

»Wie du meinst. Dann das Wasser ohne Curaçao?«

»Sehr gerne.«

Behring setzte sich zu ihm, goss das Wasser ein. Klenke nahm einen Schluck und hielt dann seine Hand auf. »Okay, gib her.«

Behring lächelte und gab ihm sein Mobiltelefon.

»Was ist es diesmal?«, wollte Klenke wissen.

»Eine, äh … App. Dragon … mit irgendwas dahinter.«

»Dragon Anywhere.«

»Sag ich ja. Für Sprachsynthese und zum Diktieren. Mit der kann man …«

»Ich weiß, was man damit machen kann.«

»Würdest du mir das bitte runterladen?«

»Sehr gerne. Aber warum machst du's nicht selbst?«

»Weil ich das nicht kann.«

»Doch, das kannst du. Das ist ganz einfach.«

»Für dich vielleicht.«

»Hans, das ist so einfach, das würdest sogar du hinkriegen.«

»Los, mach jetzt.«

Klenke grinste und richtete mit wenigen Handgriffen die neue Funktion ein. Nicht mal eine Minute später gab er das Handy zurück.

»Vielen Dank, Franz.« Zufrieden prüfte Behring das Ergebnis. »Weißt du, es gibt bestimmte Dinge, die ich schon können könnte, wenn ich wollte. Aber manchmal will ich einfach nicht. Das ist wie mit dem Krawattenbinden, das konnte ich bis vor Kurzem auch nicht. Weil ich so ein Ding vielleicht einmal im Jahr gebraucht habe. Und dann war immer ein Concierge oder so in der Nähe, der das schnell für mich gemacht hat.«

»Oder dein Redenschreiber.«

»Stimmt. Und mit diesem Handygedöns ist es ähnlich. Irgendwie will ich das nicht lernen, keine Ahnung, warum. Aber ich kann ja jetzt nicht nur E-Mails schreiben, ich kann inzwischen sogar ein Attachment anhängen.«

»Bravo!«

»Und für alles andere hat man fähige Mitarbeiter.«

Behring nahm einen tiefen Schluck Mineralwasser und blickte auf sein Telefon.

»Die Technologie, die hier verbaut ist, damit konnte man vor zwanzig Jahren auf den Mond fliegen, so viel Wissen steckt da drin. So eine rasante Entwicklung hat es in der gesamten Menschheitsgeschichte nicht gegeben. Früher war Wissen ein Modul für ein erfolgreiches Leben. Wer ein Handwerk erlernt hatte oder wer Rechtsanwalt war, hatte sich eine Kompetenz angeeignet, die gebraucht wurde. Wissen war Macht.«

»Und heute nicht mehr?«, fragte Klenke nach.

»Wissen allein reicht heute nicht mehr, das gibt es alles hier drin.«

Er deutete auf sein Smartphone.

»Man muss nur nachgucken. Und die fortschreitende Digitalisierung und die Quantenmechanik werden diese Entwicklung in den nächsten Jahren noch verhundertfachen. Das alles wird unser Gehirn überhaupt nicht mehr nachvollziehen können, so schnell geht das, es ist historisch eben sehr langsam geprägt worden. Besonders meins.«

Klenke lächelte. »Dafür sagst du aber immer noch ziemlich schlaue Dinge.«

»Trotzdem ändert sich gerade alles, und das fängt schon in der Schule an. Zum ersten Mal in der Geschichte sind die Schüler in einem entscheidenden Punkt klüger als ihre Lehrer, dadurch ändert sich automatisch das Wertegefüge. Wir sind noch fast ausschließlich mit Worten groß geworden, die siebenjährigen Digital Natives heute in erster Linie mit Bildern. Deren Gehirn bildet sich ganz anders aus als unseres.«

»Dann sollten die ihr Hirn anders trainieren.«

»Stimmt. Man muss wissen, was man lernen will, und zwar so, dass man es nicht wieder vergisst. Wozu brauche ich eine dritte Fremdsprache, wenn es Geräte gibt, die meine Worte simultan in hundert verschiedene Sprachen übersetzen? Die Hirne müssen trainiert werden, für das Wissen hat man das Internet. Im Silicon Valley hat man das längst verstanden, bei uns noch nicht.«

»Und warum ist das so?«, wollte Klenke wissen.

»Weil wir in einer Komfortzone leben, die uns träge macht. Aus meiner Forschung weiß ich, dass Vermögende mit die meiste Angst vor Abstieg, die meiste Angst vor der Zukunft haben. Wir wollen den Status quo halten, wollen keine Experimente wagen, und das ist keine sehr zukunftsorientierte Mentalität.«

»Aber wir sind doch wirtschaftlich die führende Nation in Europa.«

»Ja, noch. Wir sind das geworden, weil wir nach dem Krieg das Maximum rausgeholt haben. Und wir hatten ein schlechtes Gewissen, weil wir gerade das größte Verbrechen aller Zeiten begangen hatten. Haben nicht lange gefackelt, sondern nach vorne geguckt und volle Pulle gearbeitet, genau wie die Chinesen heute. Aber die Zeiten haben sich geändert, die neuen Technologien werden nicht mehr begriffen. Und wenn wir eine verstanden haben, ist sie schon überholt und es gibt eine neue. Warst du mal in Tel Aviv?«

Klenke nickte. »Ist aber schon eine Weile her.«

»Tel Aviv ist für mich momentan die fortschrittlichste Stadt überhaupt, die haben Start-ups wie Sand am Meer. Und warum? Das Land ist seit 50 Jahren praktisch permanent im Krieg, für die Leute ist Risiko also der Normalzustand. Deshalb wagen die mehr, deshalb trauen die sich was, während wir hier beweinen, dass früher alles besser war, was noch nicht mal stimmt.«

Das sah Klenke genauso. Weltweit war die Armut gesunken, ebenso der Analphabetismus, es gab weniger kriegerische Auseinandersetzungen als in den vergangenen Jahrzehnten, die Arbeitslosigkeit in Deutschland war so gering wie noch nie seit Beginn der Zählung.

»Und was willst du dagegen tun?«

»Allein kann ich da gar nichts tun, Deutschland kann allein gar nichts tun. Zudem sind wir ja auch noch in der EU. Zum Glück.«

»Was ja nicht jeder so sieht.«

»Ich weiß. Aus der Sicht der Kritiker sind wir vor allem der Zahlmeister, und das stimmt, aber wir sind gleichzeitig auch der größte Profiteur. Es geht in erster Linie um Friedenssicherung, und das gelingt nur über Kooperation. Nur so kann Europa gegen China und die USA wirtschaftlich bestehen, nur so kann Europa, also auch Deutschland, überleben. Da zahl ich doch gerne ein paar Mark fünfzig mehr in die Kasse als Bulgarien oder Malta.«

Das alles war für Klenke nicht neu, aber immer wieder stellte er fest, dass es besonders verständlich war, wenn Hans Behring es formulierte.

»Ich glaube, dass wir in Europa zusammenhalten, in Deutschland aber kleiner werden müssen. Ich würde den Städten und Bürgermeistern mehr Macht geben. München hat ganz andere Probleme als Kaiserslautern oder Flensburg. Und eine ideale Welt, die es natürlich nicht gibt, stelle ich mir wie ein Gehirn vor, in dem jedes Land, jeder Mensch seinen Platz hat, jeder wichtig ist und seinen Teil dazu beiträgt, dass das Gehirn funktioniert, egal ob als Bundeskanzler oder als Straßenfeger.«

»Das ist aber ein sehr weiter Weg.«

»Stimmt. Deshalb müssen wir erst mal anfangen, den Sozialstaat weiter zu reformieren, was in einer alternden Gesellschaft schwierig genug ist. Wir müssen dafür sorgen, dass Familien nicht in Armut leben und die Menschen in Würde alt werden können. Und wenn schon Fortschritt und künstliche Intelligenz, dann sollen auch möglichst viele teilhaben, weniger arbeiten müssen und so mehr Zeit für ihre Familie haben.«

»Und wie willst du das mit Klimawandel und Nachhaltigkeit in Einklang bringen?«, wollte Klenke wissen.

»Das macht die Sache in der Tat nicht leichter. Immer mehr ziehen vom Land in die Städte, was einerseits dazu führt, dass ländliche Regionen weniger Steuern einnehmen und Probleme mit sozialen Leistungen wie Gesundheits- und Schulwesen bekommen. Außerdem verlieren ihre Häuser und Wohnungen, falls sie ihnen gehören, an Wert. Dabei haben sie viel Kapital in Form von Geld und Arbeit da reingesteckt und werden zunehmend wütend.«

»Und in der Stadt steigen die Mieten«, ergänzte Klenke.

»Wenn man überhaupt noch eine Wohnung bekommt. In den Vororten kommt die S-Bahn nicht unbedingt bei ihnen zu Hause vorbei, deshalb brauchen sie ein Auto.«

»Wenn sie sich eines leisten können.«

»Die müssen also unbedingt umweltfreundlich werden. Ansonsten hilft tatsächlich auch: weniger Fleisch essen.«

»Der Trend geht also zum Sonntagsbraten?«

»Ich esse seit einem Jahr vegan. Man gewöhnt sich nicht nur dran, es schmeckt auch jeden Tag besser. Und soll ich dir was verraten? Gemüse ist einfach gesünder!«

Barbara Bachmann-Berk steckte ihren Kopf durch die Tür, die nur angelehnt war.

»Hans, es wird Zeit ...« Sie meinte den Termin mit dem spanischen Botschafter, der sich zum Mittagessen angesagt hatte.

»Danke, Chefin. Ich komme gleich ...« Behring wandte sich noch einmal an Klenke.

»Wie läuft's denn zu Hause?«

»Geht so. Nicht wirklich besser.«

»Hat sie sich denn ein bisschen eingelebt in Berlin?«

»Schon, aber die Probleme sind immer noch dieselben.«

»Vielleicht solltet ihr mal zusammen in Urlaub fahren.«

»Ja, darüber haben wir auch schon nachgedacht ...«

»Soll ich dir mal 'nen guten Tipp geben?«

»Sehr gerne.«

»Essaouira.«

»Wie bitte?«

»In Marokko gibt es an der Küste ein hübsches Städtchen, Essaouira, da war ich früher oft surfen, als ich noch kein alter weißer Mann war. Google das mal.«

»Was, dass du mal kein alter weißer Mann warst?«

»Ich wusste, dass du genau das sagen würdest, Franz.«

»Du kennst mich einfach viel zu gut.«

»Und du mich. Aber ist ja auch schön so.«

»In Marokko sind wir ja eh bald …«

»Eben. Natürlich kann ich deine Freundin nicht im Regierungsflieger mitnehmen, aber vielleicht trefft ihr euch in Marrakesch und hängt noch ein paar Tage dran?«

»Okay, ich besprech das mal. Aber danke für den Hinweis.«

»Immer gerne. Den Rückflug musst du dann natürlich selbst bezahlen.« Damit stand Behring auf und gab ihm die Hand.

»Ist mir klar«, erwiderte Klenke.

12

»Cui bono.«

»Wie bitte?«

»Cui bono. Wem nützt es? Wer hat einen Vorteil davon?«

»Ich weiß, was ›cui bono‹ bedeutet. Aber was meinst du damit?«

Schröder meinte den Anschlag auf das World Trade Center am 11. September 2001.

»Hab ich von gehört, ja.« Simon wusste noch nicht genau, worauf Schröder hinauswollte. Zusammen mit Heinrich besuchten sie einmal im Monat einen Hammam, ein orientalisches Badehaus in der Nähe des Zoos, um sich verwöhnen zu lassen und sich auszusprechen. Hier in Marokko ging das. Während ein Hammam in Deutschland eher ein Platz der Ruhe und der Muße sein sollte, galt er hier als ein Ort der Kommunikation. Sie hatten bereits geduscht und schwitzten nun bei angenehmen 45 Grad im Dampfbad.

»Na, und wem hat es genutzt?«, fragte Schröder nach.

»Sag du es mir.«

»Den Amerikanern natürlich. Sie hatten endlich einen Grund, in den Irak einzumarschieren und Zugriff auf die Ölfelder zu bekommen.«

»Und dafür bringen die dreitausend ihrer eigenen Leute um?«, wollte Heinrich wissen.

»Interessanter ist hier eher, wer nicht umgebracht wurde ...«

»Nämlich?«

»Zufälligerweise sind viertausend Israelis, die dort normalerweise arbeiten, an dem Morgen nicht da gewesen.«

»Heißt?«

»Dass die gewarnt worden sind.«

»Von den Amerikanern?«

»Nein, von den eigenen Leuten. Vom Mossad. Der war nämlich in der Lage, die Amerikaner abzuhören, die den Angriff mindestens geduldet, wenn nicht sogar selbst ausgeführt haben.«

»Mein lieber Schröder«, seufzte Simon, »diese Theorie ist mir durchaus geläufig, aber warum wärmst du das gerade hier und jetzt wieder auf, in diesem herrlichen Etablissement?«

»Ich hab mal gelesen, dass es gar keine Flugzeuge waren, die da reingeflogen sind«, warf Heinrich ein, »sondern Marschflugkörper.«

»Ja, aber das ist natürlich Quatsch und lenkt nur vom Thema ab.«

»Und das wäre?«, wollte Simon wissen.

»WTC 7!«

Damit konnten weder er noch Heinrich etwas anfangen, und Schröder bekam Oberwasser.

»Wie viele Türme sind damals eingestürzt?«

»Zwei«, antwortete Heinrich, und Simon nickte dazu.

»Seht ihr?«

»Was?«

»Falsch. Es waren drei, nicht zwei. Und der dritte hieß World Trade Center Nummer sieben. Ein Gebäude etwa 500 Meter entfernt. Da ist kein Flugzeug reingeflogen und es ist trotzdem eingestürzt.«

»Weil?«

»Weil es gesprengt wurde.«

»Okay ...«

»Und jetzt frag dich mal, warum.«

»Okay, warum?«

»Das kannst du dir selbst beantworten, wenn du weißt, wer da nachweislich drin untergebracht war.«

»Die irakische Botschaft?« Simon musste grinsen.

»Secret Service, Verteidigungsministerium, CIA. Die Amerikaner wussten von dem Angriff, haben ihn zugelassen und mit der Sprengung alle Beweismittel vernichtet.«

»Das ist aber nicht die offizielle Version, richtig?«, wollte Simon wissen.

»Natürlich nicht. Angeblich sind da Trümmer von den anderen Türmen reingeknallt und haben das Gebäude in Brand gesetzt, der Einsturz war aber, und das zeigen Videoaufnahmen, symmetrisch. Es ist quasi implodiert, in sich zusammengestürzt, und zwar im freien Fall und innerhalb weniger Sekunden. Es müssen also alle Stützpfeiler gleichzeitig versagt haben. Das kann nur eine Sprengung gewesen sein, und das sage nicht ich, sondern das sagen die Experten.«

»Hm, nicht schlecht ...«, meinte Simon, stand auf und begann, die Fliesen mit einem Wasserschlauch sauber zu spritzen. »Aber wisst ihr auch, dass die Mondlandung gar nicht stattgefunden hat, sondern im Fernsehstudio nachgestellt wurde?«

Heinrich musste jetzt auch grinsen.

»Stimmt! Und Paul McCartney wurde 1966 bei den Beatles durch einen Doppelgänger ersetzt, weil er kurz vorher bei einem Autounfall gestorben war!«

»Ganz genau«, rief Simon, »und deswegen ist er auch barfuß auf dem Cover von *Abbey Road*. Ein Geheimzeichen, weil die Menschen in England ohne Schuhe beerdigt werden!«

Schröder konnte nicht mitlachen, während die beiden jetzt nicht mehr zu halten waren.

»Und obwohl er Linkshänder ist, hält McCartney die Zigarette in der rechten Hand! Da hat der Doppelgänger aber einen schweren Fehler gemacht! Und cui bono? Die Rolling Stones!«

Simon bekam jetzt einen Lachanfall. »Nicht zu vergessen, dass die Welt ja von Illuminaten regiert wird. Wenn nicht sogar von außerirdischen Reptilien!«

Wenig später lag Schröder auf einer warmen Marmorplatte, ließ sich vom Tellak, dem Bademeister, waschen und mittels eines rauen Handschuhs auch peelen. Bald würde sich seine Haut wieder anfühlen wie Samt und Seide. Simons Anspielung auf David Icke war berechtigt und ärgerte ihn maßlos. Icke behauptete in diversen Publikationen, die Welt würde von einer Elite von Reptilien regiert, die vor ewigen Zeiten auf die Erde gekommen seien und sich von der negativen Energie der Menschen ernährten. Auch in den Körper Angela Merkels seien sie längst eingefahren, und als Merkel hier und da mal einen Zitteranfall hatte, wurde das als ein Problem der Reptilien mit der Steuerung interpretiert. Dieser Vollidiot hatte fast eine Million Facebook-Follower! Und verdiente sich eine goldene Nase mit dem Quatsch! Leute wie er und Alex Jones, der zwar auch eine Regierungsbeteiligung bei 9/11 sah, sonst aber den Amoklauf von Sandy Hook leugnete und behauptete, 2017 seien jüdische Schauspieler, als Ku-Klux-Klan verkleidet, durch Charlottesville gelaufen, um die damaligen Zusammenstöße zu provozieren – solche Idioten verwässerten nur alles. Wie sollten die Leute da noch zwischen wahr und unwahr unterscheiden können?

»Jetzt mal im Ernst, Schröder«, nahm Simon den Faden wieder auf, während sie sich gegenseitig vor dem nächsten Dampfbad den Rücken einseiften. »Du weißt, ich bin kein Freund der Amerikaner. Die haben weltweit immer schon rücksichtslos ihre Interessen durchgesetzt, Kriege angezettelt und geführt, nicht nur in Vietnam. George Bush soll also den Tod von dreitausend Amerikanern geplant oder in Kauf genommen haben? Warum sollte er das tun?«

»Erstens: Bush war nur eine Marionette seiner Falken, Cheney und Rumsfeld, und zweitens: damit sie einen Grund für den Einmarsch in den Irak hatten. Den sie übrigens, wie Dokumente zeigen, schon lange geplant hatten. Genau das gleiche Prinzip wie in Pearl Harbor.«

»Pearl Harbor.«

»Ja. Präsident Roosevelt brauchte 1941 einen Grund, in den Zweiten Weltkrieg einzutreten. Die Bevölkerung war nämlich zu 88 Prozent dagegen.«

»Die Amerikaner haben sich also selbst bombardiert?«

»Nein, sie wussten ja, dass die Japaner das tun würden, und haben das zugelassen. Und schwupps, einen Tag später haben sie ihnen den Krieg erklärt. Und Deutschland gleich mit.«

»Schröder ...«, langsam mischte sich eine Spur von Ärger und Resignation in Simons Stimme, »willst du uns eigentlich verarschen?«

»Nichts liegt mir ferner.«

»Dann sei doch bitte so gut und schalte dein Gehirn ein. Wie soll denn zum Beispiel so eine Sprengung vorbereitet werden? Da hätten ja Dutzende von Leuten über Wochen rein- und rausgehen und irgendwelche Kabel verlegen müssen. Und das fällt keinem auf?«

»Es gab Zeugen, die Explosionen gehört haben.«

»Verstehe. Dann reden wir hier also von Mord?«

»Massenmord, ja.«

»Von mir aus. Für so eine Aktion brauchst du ... wie viele Leute, um das zu planen und durchzuführen? Hunderte? Oder noch mehr? Und jeder musste sich absolut sicher sein, dass alle anderen ihr Wissen für immer für sich behalten würden, weil sie ja sonst eines Tages als Massenmörder vor Gericht stehen und zum Tode verurteilt würden. Wie lange ist das jetzt her, zwanzig Jahre?«

»So in etwa.«

»Und du meinst nicht, dass irgendeiner dieser vielen Leute irgendwann mal, vielleicht auch erst auf dem Sterbebett, gesagt hätte: Hallo, ich weiß da was? Entweder aus schlechtem Gewissen oder einfach, weil es eine sensationelle Nachricht wäre? Selbst George Bush hätte nicht riskiert, als übelster Präsident aller Zeiten in die Geschichte einzugehen.«

»Dann erklär mir mal, warum Thermit im Schutt von WTC 7 gefunden wurde! Warum die Trümmer so schnell abtransportiert wurden! Warum der Ausweis von einem der Attentäter auf dem Bürgersteig gefunden wurde, völlig unversehrt, wo doch sonst alles zu Staub zerfallen war! Hat den etwa keiner da hingelegt?«

»Keine Ahnung, ich war nicht dabei! Aber erklär du mir mal den Aufwand! Vier Flugzeuge gleichzeitig zu entführen, das erfordert eine riesige Logistik, hätte man das nicht auch leichter haben können? Zum Beispiel ein paar Lkws mit Bomben wie damals in Oklahoma City? Hätte als Grund für eine Invasion des Irak auch gereicht.«

»Du musst mir mal zuhören! Ich habe ja nicht gesagt, dass sie es selbst gemacht haben. Aber sie haben es zugelassen!«

Simon konnte nur noch den Kopf schütteln.

»Jetzt sattelt mal ab, Leute. Ihr dreht euch im Kreis.« Heinrich versuchte, die Situation ein wenig zu entspannen. »Lass uns lieber einen schönen Thé à la menthe trinken. Ist im Preis mit drin.«

Später auf der Massagebank konnte Schröder nicht wirklich entspannen. Er bereute schon, das Thema überhaupt angeschnitten zu haben. Was hatte er erwartet? Simon war bekanntlich rot-grün sozialisiert, manche Wahrheiten passten einfach nicht in sein Weltbild. Heinrich hätte er mehr zugetraut. Trotzdem hatte er das Gefühl, dass bei ihm Hopfen und Malz noch nicht ganz verloren waren.

13

Maria fing an zu zittern und bekam leichtes Herzrasen. Zwar konnte sie mit Klenke, wenn es ihr gut ging, inzwischen einigermaßen kommunizieren, aber sobald eine weitere Person im Raum war, war ihr das nicht mehr möglich. Seit fast zwei Stunden saß sie jetzt vor ihrem Telefon und brachte es nicht fertig, die Nummer des Bode-Museums einzutippen. Als sie es schließlich geschafft hatte, traute sie sich nicht, auf den grünen Punkt mit dem Hörersymbol zu drücken, was ihren Anruf in die Wege geleitet hätte. Zu groß war ihre Angst, dass sich am anderen Ende jemand melden könnte.

Das Telefonieren war eine Übung, zu der Klenke ihr dringend geraten hatte, um mit der Welt da draußen in Kontakt zu treten, aber es war unendlich schwer. Die Vorstellung, dass jemand ihre Stimme hören könnte, war für sie beinahe unerträglich. Manchmal ging es, wenn Klenke im Nachbarzimmer war, aber sie wollte es unbedingt allein schaffen.

»Guten Tag, mein Name ist Maria Benek und ich würde mich gerne nach Ihren Öffnungszeiten erkundigen.«

Diesen Satz hatte sie aufgeschrieben und dutzendfach laut vorgelesen, aber beim Anblick des grünen Symbols bekam sie einen Kloß im Hals. Ihr Herz schlug jetzt so schnell, dass es nicht gesund sein konnte.

Zu schade, dass man dem Museum keine Sprachnachricht auf WhatsApp schicken konnte, damit kam sie besser zurecht, aber erst seit Kurzem. Der Gedanke, dass jemand irgendwo im Nichts ihre Stimme nicht nur hören konnte, sondern diese sogar gespeichert wurde und tausendmal abgehört werden konnte, brachte sie fast um den Verstand, auch wenn Klenke immer wieder betonte, dass sie eine sehr schöne, sogar eine zauberhafte Stimme habe.

»Guten Tag, mein Name ist Maria Benek und ich würde mich gerne nach Ihren Öffnungszeiten erkundigen.«

Maria las den Satz noch einmal laut. Sie hatte natürlich nicht vor, in dieses Museum zu gehen, es war ja nur eine Übung, aber das machte die Sache nicht leichter. Sie wollte sprechen lernen, wollte Teil der Welt sein, in der gesprochene Worte, das wusste sie, viel schönere Stimmungen und Emotionen hervorrufen konnten als geschriebene. Das merkte sie besonders, wenn sie sich selbst ein Buch vorlas und die unterschiedlichen Charaktere mit verschiedenen Stimmen versah.

Endlich drückte sie auf die grüne Taste. Während die Verbindung aufgebaut wurde, spürte Maria, wie sie rot wurde und zu schwitzen begann. Als ein Mitarbeiter des Museums das Gespräch annahm und fragte, was er für sie tun könne, begann sie zu hyperventilieren.

»Hallo?«, fragte die Stimme aus dem Telefon.

»Guten Tag …«, brachte sie mühsam und sehr leise heraus, »mein Name ist Maria … Benek, und ich wollte mich … nach Ihren Öffnungszeiten …«

»Hallo? Ich kann Sie nicht verstehen, können Sie bitte lauter sprechen?«

Nein, konnte sie nicht. Stattdessen legte sie auf und bekam Schnappatmung.

Draußen, an der frischen Luft, beschloss sie, sich jetzt erst recht nicht unterkriegen zu lassen. Sie nahm die U9 ab der Birkenstraße, stieg am Bahnhof Zoo um in die S-Bahn, ignorierte erfolgreich einen Betrunkenen, der eine Obdachlosenzeitung verkaufen wollte, und stieg am Hackeschen Markt wieder aus, um spazieren zu gehen und vor allem: etwas zu kaufen. Egal was. Und zwar von einem Menschen aus Fleisch und Blut. Das hatte sie noch nicht geschafft, seit sie nach Berlin gezogen war.

Zuvor musste sie allerdings das Terrain sondieren. Wie viele Kunden waren im Laden? War der Verkäufer oder die Verkäuferin sympathisch? Oder, wie Dr. Blume es ausdrücken würde, »gefühlsmäßig gefährlich« beziehungsweise »gefühlsmäßig ungefährlich«? Maria hatte für sich eine Art Rangliste aufgestellt. Am wenigsten »gefühlsmäßig gefährlich« waren für sie kleine Kinder, gefolgt von großen Kindern, dann Omas und Opas, dann Frauen und schließlich, am Ende der Skala, Männer.

Auf dem Weg durch die Rosenthaler Straße achtete sie darauf, nicht ganz allein, sondern möglichst dicht hinter einer Gruppe zu laufen. So erschien ihr die Möglichkeit, von irgendwem angesprochen zu werden, am geringsten. The Barn, ein Coffeeshop in der Neuen Schönhauser, war brechend voll, außerdem arbeiteten hier heute nur Männer, die meisten von ihnen tätowiert und mit langen Bärten. Keine Chance. Maria lief weiter, einmal um den ganzen Block zu Muji, der japanischen Einrichtungskette, wo sie ab und zu mal ein Kleidungsstück entdeckte, das ihr gefiel und das sie dann online bestellte. Hier war es nun nicht voll genug, sodass sie damit rechnen musste, von der Verkäuferin gefragt zu werden, wie sie denn behilflich sein könne.

Auf der anderen Seite der S-Bahn-Gleise, am Garnisonskirchplatz, fand sie eine Apotheke, die ihr geeignet erschien. Im Laden bedienten zwei Frauen, und von draußen sah es so aus, als wären nur drei Kunden da, allesamt weiblich. Also trat sie ein und erschrak erst mal über die Ladenklingel, die ihr unverhältnismäßig laut vorkam. Es waren dann doch vier Kundinnen im Raum, eine hatte sie wohl übersehen. Aber das machte nichts, so hatte sie etwas mehr Zeit, sich ihre Bestellung zu überlegen und zu formulieren, wenn sie dran war. Im Moment war sie die Nummer fünf in der Schlange, die sich auf die beiden Apothekerinnen verteilen würde.

Maria überlegte, welche der beiden ihr sympathischer war, gefühlsmäßig ungefährlicher. Die Chancen standen ja 50:50, bei wem sie am Ende landen würde. Die Linke sah sehr traurig aus und versuchte offenbar, sich im Verkaufsgespräch mit einer älteren Dame zusammenzureißen, was ihr aber nur schlecht gelang. Ihr Lächeln war falsch und erreichte ihre Augen nicht. Maria witterte Probleme in der Familie, entweder war ihr Mann (sie trug einen goldenen Ehering) schwer krank oder eines ihrer (wahrscheinlich schon erwachsenen) Kinder. Die Verkäuferin rechts war etwa vierzig Jahre alt und machte einen ausgeglichenen, beinahe fröhlichen Eindruck. Wahrscheinlich hatte sie noch am Vormittag Sex mit einem ihrer beiden Liebhaber gehabt, vermutete Maria. Dafür hatte sie eine blasse und fast ledrige Gesichtshaut, wie sie für starke Raucher typisch war und die sie sicher älter machte, als sie war. Maria hoffte, dass der Zufall sie an die linke Theke führen würde.

Sie war jetzt die Nummer drei und beschloss, sich ein niedrig dosiertes Schmerzmittel zu kaufen, das man immer mal gebrauchen konnte. Hallo, ich hätte gerne einmal Ibuprofen 400, dachte sie und sprach es auch leise vor sich hin. Wieder klopfte ihr Herz schneller, und sie spürte, wie sie zu schwitzen anfing. Gleich würde der linke oder der rechte Schalter für sie frei werden – und es war der linke. Die Kundin verabschiedete sich und Maria trat vor. Sie holte tief Luft und wollte ihre Bestellung aufgeben.

»Kleinen Augenblick bitte«, bat die traurige Apothekerin, »bin gleich wieder da.« Und sie verschwand mit ihrem eingefrorenen Lächeln nach hinten ins Lager. Maria fühlte sich abgeschossen im Flug, begann wieder zu zittern, und als wenig später von dort nicht die Frau, sondern ein Mann zurückkam, wahrscheinlich der Chef, war sie fassungslos.

»Guten Tag, bitte schön?«

Maria starrte ihn nur an und war kurz davor, in Ohnmacht zu fallen.

Klenke machte sich allmählich Sorgen. Er war mit Maria am Gendarmenmarkt verabredet, wo sie sich manchmal auf einer Bank zum Mittagessen trafen, wenn das Wetter gut war. Jetzt war sie schon zwanzig Minuten überfällig, was eigentlich gar nicht ihre Art war. Weder konnte er sie telefonisch erreichen noch hatte sie seine WhatsApp gelesen, wie er an den Häkchen erkennen konnte, die nicht blau, sondern immer noch grau waren. Als er gerade ein weiteres Mal anrufen wollte, sah er sie beim Konzerthaus um die Ecke biegen. Sofort fiel ihm ihr entschlossener Gang auf, als sie auf ihn zukam, was meistens ein Zeichen großer Anspannung bei ihr war. Er ahnte nichts Gutes und stand auf, aber als sie bei ihm war, strahlte sie und präsentierte stolz eine braune Papiertüte.

»Was ist da drin?«, fragte Klenke.

»Sushi.«

»Sushi? Wo hast du das her?«

»Hab ich selbst gekauft!«

»Wie, selbst gekauft …?«

Klenke war verblüfft, und sie erzählte ihm aufgeregt, was sie in der Apotheke erlebt hatte. Von den beiden Damen und wie auf einmal dieser Mann vor ihr aufgetaucht war, sie so furchtbar erschrocken war, dass ihr Herz fast stehen geblieben wäre, der Mann aber völlig geduldig und entspannt wartete, bis sie nach einer gefühlten Ewigkeit tatsächlich ihr Schmerzmittel bestellt, bekommen und bezahlt hatte. Wie sie dann vor

Stolz übermütig geworden war, zuerst einen neuen Pullover gekauft und dann eben für sie beide (was sonst seine Aufgabe war) Sushi to go organisiert hatte, das jetzt in dieser Tüte lag.

»Das ist ja großartig!« Klenke freute sich aufrichtig und nahm sie in den Arm. Sie setzten sich auf die Bank, begannen zu essen, und während Maria noch einmal ausführlich ihren Vormittag schilderte, fiel Klenke einmal mehr ihre besondere Art zu sprechen auf. Wohl, weil sie gar keine Übung darin hatte, verzichtete sie grundsätzlich auf Dinge, die zu einer normalen Unterhaltung eigentlich dazugehörten. Zum Beispiel den Gebrauch von »Ähs« und »Ähms«, was sich ja nicht unbedingt schön anhörte, aber seinen Zweck als Pausenmarkierer erfüllte. Ein »Äh« signalisierte dem Zuhörer so etwas wie »Warte, ich muss ganz kurz nachdenken« oder »Moment, ich spreche gleich weiter«. Wenn Maria ein Wort oder einen Ausdruck suchte, machte sie eben eine Pause, die mitunter sehr lange dauern konnte, und sie wurde nicht selten sauer, wenn er zu früh etwas erwiderte. Sie empfand das als Unterbrechung, auch wenn er das gar nicht wollte. Er war ja froh, wenn sie überhaupt sprach. Ein Schweigen, besonders im Streit, war weitaus schlimmer und unbarmherziger als eine handfeste verbale Auseinandersetzung. Schweigen war dann böser als Schreien, und es war nicht einfach für ihn, damit umzugehen, dass sie trotz (oder gerade wegen) ihres Schweigens am Ende immer ihren Willen bekam.

Füllwörter wie »eben«, »bloß«, »wohl« oder »doch« kamen in ihrem Sprachgebrauch ebenfalls nicht vor. »Lass uns doch spazieren gehen« klang eher verbindlich, wie ein Vorschlag, ihr »Lass uns spazieren gehen« hingegen wie ein Befehl, dem nachzukommen war. Auch versteckte sie sich nicht hinter sogenannten Heckenwörtern wie »gewissermaßen« oder »quasi«, die das Gesagte gleichzeitig relativierten. Marias Kommunikation war immer direkt, immer eins zu eins, was oft dazu führte, dass sich ihr Gegenüber auf den Schlips getreten fühlte. Auf der anderen Seite war Klenke froh, dass so auch seine beiden Hasswörter »irgendwie« und »respektive« niemals fielen.

»Dann habe ich eine gute Idee«, warf Klenke ein, als er sicher war, sie nicht zu unterbrechen.

»Welche denn?«

»Ich weiß, wohin wir in Urlaub fahren.«

»Ach ja?«

»Nach Marokko.«

Klenke erläuterte ihr, was Behring vorgeschlagen hatte. Direkt nach dem Besuch in Marrakesch könnten sie ein Auto mieten und an die Küste fahren. In Marias Augen sah er wachsende Unsicherheit.

»(Aber) ich war noch nie in Marokko …«

»Ein Grund mehr.«

»Das ist (doch) viel zu weit weg …«

»Eine Frage der Perspektive.«

»Ich bin (doch) noch nie geflogen …«

»Dann wird's aber langsam Zeit.«

Maria sah ihn an. Klenke versuchte, sie zu fordern, ohne sie zu überfordern. Ein schmaler Grat. Lob und Zuspruch waren hilfreicher, als sie auf ihre Schwächen hinzuweisen, derer war sie sich ohnehin bewusst. Viel zu oft wurden ihr im Leben Dinge abgenommen, was vielleicht manchmal nicht anders ging, ihr aber keinesfalls gutgetan hatte. Das war zwar komfortabel, anderseits lähmte es und führte ihr ihre eigene Unzulänglichkeit vor Augen. Etwas selbst zu tun, und seien es nur einfache Dinge wie Waschen oder Einkaufen, gab ihr meistens mehr Energie. Das beste Beispiel war das Sushi heute.

»Müssen wir ja nicht jetzt entscheiden«, entschärfte Klenke die Situation, der sie offenbar gerade noch nicht gewachsen war. Maria lächelte dankbar.

14

Versonnen blickte Jochen Bender auf das Plakat einer Fotografie von Andreas Gursky, das er gerade an der Wand gegenüber von seinem Schreibtisch aufgehängt hatte. »Rhein II« war sein Lieblingsmotiv des Künstlers, und besonders stolz war er darauf, dass dieser es sogar für ihn signiert hatte. »Für Jochen« stand da unten rechts. Als er das Plakat mit der Bitte in dessen Düsseldorfer Atelier geschickt hatte, hatte er nicht im Entferntesten damit gerechnet, dass Gursky ihm diesen Gefallen tun würde. Viel zu oft, das wusste Bender, wurde so eine Unterschrift via Internet teuer verkauft, weshalb Künstler seiner Größenordnung diesbezüglich extrem zurückhaltend waren, verständlicherweise. Aber hier hing es nun. Für Jochen.

»Rhein II« bestach durch seine Einfachheit, seine Klarheit der Farben und der Linien, allesamt horizontal. Das Bild bestand aus zwei gleich großen Hälften, ganz unten eine grüne Wiese, wiederum zweigeteilt durch einen grauen Fahrradweg, darüber der Rhein, ebenfalls sehr grau (aber, wenn man genau hinsah, mit einem ganz zarten Stich ins Bläuliche), oben begrenzt durch einen schmalen grünen Streifen des anderen Ufers. Die gesamte obere Hälfte nahm der graue, wolkenverhangene Himmel ein.

Obwohl das Bild in Düsseldorf-Oberkassel aufgenommen (und dann digital bearbeitet) worden war, erinnerte es ihn an seine Heimat, an Duisburg, wo er geboren und aufgewachsen war. 2011 war es bei Christie's für sagenhafte 3,1 Millionen Euro an einen unbekannten Käufer versteigert worden und war so zur teuersten Fotografie der Welt avanciert. Weitere Exemplare befanden sich in der Sammlung der Tate Gallery in London, der Pinakothek in München und im New Yorker Museum of Modern Art. Und jetzt auch, wenn auch nur als Plakat, aber vom Künstler signiert und liebevoll von ihm, Bender, selbst gerahmt, in seinem Büro in der deutschen Botschaft in Rabat.

Das Klingeln des Telefons auf seinem Schreibtisch riss ihn aus seinen Gedanken. Er erschrak heftig und ärgerte sich einmal mehr über dieses Ding, das aus prähistorischer Zeit stammen musste. Fehlte nur noch, dass es eine Wählscheibe besessen hätte. Er nahm den schweren Hörer ab.

»Oui?«

Die Telefonistin aus der Zentrale, eine der marokkanischen Lokalbeschäftigten, wollte ein Ferngespräch vermitteln, aber die Verbindung war schlecht und er verstand nicht genau, worum es ging.

»Stellen Sie einfach durch«, befahl er auf Französisch, und als er hören konnte, dass jemand in der Leitung war, bemühte er sich um einen freundlichen Tonfall.

»Bender?«

»Ja, guten Tag, Klenke hier von der Zentrale in Berlin, ich bin der Redenschreiber des Ministers.«

»Oh, hallo. Wie geht's?«

»Danke, gut, und Ihnen?«

»Sehr gut, vielen Dank. Was verschafft mir die Ehre?«

Das war jetzt vielleicht eine Spur zu unterwürfig, ärgerte sich Bender. »Was kann ich für Sie tun« hätte sicher auch gereicht.

»Sie wissen ja, dass wir demnächst bei Ihnen aufschlagen werden …«

»Ja, das hat sich in der der Tat bis zu uns rumgesprochen«, versuchte Bender witzig zu sein.

»Das ist doch schön. Herr Bender, ich würde Sie gerne diesbezüglich um Ihre Mitarbeit bitten. Der Außenminister möchte in Marrakesch eine Grundsatzrede halten, die ich vorbereiten werde. Und da Sie vor Ort natürlich einen wesentlich besseren Überblick über die Lage haben als wir in Berlin, würde ich mich freuen, wenn Sie mich dabei unterstützen könnten.«

»Ja, warum nicht … sehr gerne …« Bender fühlte sich durchaus geschmeichelt.

»Oder spricht irgendwas dagegen?«

»Nein, nein, gar nicht …«

»Aber?«

»Nun, dafür ist bei uns im Hause eigentlich der Politische zuständig, Herr von Schröder. Ich bin ja hier irgendwie nur der Kulturmann …«

»Ja, ich weiß«, gab Klenke zurück. »Herr von Schröder ist sicher ein fähiger Diplomat, aber in diesem Fall würden wir doch gerne anders verfahren.«

»Ach ja …?«

»Ja. Wir haben uns natürlich erkundigt, und Sie sind, wenn ich das so sagen darf, Herr Bender, hier im Hause mit Ihren Beiträgen und Drahtberichten einfach zu oft zu positiv aufgefallen. Und wer schreibt, der bleibt.«

Charmantes Kerlchen, dieser Klenke, dachte Bender, bei dem jetzt die Eitelkeit doch die Oberhand über das bisschen Loyalität zum Kollegen gewann. Seine Worte in einer Rede des Außenministers wiederzufinden war eine schöne Vorstellung.

»Dann steht also unserer Zusammenarbeit nichts im Weg?«

»Nein, natürlich nicht. Wie wollen wir verfahren?«

»Am besten schreiben Sie mir Ihre Einschätzung über die bilaterale Lage, über Probleme, Hoffnungen et cetera. Wo liegen die Chancen, was sind die Erwartungen der Marokkaner an uns, das Übliche eigentlich. Ich werde dann versuchen, diese Informationen in die Rede zu integrieren.«

»Okay, mach ich gerne.«

»Am besten per Mail.«

»Ist klar. Bis wann brauchen Sie es ungefähr?«

»Sagen wir so: lieber früher als später. Watte hass, hasse, wie der Duisburger sagt.«

Da musste Jochen Bender laut lachen.

»Ja, das stimmt! Watte hass, hasse!«

»Prima, dann bis bald, Herr Bender.«

»Ja, bis die Tage, Herr Klenke. Ich melde mich asap.«

Damit legten sie auf. Benders Blick fiel wieder auf das Gursky-Bild. Netter Typ, dieser Klenke. Weiß sogar, wo ich groß geworden bin. Darüber, wie Schröder die Ausbootung aufnehmen würde, wollte er sich lieber später Gedanken machen.

Klenke hatte noch etwas Zeit bis zu seinem nächsten Termin mit Björn Thiele. Der Pressechef wollte mit ihm die Grundausrichtung ihrer Kommunikation und Kernbotschaften für die Reise nach Mali und Marokko koordinieren. Aber das war erst in einer halben Stunde, also konnte Klenke das tun, was er bisweilen gerne machte, wenn sich einmal unerwartet Zeit auftat: Er beschäftigte sich mit Reden, die es schon gab. Große Reden der Weltgeschichte. Reden, die die Welt verändert hatten. Im Guten wie im Bösen, im Großen und im Kleinen, wie zum Beispiel die von Steve Jobs 2005 an der Stanford University: »Bleiben Sie hungrig, bleiben Sie albern!« Sehr schön.

Oder die Deutschen. Kaiser Wilhelm II. 1900 vor seinen Matrosen, die auf dem Weg nach China waren: »Pardon wird nicht gegeben! Gefangene werden nicht gemacht!«

Und in gleicher Tradition Joseph Goebbels im Berliner

Sportpalast 1943, als es längst zu spät war: »Wollt ihr den totalen Krieg?«

Als moralische Antwort darauf Richard von Weizsäcker an einem Jahrestag der Kapitulation, der kein Tag der Niederlage, sondern der Befreiung gewesen sei: »Wir müssen die Vergangenheit annehmen. Schauen wir, so gut wir es können, der Wahrheit ins Auge.«

Was für ein Aufschrei bei den Konservativen und bei den Ewiggestrigen! Tränen des Glücks hingegen bei seinen Eltern vor dem Fernseher. »Warum weint ihr denn?«, hatte der kleine Franz damals gefragt. Klenke war gerade vier und konnte noch nicht verstehen, wie man so weinen und gleichzeitig glücklich sein konnte. Sein Vater erklärte es ihm, bevor er in den Unglückszug stieg und nie zurückkam.

Die Macht der Worte. Worte konnten die Welt verändern, können die Welt besser machen.

»Blut, Schweiß und Tränen« von Winston Churchill.

»A house divided« von Abraham Lincoln.

»I have a dream!« von Martin Luther King.

»Ich bin ein Berliner!« von John F. Kennedy. (»Eekh been eyn Baer-leener«, hatte er sich angeblich damals lautmalerisch auf sein Manuskript notiert.)

Klenke schaute auf seine Armbanduhr. Etwas Zeit war noch für ein lieb gewonnenes Ritual. Er hatte jetzt auch Lust, vor Glück zu weinen. Manche schafften das, indem sie eine spezielle Musik hörten oder sich ihren Lieblingsfilm zum hundertsten Mal anschauten, bei ihm war es die Antrittsrede von Barack Obama in Chicago, als frisch gewählter Präsident der Vereinigten Staaten. Klenke setzte seine Kopfhörer auf und gab das Notwendige bei YouTube ein. Hunderttausend begeisterte Zuschauer verfolgten die Rede in jener Nacht im November 2008 vor Ort.

»Wenn es da draußen jemanden gibt, der noch zweifelt, dass Amerika ein Ort ist, wo alles möglich ist, der sich noch fragt, ob der Traum unserer Gründer heute lebendig ist, hat heute eine Antwort bekommen … Es ist die Antwort, die von Jungen und Alten gegeben wird, von Reichen und Armen, Demokraten und Republikanern, Schwarzen, Weißen, Hispanics, Asiaten, Indianern, Schwulen und Heterosexuellen, Behinderten und Nichtbehinderten. Von Amerikanern, die der Welt eine Botschaft geschickt haben, dass wir keineswegs nur eine Ansammlung von Einzelmenschen oder eine Kollektion von roten und blauen Staaten sind. Wir sind die Vereinigten Staaten von Amerika und werden das immer sein!«

Guter Anfang. Das Thema der erfolgreichen Wahl und der damit einhergehenden Zeitenwende war gesetzt und alle wurden erst einmal umarmt. Sogar der politische Gegner im Wahlkampf um das Weiße Haus:

»Etwas früher an diesem Abend habe ich einen außergewöhnlich freundlichen Anruf von Senator McCain erhalten. Senator McCain hat lange und hart in diesem Wahlkampf gekämpft. Und er hat noch länger und härter für das Land gekämpft, das er liebt. Er hat Opfer für Amerika ertragen, die sich die meisten von uns noch nicht einmal im Ansatz vorstellen können …«

Obama ging nicht weiter ins Detail. Musste er auch nicht, weil ohnehin jeder Amerikaner dessen Geschichte kannte. Im Vietnamkrieg als Pilot abgeschossen und mit zwei gebrochenen Beinen hatte McCain zwei Jahre in Einzelhaft verbracht und wurde gefoltert, was dauerhafte körperliche Behinderungen nach sich zog. Als er freigelassen werden sollte, weigerte er sich, um nicht zu Propagandazwecken missbraucht werden zu können, woraufhin die Folter weiterging, bevor er nach insgesamt fünfeinhalb Jahren wieder nach Hause konnte.

> »Uns geht es besser dank des Dienstes, den dieser tapfere und selbstlose Führer geleistet hat … und ich freue mich darauf, mit Ihnen zusammenarbeiten, um in den kommenden Monaten das Versprechen dieser Nation zu erneuern.«

Was für eine Geste! War das erst elf Jahre her? Unvorstellbar bei dem aktuellen Präsidenten! Dann der Schwenk ins Persönliche:

> »Ich würde heute Abend hier nicht stehen ohne die unablässige Unterstützung meiner besten Freundin in den vergangenen 16 Jahren, dem Fels unserer Familie, der Liebe meines Lebens, der nächsten First Lady der Nation, Michelle Obama.«

Etwas zu kitschig? Für deutsche Ohren vielleicht. Aber wir sind schließlich in Amerika, so was wollen die Leute hier hören. Der Wurm soll ja auch, wie Hans Behring es formulieren würde, dem Fisch schmecken und nicht dem Angler. Das Publikum in Chicago applaudierte, viele nickten und hatten Tränen in den Augen. Für eine gute Rede musste man auch sein Publikum kennen. Dieses hier war Obama mehr als gewogen, es lag ihm zu Füßen.

> »Dies ist euer Sieg! Ich weiß, dass ihr das nicht für mich getan habt. Ihr habt es getan, weil ihr das gewaltige Aus-

maß der vor uns liegenden Aufgabe versteht. Denn selbst wenn wir heute Abend feiern, wissen wir, dass tapfere Amerikaner in den Wüsten des Iraks und in den Bergen Afghanistans aufwachen, um ihr Leben für uns zu riskieren. Da sind Mütter und Väter, die wach liegen, wenn die Kinder schon eingeschlafen sind, und sich fragen, wie sie die Hypothek finanzieren oder ihre Arztrechnung bezahlen sollen oder genug sparen für den Hochschulunterricht ihres Kindes. Die Straße vor uns wird lang sein. Unser Anstieg wird steil sein. Wir werden nicht in einem Jahr oder selbst in einer Amtszeit dort ankommen. Aber, Amerika, ich war nie hoffnungsvoller als heute Abend, dass wir dort hinkommen werden. Ich verspreche euch, wir als ein Volk werden dort hingelangen!«

Yes, we can! Dieser Ruf aus dem Publikum war jetzt immer öfter zu hören. Yes, we can! Was für ein Slogan! Dabei hatte man ja ursprünglich einen anderen vorgesehen, fiel Klenke ein, »Change we can believe in«. Aber »Yes, we can«, Obamas oft gegebene Antwort in seinen Reden, wenn es um Problemlösungen ging, hatte sich verselbstständigt. Kurz und auf den Punkt. Wie bei Bob dem Baumeister und den Beatles. All you need is love. Aber Obama kannte auch die Gefahren, wenn die geschürten Hoffnungen und Erwartungen zu groß wurden:

»Es wird Rückschläge und falsche Ansätze geben. Es gibt viele, die nicht mit jeder Entscheidung oder jeder Politik einverstanden sein werden, die ich als Präsident mache. Und wir wissen, dass die Regierung nicht jedes Problem lösen kann. Aber ich werde immer ehrlich mit euch sein, wenn es um die Herausforderungen geht, die vor uns liegen. Ich werde euch zuhören, wenn wir verschiedener

Meinung sind ... Was vor 21 Monaten in den Tiefen des Winters begann, kann nicht in dieser Herbstnacht enden. Dieser Sieg allein ist noch nicht der Wandel, den wir anstreben. Er ist nur die Chance für uns, diesen Wandel herbeizuführen ... Und an diejenigen Amerikaner, deren Unterstützung ich noch erlangen muss: Ich mag heute nicht eure Stimme bekommen haben, aber ich höre eure Stimmen. Ich brauche eure Hilfe. Und ich werde auch euer Präsident sein ...«

Was für ein Unterschied, dachte Klenke, zu dem heutigen, wirren Präsidentendarsteller! Dann kam Klenkes Lieblingsstelle. Es wurde die Geschichte des Landes in Form einer einzigen Person erzählt.

»In dieser Wahl gab es viele erstmalige Ereignisse und viele Geschichten, die noch über Generationen hinweg erzählt werden. Aber eine ist heute Abend in meinem Kopf von einer Frau, die ihre Stimme in Atlanta abgegeben hat.

Ann Nixon Cooper ist 106 Jahre alt. Sie wurde gerade eine Generation nach der Sklaverei geboren, in einer Zeit, in der es keine Autos auf der Straße und keine Flugzeuge am Himmel gab, als jemand wie sie aus zwei Gründen nicht wählen konnte. Weil sie eine Frau ist und wegen ihrer Hautfarbe. Und heute Abend denke ich an alles, was sie das ganze Jahrhundert hinweg in Amerika gesehen hat – den Kummer und die Hoffnung, den Kampf und den Fortschritt, die Zeit, in der wir gesagt bekamen, dass wir nicht können, und die Leute, die am amerikanischen Glauben festhielten: Ja, wir schaffen das!«

»Yes, we can!«, kam es vielstimmig zurück.

> »Wenn da Verzweiflung im Staub und Depression im Land war, erlebte sie eine Nation, die ihre Angst mit einem New Deal bezwang, mit neuen Arbeitsplätzen, einem neuen Sinn für gemeinsame Ziele. Yes, we can!«

»Yes, we can!« Diesmal schon tausendfach. Du hast eine Geschichte, also bist du. Jeder schwarze Junge konnte sich nun vorstellen, selbst einmal Präsident zu werden. Yes, we can! Das war schon keine Rede mehr, das war eine Predigt.

> »Als die Bomben auf unsere Häfen fielen und Tyrannei die Welt bedrohte, erlebte sie, wie eine Generation sich zur Größe erhob und eine Demokratie gerettet wurde. Yes, we can!«

»Yes, we can!« Mein Gott, wer schrieb denn so etwas Schönes?

Aber Klenke wusste es längst, Jonathan Favreau hieß sein Kollege, Barack Obamas Director of Speechwriting. Ganze 27 Jahre alt war der Kerl 2008 gewesen. Zum ersten Mal hatte Klenke ein Vorbild, das deutlich jünger war als er selbst. Wurde er jetzt alt? Egal. Yes, he can! Favreaus Freundin war Rashida Jones, die schöne, reiche Tochter des großen Komponisten Quincy. Klenke erinnerte sich an den Literaturtempel, den sie in Hanoi besucht hatten. Die klügsten Köpfe waren dort in früheren Jahrhunderten mit den schönsten Frauen verheiratet worden.

> »Ein Mann ist auf dem Mond gelandet, eine Mauer wurde in Berlin niedergerissen, eine Welt wurde verbunden durch unsere eigene Wissenschaft und Vorstellungs-

> kraft. Und in diesem Jahr, bei dieser Wahl, berührte Ann Nixon Cooper mit ihrem Finger einen Bildschirm …«

Jetzt tippte Obama mit dem rechten Zeigefinger auf einen imaginären Bildschirm vor sich. Die richtige Geste zur richtigen Zeit ist oft genauso wichtig wie das gesprochene Wort. Ein begnadeter Redner, keine Frage.

> »… und gab ihre Stimme ab, weil sie nach 106 Jahren in Amerika, durch die besten und die dunkelsten Stunden hinweg, wusste, wie Amerika sich wandeln kann. Yes we can!«

Yes, we can!

> »Dies ist unsere Chance, auf diesen Ruf zu antworten. Das ist unser Augenblick!«

Klenke hatte sein Ziel erreicht, Tränen liefen ihm übers Gesicht. Die Rede verkündete den Augenblick und war gleichzeitig dieser Augenblick. Er drückte die Stopptaste und genoss den Moment. Sparte sich den kleinen Rest, der noch kam, das obligatorische »Gott segne euch, Gott segne die Vereinigten Staaten von Amerika«. Klenke glaubte an Worte, denen Taten folgen sollten, aber nicht an Gott. Religion war nichts für erwachsene Menschen, und davon würden ihn, trotz allem, weder Jon Favreau noch Barack Obama abbringen können.

15

Als Jochen Bender am nächsten Tag in der großen Runde über sein Telefonat mit Berlin berichtete, mochte er Schröder lieber nicht direkt anschauen, bemerkte aber im Augenwinkel, wie dieser innerlich zusammenfiel.

»Das ist ja in der Tat … etwas außergewöhnlich, nicht wahr«, kommentierte Botschafter Vogel den Sachverhalt.

»Gab es denn in der Vergangenheit mal Probleme mit der Abteilung?«

»Nicht dass ich wüsste«, antwortete Schröder knapp.

»Oder mit dem Redenschreiber, wie heißt der noch?«

»Franz-Josef Klenke«, wusste Bender.

Schröder hörte den Namen zum ersten Mal und konnte sich auch nicht erinnern, ihm jemals über den Weg gelaufen zu sein.

»Na denn«, brachte Vogel diesen Punkt zum Abschluss, »die werden schon ihre Gründe haben, nicht wahr. Ober sticht unter. Dann machen wir es so. Herr von Schröder?«

»Hab ich kein Problem mit«, war dessen Antwort, aber jeder in der Runde spürte, dass das nicht stimmte. »Ist ja nicht so, dass ich sonst nichts zu tun hätte.«

Das war nicht gelogen, aber keiner der Teilnehmer konnte wissen, dass sich dieser Satz auch auf sein Privatleben bezog. Letzte Nacht hatte ihm Marysol eröffnet, sie halte es für besser, wenn sie sich mal eine Zeit lang aus dem Weg gehen würden. Was das denn heißen solle, wollte er wissen. Nun, dass sie gerne eine Auszeit nehmen und mit den Kindern zurück nach Chile gehen würde, zu ihren Eltern, zumal ja auch Robert und Pablo ihre Yaya und ihren Yayo schon ewig nicht gesehen hätten.

Vor Schröder hatte sich ein Abgrund aufgetan, ihm war augenblicklich klar gewesen, dass dies der Anfang vom Ende seiner Ehe war. Wenn er doch wenigstens jetzt mal auf den Tisch gehauen hätte! Marysol war bekanntermaßen eine Dramaqueen reinsten Wassers und hätte sich, nach einem Liebesbeweis in Form eines heftigen emotionalen Streits, womöglich noch einmal von ihren Plänen abbringen lassen, aber Schröder war sofort in alte Muster verfallen und hatte sich innerlich zurückgezogen. Reisende soll man nicht aufhalten, das war sein Credo, das Marysol immer auf die Palme brachte. Und auf seine Frage, ob denn der italienische Botschafter in ihren Plänen eine Rolle spiele, hatte sie ihn angeschrien, ob er denn überhaupt nichts kapiere. Nein, natürlich nicht! Aber sie habe die Befürchtung, dass sie beide eigentlich vielleicht gar nicht zusammenpassten. Und genau darüber wolle sie sich in Ruhe Gedanken machen und das könne sie nur mit Abstand, weshalb sie gleich morgen die Flüge für sich und die Kinder buchen werde. Völlig aufgelöst hatte sie sich in ihrem Schlafzimmer eingeschlossen und so laut geschluchzt, dass er befürchtet hatte, die Kinder würden jeden Augenblick aufwachen.

Irgendwann war ihr Weinen verebbt und von einem leisen Schnarchen abgelöst geworden. Wie konnte sie jetzt nur schlafen, in dieser Situation, hatte er sich gefragt und sich an seinen Computer im Arbeitszimmer gesetzt, um bei YouTube nachzusehen, ob die Welt draußen noch da war. Aber zuerst ein Blick ins Mailpostfach.

Von: HB@raba.auswaertiges-amt.de
An: CVS@raba.auswaertiges-amt.de

Betreff: WTC 7
Lieber Schröder,

ich muss zugeben, dass mich Deine Einschätzung zum Anschlag am 11. September sehr nachdenklich gemacht hat. Es hat mich noch tagelang beschäftigt und mir keine Ruhe gelassen …

… daher habe ich mich ein bisschen eingelesen und muss Dir heute leider mitteilen, dass das alles großer Humbug ist. Auch wenn es jetzt Dein Weltbild ins Wanken bringen sollte – es ist alles sehr einfach nachzulesen. Und zwar bei Wikipedia. Ich bin ein großer Anhänger von Wikipedia, es ist eine Enzyklopädie, die sicher über den Vorwurf, eine Marionette der Mainstreammedien zu sein, erhaben sein dürfte. Ich hatte neulich den Eindruck, dass Deine Meinung zum Thema schon sehr feststeht, und eigentlich will ich Dich auch nicht mit Tatsachen verwirren, aber die Sache ist: Es gab eine 9/11-Kommission, paritätisch besetzt mit Vertretern von Demokraten und Republikanern sowie – nicht ganz unwichtig – höchst skeptischen Angehörigen der Opfer. Die Kommission darf also als unabhängig gelten.

Richtig ist: Die Regierung Bush hat damals eine Menge falsch gemacht, angefangen beim Präsidenten selbst. Der wollte die Kommission eigentlich verhindern und sich dann, als das nicht durchzusetzen war, nicht vereidigen lassen. Das macht ihn zweifellos verdächtig. Andere Regierungsmitglieder haben die Kommission auch belogen, aber nicht, weil sie den Angriff zugelassen hatten, sondern weil sie zu blöd gewesen waren, ihn zu verhindern. Weil sie ihr eigenes Versagen und das ihrer Behörden vertuschen wollten.

Es ist falsch, dass am 11. September 2001 viertausend jüdische Arbeitnehmer nicht im World Trade Center erschienen sind. Richtig ist, dass die *Jerusalem Post* am 12. September schrieb, etwa viertausend Juden rund um das WTC und das Pentagon hätten sich nach den Anschlägen noch nicht bei ihren Angehörigen und Freunden gemeldet. (Die Zahl der jüdischen Todesopfer belief sich übrigens auf ca. 500, das sind etwa 17 Prozent.)

Die Einstürze der Zwillingstürme gehören zu den am gründlichsten untersuchten Gebäudeeinstürzen überhaupt, und zwar nicht nur von offizieller Seite. Sprengsätze im Untergrund können keinen Zusammenbruch von oben hervorrufen, eigentlich logisch. Der gesamte Schutt aller Türme wurde auf Druck der Opferfamilien acht Monate lang untersucht. Keiner der Männer, die bei den Aufräumarbeiten beteiligt waren, fand Sprengstoffspuren an den eingestürzten Stahlträgern.

Und so weiter und so weiter. Ich schreibe Dir das alles nicht, um Dich zu überzeugen (oder vielleicht doch?). Soweit ich weiß, kann man das auch gar nicht (oder vielleicht doch?). Aber ich halte es für gefährlich, was Du tust. Wer immer »die da oben« erwähnt, von »höheren Mächten« palavert oder an Verschwörungstheorien glaubt und sie vor allem weiterverbreitet, handelt antidemokratisch, weil er die Wähler – wenn sie überhaupt noch wählen gehen – in die Arme linker und zurzeit vor allem rechter Extremisten und Rassisten treibt. Also lass das bitte!

Viele Grüße und bis morgen,

Heinrich

PS: Ich hab Dir das alles mal als PDF angehängt.

PPS: Die jüdische Weltverschwörung existiert übrigens auch nicht. Das »Protokoll der Weisen von Zion«, mit dem Adolf Hitler unter anderem die Judenvernichtung rechtfertigte, ist nachweislich eine Fälschung aus Russland aus dem Jahr 1912.

PPPS: Cui bono? Kann ich Dir sagen: Dein Freund Silvio Mederer. Der lebt nämlich von diesen Vorträgen.

Schröder hatte den angehängten Wikipedia-Artikel kurz überflogen, aber schnell aufgegeben, ihn zu lesen. Fast 80 Seiten mit Informationen und Untersuchungen waren ihm dann doch zu viel gewesen. Erst recht in dieser Situation. Nächste Woche vielleicht, hatte er gedacht, aber eigentlich schon jetzt gewusst, dass er es nie tun würde.

Arschloch, dachte Schröder jetzt und fixierte Heinrich, der in der Sitzung gerade über den Stand der Dinge in der Visastelle berichtete.

»Zurzeit haben wir etwa siebzig Anträge pro Tag, das sind knapp fünfundzwanzigtausend jährlich. Hört sich zwar viel an, sind aber immer noch deutlich weniger als bei den Franzosen oder Spaniern, da haben die Menschen oft schon Verwandte oder sprechen die Sprache.«

»Was genau sind das für Leute?«, fragte Vogel rhetorisch, eher für die Neuen in der Runde, er selbst wusste es ja.

»Unterschiedlich. Interessanterweise nicht nur die Armen, sondern viele aus der Mittelschicht, die haben eine gewisse Vor- und Ausbildung und das weckt natürlich Begehrlichkeiten auf ein besseres Leben.«

»Und die können sich eben auch das Geld für die Schlepper leisten«, ergänzte Simon.

»Richtig. Man muss aber auch sagen, dass viele junge Männer dabei sind, die hier keine Perspektive haben. Die sind wirtschaftlich und sexuell frustriert.«

»Sexuell frustriert?«, staunte Dr. Nafziger, der Wirtschaftsreferent, der noch nicht lange in Rabat stationiert war.

»Ja, klar, Marokko hat viele archaische Strukturen, es gibt auch noch das Brautgeld, heißt: kein Job, kein Geld, keine Frau, so einfach ist das. Deswegen sind die Männer hier oft schon älter, wenn sie endlich heiraten können.«

Ich bin auch sexuell frustriert, dachte Schröder, der die gesamte Sitzung schweigend verfolgte. Er sah Jochen Bender zu, der sich eifrig Notizen machte. Wahrscheinlich für die blöde Rede. Streber.

»Sexuell frustriert sind hier aber auch andere …«, deutete Simon mit einem Lächeln an. Schröder erschrak kurz, war aber offenbar nicht gemeint.

»Ja«, nahm Heinrich den Ball auf. »Erst gestern hatten wir ein Paar hier, sie 63 aus Bremen, er Anfang zwanzig aus Casablanca. Sie will ihn heiraten und mit nach Deutschland nehmen, große Liebe und so, haben mir auch sehr schöne Fotos gezeigt auf ihrem Handy, Küsschen hier, Umarmung da.«

»Hat aber nichts genutzt, nehme ich an?«, fragte Dr. Nafziger.

»Natürlich nicht. Wenn die Lady sich verarschen lässt, müssen wir das ja nicht auch mitmachen. Also kein Visum.«

»Arme Frau«, bemerkte Hinkel.

»Stimmt. Will uns aber jetzt verklagen.«

»Na, zum Glück haben wir eine gute Rechtsabteilung, nicht wahr«, konstatierte der Botschafter. »Sonst noch was?«

»Nein, das war's.«

»Dann vielen Dank, lieber Herr Bertelmann. Was gibt's vom Protokoll, Werner?«

Werner Hinkel räusperte sich, mehr als einmal, was Schröder genervt zur Kenntnis nahm. Warum nur musste sich dieser Mann immerzu räuspern, egal ob er etwas sagen mochte oder nicht? Wenn er jetzt auch noch schlürft, hau ich ihm in die Fresse, dachte er, als Hinkel sich eine Apfelschorle in ein Glas goss. Zum Glück brachte er den Trinkvorgang geräuschlos hinter sich.

»Danke, Gisbert. Also: Die Delegation besteht aus etwa siebzig Leuten und bleibt zwei Tage …«

»Das sind aber viele …«, warf Vogel ein.

»Was jetzt, Tage oder Leute?«

»Beides.«

»Ja, es sind allein siebzehn Wirtschaftsvertreter dabei und fünfzehn von der Presse, Print und TV. Ansonsten das Übliche, drei vom Bundestag, CDU, SPD und FDP.«

»AFD nicht?«, staunte Vogel. »Die reisen doch sonst so gerne, wenn's umsonst ist …«

»Ja, aber nicht mit diesem Außenminister.«

»Verstehe. Wer sonst noch?«

»Ein paar Kulturschaffende, Protokoll, Dolmetscher, medizinische Betreuung, Personenschutz et cetera. Dazu die Flugzeugbesatzung.«

»Kriegen wir die denn alle unter?«

»Natürlich. Ich dachte an das Four Seasons an der Ausfallstraße zum Flughafen.«

»Guter Plan.«

»Sehr gut auch für uns«, bemerkte Lorenz vom BKA. »Die Flugzeugbesatzung geht dann ins Ibis am Bahnhof, hört sich jetzt erst mal suboptimal an, ist aber sauber und gepflegt.«

»Absolut in Ordnung, ich kenne den Laden«, bestätigte Simon.

»Die Kollegen sind vorher in Mali, landen am 3. April in Marrakesch, bleiben zwei Tage und fliegen am 5. frühmorgens zurück nach Tegel.«

»Marrakesch? Wieso nicht hier in Rabat?«

»Den Marokkanern ist das egal, die haben ihre Ministerien ja auch in Marrakesch. Da ist es auch schöner, wenn wir ehrlich sind. Außerdem will Behring seine Rede an der Universität dort halten.«

Die Blicke wanderten kurz von Bender zu Schröder, der abwesend vor sich hinblickte.

»Das heißt, wir müssen auch alle ins Hotel?«, fragte der Botschafter.

»Müssen ist gut. Warst du mal im Four Seasons?«

»Nein.«

»Na, da wirst du aber staunen. Wir niederen Chargen sind natürlich woanders, im Maison Arabe in der Medina.«

»Na gut, und weiter?«

»Der Außenminister möchte in erster Linie seinen Amtskollegen treffen, aber auch Vertreter der Zivilgesellschaft.«

»Oha, dünnes Eis … Wen denn da?«

»Weiß ich noch nicht. Aber zu kritisch dürfen die nicht sein, erst recht keine Verurteilten oder mutmaßliche Terroristen. Frauenrechtlerinnen vielleicht oder LGBTI.«

»Was soll das denn sein?«, wollte Gabriele Friedel wissen, die Landwirtschaftsreferentin.

»Lesbian, Gay, Bisexual, Transgender, Intersex«, erklärte Simon und übersetzte das für sie ins Deutsche. »Bezeichnet

Menschen, die wegen ihrer sexuellen Orientierung oder ihrer Geschlechtsidentität von der heterosexuellen Norm abweichen.«

Woher weißt du das denn so genau?, dachte Schröder.

»So was gibt es in Marokko?«, staunte Friedel.

»Natürlich nicht offiziell.«

»Finde ich zu gefährlich, ehrlich gesagt«, entschied Vogel. »Nicht dass die Marokkaner das, nicht wahr, als Affront auffassen.«

»Okay, dann überlege ich da mal weiter«, schloss Simon.

»Welche Firmen werden denn da sein?«

»Hauptsächlich Tourismus und Energiewirtschaft«, erläuterte Dr. Nafziger.

»Für die machen wir ein schönes Sonderprogramm in Ouarzazate. Mit den Kulturleuten eröffnen wir eine August-Macke-Ausstellung und gehen ins Museum von Yves Saint Laurent.«

»Sehr schön«, lobte der Botschafter.

»Und Berlin fände es natürlich schön, wenn ein Termin beim König klappen könnte.«

Das war eher unwahrscheinlich. Für jemanden unter dem Rang eines Staatspräsidenten oder Regierungschefs war das nicht üblich.

»Verstehe. Ich guck mal, was ich da machen kann, aber bitte Berlin noch nichts versprechen. Wir schicken am besten morgen gleich eine Verbalnote rüber.«

Das Thema König war für Vogel Chefsache. Es wäre zu schön, wenn er Mohammed VI. auch einmal im kleinen Kreis treffen könnte.

»Nicht wahr, Herr von Schröder?«

Schröder zuckte kurz, als er seinen Namen hörte.

»Ja, klar, machen wir.«

Aber eigentlich war er mit seinen Gedanken nicht beim

König, sondern bei seiner Frau, die ihn verlassen wollte. Mit den Kindern. Aber wer weiß, vielleicht war doch wieder mal viel Hysterie im Spiel und die Suppe würde nicht so heiß gegessen, wie sie gekocht wurde.

Dem war nicht so. Als er spät am Abend nach Hause kam, waren die Koffer gepackt und Flüge für den nächsten Tag gebucht. Casablanca–Madrid–Santiago de Chile. Businessclass. Schröder blieb seltsam ruhig.

»Die Kinder schlafen?«

»Ja.«

»Was hast du Robert erzählt?«

»Dass wir für vier Wochen zu Oma und Opa fahren. Er freut sich sehr.«

»Und wirst du nach vier Wochen wieder hier sein?«

»Ich weiß es nicht. Vielleicht. Darüber will ich ja nachdenken.«

In ihren Augen erkannte Schröder, dass sie sich schon entschieden hatte. Andererseits, sie war schon immer etwas launisch und hysterisch gewesen. Südamerikanerin halt. Bei der wusste man nie. Er dachte kurz darüber nach, ob er sie umbringen sollte, verwarf diesen Gedanken aber sofort wieder. Staunte über sich selbst, wie wenig traurig er war, wie analytisch er überlegen konnte. Fast zwei Drittel aller Ehen wurden heutzutage wieder geschieden, warum sollten ausgerechnet sie zum dritten Drittel gehören?

»Wir würden dann morgen ein Taxi nehmen. Wenn das für dich okay ist.«

Nein, das fand er nicht okay. Er wollte sie selbst zum Flughafen bringen, darauf bestand er.

»Na gut«, lenkte sie ein. Jetzt nur nicht wieder streiten.

Schröder versuchte sich zu erinnern, wann das angefangen hatte, ob es da einen Moment gab, einen Wendepunkt in ihrer

Ehe, aber er kam zu keinem Ergebnis. Gut, sie waren immer schon sehr verschieden gewesen. Sie eher lebensfroh und emphatisch, er emotional zurückhaltend. »You are so German!«, hatte sie ihm schon gesagt, als sie noch kein Deutsch sprach. Aber war das denn so schlimm? Man konnte diesen Satz ja auch als Kompliment verstehen. »German« hatte ja auch viele Vorteile. Hatte er nicht immer bestens für sie und die Kinder gesorgt, ihnen ein sorgenfreies Leben in relativem Wohlstand ermöglicht? War er nicht immer pünktlich und zuverlässig?

»Warum bist du eigentlich nie traurig, Cornelius?«

Wenn sie ihn nicht »Guapo« nannte oder »Bärchen«, sondern ihn mit seinem Vornamen ansprach, wurde es unangenehm.

»Ich *bin* traurig«, erwiderte Schröder und wusste sofort, dass das nicht stimmte.

»Manchmal habe ich richtig Angst vor dir.«

»Angst, so ein Quatsch!« Mehr fiel ihm dazu nicht ein.

»Mehr fällt dir dazu nicht ein?«

Doch, ihm fiel sein Ehevertrag ein, die Gütertrennung, die sie darin vereinbart hatten. Zum Glück. An das Vermögen der Familie würde sie nicht herankommen, so viel stand mal fest.

»Sagst du jetzt gar nichts mehr?«

Schröder wusste nicht, was er jetzt noch sagen könnte. In ihm machte sich eine große Leere breit, die ihn keine Worte finden ließ. Vielleicht morgen wieder.

»Okay, dann geh ich jetzt schlafen. Gute Nacht.«

Er blieb die Antwort schuldig und ließ sie gehen. Hätte er die Paartherapie, die sie in Berlin gemacht hatten, besser nicht abbrechen sollen, zumindest nicht schon nach zwei Sitzungen? Die Idee dazu war von ihr gekommen, er selbst hatte erst nach langem Hin und Her zugestimmt – unter der

Bedingung, dass sie zu einem männlichen Therapeuten gingen, wovon er sich einen Vorteil versprach. Marysol war es egal.

»Die Resilienz steht in elementarer Opposition zur Vulnerabilität.« Dieser Satz des Psychos fiel ihm jetzt wieder ein. Komisch, welche seltsamen Windungen so ein Gehirn vollführen konnte, neurologisch betrachtet. Er musste an seine Zeit am Gymnasium denken, wo er Russisch als zweite Fremdsprache gewählt hatte. Keine leicht zugängliche Sprache, und weil er danach nie in Russland war, hatte er irgendwann alles vergessen, was er gelernt hatte. Alles, bis auf zwei Sätze: »Na stolje lezhit Karandash.« Auf dem Tisch liegt ein Bleistift. Und: »On snal stichi i pesni naizust.« Er kannte Lieder und Gedichte auswendig. Darüber hinaus konnte er noch »Podmoskovnye Vechera« singen, »Moskauer Nächte«.

Mehr war da nicht übrig nach vier Jahren Russischunterricht, aber warum fiel ihm das gerade jetzt wieder ein?

»Die Resilienz steht in elementarer Opposition zur Vulnerabilität.« Für besonders verwundbar hielt er sich nicht, dann also eher resilient. Von lateinisch »abprallen«. Gemeint war die Fähigkeit, Krisen zu bewältigen und diese als Anlass für Entwicklungen zu nutzen. Crisis, what crisis? Gut, beruflich lief es nicht optimal, er wäre jetzt lieber in Washington als in Rabat, aber das konnte ja noch kommen.

Schröder suchte nach Alkohol und fand im Kühlschrank eine fast volle Flasche Wodka. Nach dem dritten Glas wollte er Marysol zur Rede stellen, fand aber die Schlafzimmertür verschlossen. Das hatte sie doch noch nie gemacht! Hatte sie etwa wirklich Angst vor ihm? Als sie auf sein wiederholtes Klopfen nicht reagierte, wollte er die Tür eintreten, ließ es aber sein, schenkte sich stattdessen Wodka nach und tauchte am Computer wieder in die Welt des Internets ab. Googelte zum Thema Attentate und fand so schnell zu Anders Breivik, dem norwegischen Massenmörder, der vor zehn Jahren auf der Insel Utøya 77 Landsleute erschossen hatte. Schröder war empört! Wenn dieser Vollidiot schon sein Land gegen den Islam und den Kulturmarxismus verteidigen wollte, wie er später angab und wogegen ja im Prinzip auch nichts sprach, warum erschoss er dann norwegische Jugendliche und Kinder? Das machte doch überhaupt keinen Sinn!

Die Resilienz steht in elementarer Opposition zur Vulnerabilität.

Auf dem Tisch liegt ein Bleistift.

Er kann Lieder und Gedichte auswendig.

Na stolje lezhit karandash.

Machte überhaupt noch irgendwas Sinn? Schröder beschloss, jetzt lieber in seine Kammer zu kriechen und zu schlafen. Er wollte wenigstens einigermaßen nüchtern sein, wenn er morgen seine Familie zum Flughafen nach Casablanca fahren würde.

16

Was Maria am allermeisten brauchte, immer schon gebraucht hatte, war Struktur. Struktur zum Leben, Struktur zum Überleben. Sie musste auf jede Situation vorbereitet sein, um sich einigermaßen sicher zu fühlen. Sie mochte etwa sechzehn gewesen sein, als sie im Frankfurter Frühling ein traumatisches Erlebnis hatte.

Die Sonne schien hoch am Himmel, es war zu warm für Ende April, als sie beschloss, alleine eine Fahrradtour zu machen. Mithilfe einer Landkarte und Google Earth hatte sie versucht, sich ihren Weg bildlich vorzustellen und fotografisch ins Gedächtnis zu brennen, vor ihrem inneren Auge jeden Meter abzufahren. Vom Stadtteil Oberrad (wo sie wohnte) runter zum Main, dann rechts Richtung Offenbach, Mainuferweg, Hafeninsel, über die Carl-Ullrich-Brücke auf die andere Mainseite, durch das Industriegebiet dort zurück nach Westen, Schmuckstraße, über die Osthafenbrücke zurück nach Oberrad. Das war der Plan, aber irgendwo am Oberhafen musste sie einen Fehler gemacht, musste sie etwas übersehen haben. Sie stand in einer Straße, von der sie noch nie gehört oder gelesen hatte. Sie konnte keine Verbindung mehr herstellen, konnte dieses Puzzleteil nicht einordnen und hing fest. Sofort verkrampfte sie, unfähig weiterzufahren, und setzte sich neben dem Radweg auf den Boden. Mutismus fühlte sich manchmal wie Totstellen an, nur unfreiwillig. Der Puls ging langsamer, die Atmung wurde flach.

Sie war nicht ansprechbar, einer der Passanten machte sich

Sorgen und rief die Polizei. Diese hatte den Verdacht, dass Maria unter Drogen stand, aber der Test auf dem Revier, den sie als unendlich peinlich empfand, war negativ. Zum Glück hatte sie ihren Personalausweis dabei, so konnte sie am Ende nach Hause gefahren werden.

Dieses Ereignis verfolgte sie bis heute. Als sie nach Berlin gezogen war, lief sie tagelang durch ihren Kiez in Moabit, wo sie sich bald besser auskannte als Menschen, die dort schon seit zwanzig Jahren lebten. Nach einigen Wochen kannte sie dort jeden Stein, wusste besser Bescheid als jeder Taxifahrer, was mehr als einmal zu peinlichen Situationen führte, aber nur, wenn Klenke dabei war und sie sich sicher fühlte. Denn natürlich wusste sie immer den kürzesten Weg. Manchmal kam es darüber zum Streit, einmal wurden sie sogar kurzerhand aus dem Taxi rausgeschmissen. »Taxifahrer-Syndrom« nannte Klenke das, denn irgendwann erweiterte sie ihre vermeintliche Ortskenntnis auf fast ganz Berlin, und Klenke versuchte, kritische Momente mit einem besonders großzügigen Trinkgeld zu entschärfen.

Jetzt stand sie vor einem Reisebüro in Mitte. Sie hatte es im Internet ausgesucht und stundenlang persönlich ausgekundschaftet. Klenkes Marokko-Idee gefiel ihr, nachdem sie anfänglich gezögert hatte, immer besser, und sie wollte den Rückenwind, den sie nach der Apothekenaktion verspürte, nützen. Den Flug nicht online buchen, wie es ganz leicht möglich gewesen wäre, sondern persönlich.

Die Gelegenheit war günstig. Sie sah von außen, dass der Laden leer war, nur ein etwa siebzigjähriger grauhaariger Mann, der sie an einen Onkel erinnerte, saß hinter seinem Schreibtisch und telefonierte. Sicher der Inhaber. Er lachte sympathisch und schien Humor zu haben, also ging sie hinein und setzte sich ihm gegenüber. Als er sein Telefonat beendet und aufgelegt hatte, lächelte er sie freundlich an. Das gab

Maria Mut, ihm einen Zettel hinzulegen, den er sofort konzentriert durchlas.

»Kein Problem«, sagte er. »Wir haben Zeit. Ist ja nicht viel los hier. Außerdem sind wir ja noch jung, ne? Ich bin der Lothar.«

Maria lächelte dankbar und schilderte ihm ihre Reisepläne, zuerst stockend, dann immer flüssiger. Sie war natürlich bestens vorbereitet, wusste alles über die Flugverbindungen und das meiste über Marrakesch und Essaouira und vor allem, wie man von A nach B kam. Nämlich Richtung Westen über die A8 bis Chichaoua und dann immer geradeaus über die 207 direkt an die Küste. Aber das alles sagte sie Lothar nicht, sie wollte ihm nicht den Spaß verderben, den er offenbar bei seiner Arbeit hatte. Er machte sich hin und wieder Notizen und fand im Computer den Flug, den sie ohnehin favorisierte, am 4. April mit easyJet von Berlin-Schönefeld. Ein Direktflug, wie sie schon zu Hause erleichtert festgestellt hatte, denn ein Umsteigen hätte sie sicher noch überfordert.

»Wie sieht's mit Leihwagen und Hotel aus?«, wollte Lothar wissen.

Um das Auto wollte sich Klenke vor Ort kümmern, ein Hotel in Marrakesch brauchte sie nicht.

»Und in Essaouira?«

Sie hatte sich schon längst für ein Riad in der Medina entschieden, die Villa Maroc, nicht billig, aber auch nicht übertrieben teuer. Einige Zimmer mit Blick auf Meer und Hafen. Frühstück auf der Dachterrasse und ein riesiger Baum im Garten. Sie ließ Lothar ein paar Vorschläge machen, bevor auch er es gefunden hatte.

»Guck mal hier, Villa Maroc. Kein Hotel im klassischen Sinn, sondern ein Riad in der Medina, direkt an der Stadtmauer. Wenn man will, auch mit Meerblick.«

»Gute Idee«, sagte Maria.

17

Die Faszination des Schreckens. Schröder mochte gar nicht hinschauen, konnte seinen Blick aber auch nicht abwenden von dem, was er da auf dem Monitor sah, was der Camcorder auf dem Helm des Attentäters aufgezeichnet hatte. Links und rechts fielen Menschen um, getroffen von den Kugeln des Schützen, meistens in den Kopf. Alte, Junge, Männer, Frauen, auch Kinder waren dabei. Er drückte die Pausetaste, atmete tief durch und trank seinen Wodka in einem Schluck aus. Noch nie im Leben hatte er einen Menschen sterben sehen.

Er selbst hatte, wie er sich jetzt erinnerte, als Jugendlicher einmal auf der argentinischen Hazienda seines Großonkels mit dessen Luftgewehr rumgeballert, dann auf einen Vogel gezielt, der etwa dreißig Meter entfernt auf dem Rasen nach einem Wurm pickte, und ihn, zu seiner eigenen Überraschung, getroffen. Schnell legte er das Gewehr zur Seite und lief hin. Stellte fest, dass es eine Amsel war, die noch lebte und zuckte und die er jetzt mit einem schweren Stein erlösen musste. Verwundert hatte Schröder festgestellt, dass er eine Erektion bekam.

Lange hatte er dieses Bild der zuckenden Amsel verdrängt, jetzt war es wieder da angesichts dieses Videos, das ihm sein Bruder per Mail geschickt hatte, kommentarlos.

Brenton Tarrant hieß der Mann, der vor Kurzem in Christchurch, Neuseeland, 51 Menschen erschossen hatte. Dessen Namen die Premierministerin Jacinda Ardern niemals aussprechen wollte, um ihn nicht berühmt zu machen. Genutzt hatte es nichts, wie Schröder zufrieden feststellte.

Tarrant sah sich als Teil einer weltweiten rechten Bewegung und bezog sich mit seiner Tat ausdrücklich auf Anders Breivik, tötete allerdings ausschließlich Muslime, was für Schröder plausibel war, wenn man den Islam und die Globalisierung bekämpfen wollte. Nicht wie dieser Idiot in Norwegen. Zuvor hatte Tarrant ein Manifest veröffentlicht, in dem er den geplanten Austausch weißer Europäer durch Muslime beklagte, eine These, die Schröder seit seinem Erlebnis im Berliner Humboldthain gar nicht so abwegig vorkam. Er las nun nach, dass Tarrant durchaus sauber recherchiert hatte, er war auf den Spuren der Kreuzritter durch Europa zu historischen Stätten gereist, an denen Schlachten gegen Muslime stattgefunden hatten und siegreich gewesen waren, unter anderem in Wien, wo 1683 die türkische Belagerung abgewehrt werden konnte. Auch im bayerischen Schloss Neuschwanstein war er nachweislich gewesen. Mit seiner Tat wollte er zeigen, dass nirgendwo in der westlichen Welt Einwanderer sicher waren, auch nicht in Neuseeland, das sich seiner multikulturellen, freundlichen und mitfühlenden Bürger rühmte. Folgerichtig trugen in den Tagen nach der Tat dort viele Frauen demonstrativ solidarisch ein Kopftuch, sogar Polizistinnen und die Premierministerin selbst, was Schröder nun wirklich albern fand.

Tarrant ließ sich, wie Breivik, nach dem Attentat nicht erschießen, vielmehr ergab er sich den Polizisten. Er rechnete mit 27 Jahren Haft und wollte nach deren Ablauf, wenn die Zeiten besser waren, ebenso den Friedensnobelpreis erhalten wie der Terrorist Mandela, dem diese Ehre ja auch zuteilgeworden war.

Schröder brauchte jetzt eine Pause. Er goss sich Wodka nach, es wurde ihm warm, er zog sich aus bis auf die Unterhose. Bat Alexa um »All Summer Long« von Kid Rock, und als die ersten Töne kamen:

»Alexa: lauter.«

Mehrmals hintereinander, bis es ihm endlich laut genug war. Schröder stellte sich vor, er selbst hätte diesen Song geschrieben, für Marysol geschrieben, hätte sich heimlich E-Gitarre beigebracht, heimlich mit einer (seiner!) Band geübt, Gesang und Gitarre Cornelius von Schröder, und würde das Ganze jetzt für sie von der Bühne herab performen, vielleicht auf ihrer Geburtstagsparty. Oh, wie sie staunte! Damit hatte sie nie im Leben gerechnet, hatte ihn immer unterschätzt! Hielt sich in einer Mischung aus Fassungslosigkeit und Stolz eine Hand vor den Mund, und ihre Freundinnen staunten auch!

And we were trying different things
We were smoking funny things

Eigentlich ganz gut, dass Marysol jetzt weg war. Auf dem Weg nach Südamerika. Sollte sie doch. Der Abschied am Flughafen war sachlich und unsentimental gewesen. Robert hatte gefragt, wann er denn nachkommen werde, der kleine Pablo wusste überhaupt nicht, was vor sich ging. Marysol hatte kaum etwas gesagt, endlich mal. Wo sie ja ansonsten plapperte ohne Ende. Sie übertrieb jede, wirklich jede einzelne Geschichte, die sie in Gesellschaft zum Besten gab. Ihre Zahlen, das hatte er längst gelernt, musste man stets halbieren oder verdoppeln. »Oh, ich habe heute Nacht nur drei Stunden geschlafen« bedeutete, es waren mindestens sechs gewesen. »Oh, Pablo hat heute Vormittag vier Stunden durchgehustet« hieß, es waren höchstens zwei. Am wenigsten würde er vermissen, dass sie ihm ständig ins Wort fiel. Dass sie ihn nie ausreden ließ mit der Begründung, sie wisse ja eh, was er sagen würde. So war er im Laufe der Jahre immer mehr verstummt, war immer kleiner geworden. Aber sich dann beklagen, dass er zu wenig reden würde! »Mehr hast du nicht zu sagen?« Nein, mehr nicht. Nicht mehr! Damit war jetzt Schluss! Scheiß auf die Diplomatie!

»Alexa: lauter!«

Denn jetzt kam das Solo, das er mit der Luftgitarre elegant in den Raum zu malen vermochte. Schröder war nicht mehr Schröder, sondern Kid Rock. Der Mann von Pamela Anderson. Wurde dann wieder zu Schröder und sah von der Bühne Marysols Augen, die sich mit Tränen füllten. Sie war die Einzige, die jetzt nicht tanzte, nicht tanzen konnte, sie war einfach nicht in der Lage dazu vor Rührung.

Not thinking 'bout tomorrow
Singing Sweet Home Alabama all summer long

Dann war der Song zu Ende und Schröder erschöpft. Auf die geforderte Zugabe hatte er keine Lust, besser konnte es nicht werden. Verließ lässig die Bühne und ging zurück zu seinem Computer, gab bei Google »Hans Behring« ein und las bei Wikipedia:

*Dr. Hans Behring (*23. April 1950 in Karlsruhe) ist ein deutscher Politiker. Er ist seit September 2017 Bundesminister des Auswärtigen im Kabinett Merkel IV.*

Es folgten Herkunft, Studium, berufliche Laufbahn, Privates und Veröffentlichungen, vor allem über Strategien gegen die Gefahr von rechts.

Schröder war immer wieder erstaunt, wie schnell Wikipedia in der Lage war, fast gleichzeitig mit dem Ableben einer Person auf ihrer Plattform das Wörtchen »ist« durch ein »war« zu ersetzen.

18

Der Besuch in Mali endete genauso unfreiwillig komisch, wie er begonnen hatte. Alle Mitglieder der Delegation (mit Ausnahme des Außenministers selbst) mussten sich am Rande des Rollfelds vor ihr Handgepäck stellen. Zunächst wusste niemand so recht, warum, bevor dann Hoppe, der BKA-Mann, verkünden konnte, da würden dann gleich ein paar Hunde kommen und nach Drogen und/oder Waffen schnüffeln. Nicht dass hier jemand verdächtig sei, das natürlich nicht, aber es sei ja nicht auszuschließen, dass ein fremder Dritter heimlich etwas in die Taschen geschmuggelt habe. Es war noch früh am Morgen, aber die Sonne hatte bereits Kraft, und die Ersten begannen, sich ihre Gesichter einzucremen. Wer nicht auftauchte, waren die Hunde.

»So was wie gestern hab ich auch noch nicht erlebt«, grinste Erwin Hoppe. Er war schon lange dabei und kurz vor der Pensionierung. Wie immer war er mit dem Vorkommando gereist, um die Sicherheit vor Ort zu koordinieren und zu gewährleisten, um dann, zusammen mit dem örtlichen Botschafter, den Außenminister und seine Delegation am Rollfeld zu empfangen. Die Maschine aus Tegel war etwas vor der Zeit am östlichen Ende des Flughafens gelandet, um dann zu wenden und, so war der Plan, langsam vor dem Terminal auszurollen, wo das Empfangskomitee wartete. Zur Überraschung aller blieb das Flugzeug jedoch in der Kurve stehen. Nach etwa fünf Minuten Ratlosigkeit beschloss Hoppe, sich telefonisch bei Protokollchef Wiesner, der ja im

Flugzeug saß, nach dem Stand der Dinge zu erkundigen, aber da war es schon zu spät: Ein General der malischen Armee verlor die Nerven, gab ein Kommando, und die militärische Ehre begann, obwohl die Gäste noch gar nicht da waren. Einundzwanzig Böllerschüsse wurden abgefeuert, was wiederum Zeichen für die Militärkapelle war, die deutsche Nationalhymne zu spielen, die somit für die Delegation ungehört verklang.

Es stellte sich heraus, dass der Pilot nicht an einem Tankfahrzeug vorbeikam, welches in der Kurve offenbar vergessen worden war, und als man es schließlich weggefahren hatte, die Delegation endlich eintraf und über eine Treppe das Flugzeug verließ, war (im wahrsten Sinne des Wortes) alles Pulver verschossen. Immerhin spielte die Kapelle noch einmal, diesmal aber nicht die deutsche Hymne, sondern den Walzer »An der schönen blauen Donau« des österreichischen Komponisten und Kapellmeisters Johann Strauss (Sohn).

Behring nahm das alles mit Humor, als er wenig später, zusammen mit seinem malischen Amtskollegen, die Ehrengarde abschritt. So ein Empfang mit militärischen Ehren wurde üblicherweise nur Staatsoberhäuptern zuteil, manchmal auch einem Regierungschef, einem Außenminister nur äußerst selten. Klenke mochte diese Tradition des diplomatischen Protokolls, mochte die Symbolik, die dahinterstand. Der Gastgeber war ja verpflichtet, und dafür stand die Ehrengarde einerseits, während des Aufenthalts für die Sicherheit seines Gastes zu sorgen. Darüber hinaus galt das Vorstellen der eigenen Truppen als Vertrauensbeweis, indem hier auch ein Einblick in deren Bewaffnung gewährt wurde. Das Präsentieren der Gewehre wiederum sollte zeigen, dass man zwar bewaffnet war, aber (als Zeichen des guten Willens) keine Kugeln im Lauf hatte. Auch sollte dem Gast ein guter Eindruck von der Disziplin der eigenen Truppen vermittelt werden, daher waren diese Protokolleinheiten in allen Ländern einer besonders harten Exerzierausbildung unterworfen. Die Tradition der Salutschüsse wiederum, die hier so grandios danebengegangen war, symbolisierte die Selbstentwaffnung als Beweis der friedlichen Absicht. Pulver verschossen.

Im Land selbst konnte von Selbstentwaffnung natürlich keine Rede sein, im Gegenteil. Viele Jahre schon kämpften hier Rebellen, unterstützt von Islamisten der Boko Haram, gegen die Truppen der Regierung. Seit 2013 waren auch deutsche Soldaten im Land, zurzeit etwa 900. Sie sind Teil der »Minusma«, einer Mission der Vereinten Nationen unter Führung der Franzosen. Die meisten von ihnen waren im Norden des Landes stationiert, in Gao, aber weil die Kanzlerin bei ihrem letzten Aufenthalt dort gewesen war, hatte Behring entschieden, die Einheit hier in der Nähe der Hauptstadt Bamako zu besuchen, die für die Ausbildung malischer Truppen zuständig war.

> »Die Stabilisierung Malis ist nicht nur ein wichtiges Ziel der deutschen Afrikapolitik«,

rief er den Soldaten am Nachmittag in einer Ansprache zu,

> »sondern auch, besonders für Sie hier vor Ort, ein äußerst gefährliches. Ihre Mission ist die tödlichste, auf die sich die UN jemals eingelassen hat. Seit Beginn im Jahr 2013 sind über 200 Blauhelmsoldaten hier gefallen, bei dem Versuch, eine Aussöhnung zwischen der Regierung und den Rebellen herbeizuführen und so für Stabilität zu sorgen. Dafür möchte ich mich im Namen der Bundesregierung, aber auch ganz persönlich, herzlich bei Ihnen bedanken. Denn diese Stabilität ist nicht nur für Mali wichtig, sondern auch für die Nachbarstaaten. Wir dür-

fen Mali, wir dürfen die ganze Sahelregion jetzt nicht allein lassen. Denn ...«

Und jetzt schlug Behring den Bogen zu Deutschland, den Klenke ihm aufgeschrieben hatte:

»... an dieser Stabilität, das wissen Sie hier genauso gut wie ich, hängt auch unsere eigene Sicherheit, die Sicherheit Deutschlands. Der Einfluss des sogenannten Islamischen Staats ist nach wie vor groß und gefährlich. Mali ist eine Transitzone, nicht nur für Drogen und Waffen, sondern auch für gefährliche Ideologien, für Menschenhandel und Migration. Eine der Hauptrouten führt durch das Land direkt nach Marokko und von dort weiter nach Europa. Ihr Einsatz hier ist wesentlich für unser Land und Europa und gleichzeitig ein Ausweis dafür, dass Deutschland international Verantwortung übernimmt – und auch übernehmen muss! Ich wünsche Ihnen bei Ihrer schweren Aufgabe weiterhin alles Gute!«

Am nächsten Morgen, die Leute von der Botschaft hatten gerade damit begonnen, ein paar Flaschen Wasser ans Rollfeld zu bringen, kamen die Hunde doch noch, insgesamt zwei und jeweils an der Leine eines malischen Soldaten. Die Köter machten einen sehr müden Eindruck und hatten sichtbar keine Lust, ihre Arbeit zu erledigen. Gelangweilt trotteten sie an dem aufgereihten Handgepäck vorbei, ohne auch nur einmal nachzuschnüffeln, ob es denn da etwas Verbotenes zu entdecken gäbe. Am Ende der Reihe gab es zur Belohnung nicht etwa ein Leckerli oder etwas in der Art, sondern, warum auch immer, für jeden Hund einen alten Tennisball. Ohne erkennbare Freude nahmen sie das zur Kenntnis und trotteten, den Ball im Maul, apathisch zurück Richtung Terminal. Dann gab Wiesner bekannt, dass nun alle einsteigen dürften.

»Sehr geehrter Herr Außenminister,
sehr geehrte Frau Behring,
sehr geehrte Damen und Herren,

Ihr Kapitän. Mein Name ist Günther Melis und ich begrüße Sie, auch im Namen der Besatzung, herzlich an Bord der Luftwaffe auf dem Flug von Bamako nach Marrakesch. Die Flugzeit heute wird zwei Stunden und fünfzig Minuten betragen …«

Das war deutlich länger, als Klenke erwartet hatte. Drei Stunden. Aber kein Wunder, Mali war eines der größten Länder Afrikas, dreieinhalbmal größer als die Bundesrepublik Deutschland. Mit dem Auto würde man 52 Stunden benötigen, wenn man keine Pause machte.

Klenke saß in der Businessclass neben Hagen Vogt, dem Referatsleiter Maghreb, der schon in so mancher Botschaft im Sahel und in Nordafrika auf Posten gewesen war, und blätterte in einem Reiseführer über Marokko.

»Was ist noch mal ein Wali?«, wollte er von Vogt wissen.

»Das ist eine Art Gouverneur für eine Region. Den von Marrakesch-Safi werden wir bestimmt kennenlernen.«

»Also eine Art Ministerpräsident?«

»Nicht wirklich. Die Walis werden nicht gewählt, sie repräsentieren die Zentralmacht, werden vom König ernannt und unterstehen dem Innenministerium.«

»Wie viele Regionen haben die denn?«

»Insgesamt zwölf, davon vier in der Westsahara. Aber dieses Wort hast du nicht gehört, sonst landet das noch versehentlich in deiner Rede.«

»Das böse W-Wort?«

Klenke wusste, dass man sich bei diesem Thema übel den Mund verbrennen konnte. Nachdem sich Spanien 1976 aus seiner Kolonie zurückgezogen hatte, war ein Machtvakuum entstanden, das Hassan II., der Vater des jetzigen Königs, kurzerhand ausnutzte, indem er 350 000 Zivilisten, zumeist Arme und Arbeitslose, in die Westsahara schickte. Dieser »Grüne Marsch« sollte die historischen Bindungen zwischen Marokko und der Region unterstreichen und zementieren, war aber faktisch eine Annexion des Gebietes auf Kosten der saharischen Bevölkerung, die damit überhaupt nicht einverstanden war. Folgerichtig entstand eine Befreiungsbewegung, die von Algerien unterstützte Frente Polisario. Diese wiederum wurde von der marokkanischen Armee ins Landesinnere zurückgedrängt und dahinter ein Wall errichtet, der sich über 2500 Kilometer erstreckte.

»Wie ist unsere Haltung dazu?«, fragte Klenke.

»Der wissenschaftliche Rat des Bundestages hat das Ganze eindeutig als Okkupation klassifiziert, was es wohl auch ist. Aber das ist nicht die Haltung der Bundesregierung. Kann sie auch nicht sein.«

»Sondern?«

»Wir halten die Füße still.«

»Das nennt man dann Diplomatie, richtig?«

»Manchmal ist das in der Tat so. Der Europäische Gerichtshof hat 2015 einer Klage der Frente Polisario stattgegeben, zumindest in erster Instanz. Daraufhin hat Marokko sofort die Handelsbeziehungen zur EU ausgesetzt, immerhin ein Wert von vier Milliarden Euro. Und jetzt stell dir mal vor, die würden sich so verantwortungslos verhalten wie die Türkei, dann hätten wir sofort eine neue Flüchtlingswelle und ruckzuck in Spanien Verhältnisse wie auf den griechischen Inseln.«

»Stattdessen steht an der gesamten Küste Militär und passt auf, dass keiner nach Europa rübermacht.«

»Wenn das nicht so wäre, würde sich das so schnell rumsprechen, so schnell kannst du gar nicht gucken. Dann wäre hier Land unter und in Spanien auch. Nein, die machen gute Arbeit hier, auch im Kampf gegen den IS. Wir dürfen es uns nicht mit denen verscherzen. Und um noch mal auf deine Frage mit dem ironischen Unterton zurückzukommen: Diplomatie ist die Kunst, eine gegenteilige Ansicht wie eine Solidaritätsadresse vorzutragen.«

»Dann ist Diplomatie also die vornehmste Form der Lüge?«

»Man tut halt so, als täte man nicht so. Es gibt auch eine hübsche kleine Weisheit zum Thema. Willst du sie hören?«

»Ich bin gespannt.«

»Ein Diplomat, der ›ja‹ sagt, meint ›vielleicht‹, der ›vielleicht‹ sagt, der sagt ›nein‹. Und der, der ›nein‹ sagt, ist kein Diplomat.«

»Nicht schlecht.«

»Ist von Talleyrand.«

»Dem Haufen Scheiße in Seidenstrümpfen?«

»Du kennst den?«

»Ein bisschen. War der Außenminister von Napoleon.«

»Also ein früher Amtskollege vom Chef. Napoleon hat ihn dann so genannt, nachdem Talleyrand irgendwann nicht mehr loyal war.«

»Tja. Verrat ist halt manchmal auch nur eine Frage des Datums.«

Wenig später kam im Flugzeug Bewegung auf. Die Wirtschaftsleute kehrten auf ihre Plätze zurück. Behring hatte sie in seine Suite eingeladen, um sich ihre geschäftlichen Erwartungen und Bedenken in Bezug auf Marokko anzuhören. Wiesner bat nun Vogt und Klenke ebenfalls nach vorne.

In der Suite warteten bereits Dr. Plottke, Chef der Rechtsabteilung, Bissinger, der Direktor Kultur, sowie die Büroleiterin Barbara Bachmann-Berk. Behring selbst schenkte wahlweise Kaffee und Tee aus.

»So, Leute, noch zwei Stunden bis Marrakesch. Hagen, würdest du uns bitte auf den gleichen Stand bringen, was unser Gastgeberland betrifft?«, bat Triple-B.

»Klar, wo soll ich anfangen?«

»Vielleicht nicht ganz vorne. Erzähl uns ein bisschen über den Stand der Dinge.«

»Gut, dann das Wichtigste zuerst: Hans, du bist doch Linkshänder?«

»Ja …?«

»Das ist leider ein Problem. Wie sprach Mohammed, der Prophet Allahs: Wenn einer von euch isst oder trinkt, darf er nicht mit der linken Hand essen oder trinken, denn der Teufel trinkt mit der linken Hand. Derjenige, der mit der linken Hand isst oder trinkt, folgt dem Teufel.«

»Oha.«

»Ganz schön umständlich formuliert«, fand Klenke.

»Dir wird schon nichts passieren, Hans, du hast Diplomatenstatus. Noch mal zur Erinnerung: Wir fliegen in ein traditionelles Land mit konservativen Moralvorstellungen. Frauen, die sehr freizügig gekleidet sind, gelten als Prostituierte und mannstoll und werden auch so behandelt.« Dabei warf er der Büroleiterin einen kurzen Blick zu.

»Huch, bin ich etwa freizügig gekleidet? Und vor allem mannstoll? Gott behüte, ich bin mit einer Frau verheiratet!«

»Ich denke, das würde das Problem nur verlagern, liebe Barbara«, lächelte Behring.

»Im Ernst«, nahm Vogt einen neuen Anlauf, »ihr müsst euch beide natürlich keine Sorgen machen. Marokko vertritt zum Glück einen gemäßigten, einen toleranten Islam. Nach seiner Verfassung ist es, wie auch zum Beispiel Schweden oder Spanien, eine konstitutionelle Monarchie, mit dem Unterschied, dass der König hier die höchste politische und religiöse Instanz ist. Ein Alleinherrscher, denn das Parlament hat nur sehr eingeschränkte Befugnisse.«

»Und er ist gleichzeitig der größte Unternehmer des Landes. Mit einem Privatvermögen von mehr als sechs Milliarden Euro gehört er zu den reichsten Männern der Welt«, ergänzte Bissinger.

»Richtig. Seit 1999 ist Mohammed VI. auf dem Thron, der Sohn von Hassan II., der zuvor fast vierzig Jahre geherrscht hatte, relativ skrupellos übrigens. Beide gehören zu den Alaouiten, die 1667 an die Macht kamen. Die Familie stellt also seit mehr als dreihundert Jahren den König.«

»Und zwar gar nicht so schlecht, wenn ich das sagen darf«, meinte Wiesner.

»Zumindest seit M6, wie er genannt wird, ist da was Wahres dran, es gibt aber auch Leute, die das anders sehen. Ziemlich schlau haben die das 2011 gemacht, während des Arabischen Frühlings. Da gab es zwar auch in Marokko Massendemonstrationen, aber M6 hat schnell hier und da ein kleines Reförmchen auf den Weg gebracht und die Situation deeskaliert.«

»Kleines Reförmchen ist gut«, widersprach Bachmann-Berk. »Immerhin hat er 2004 die Gleichstellung der Frau in der Verfassung verankert. In der arabischen Welt, das kann man sich schon mal auf der Zunge zergehen lassen.«

»Von denen aber immer noch die Hälfte nicht lesen und schreiben kann. Aber gut, so eine Alphabetisierung dauert nun mal. Sein Prinzip ist jedenfalls, immer ein bisschen Dampf abzulassen, sobald der Druck im Kessel zu hoch wird. Aber nur genau so viel, wie unbedingt nötig ist. So sind Demonstrationen zwar erlaubt, aber nicht gegen den König. Da verstehen die überhaupt keinen Spaß, da kommt sofort der Knüppel.«

»Trotzdem lieben ihn die Leute«, wehrte sich BBB.

»Stimmt, weil er vergleichsweise fortschrittlich ist und das Land stabil. Multilateral will Marokko auf Augenhöhe wahrgenommen werden, keinesfalls als Bananenrepublik, was es definitiv auch nicht ist. Sie wollen zeigen, dass sie ein verlässlicher Partner sind und ihre Grenzen im Griff haben. Das ist natürlich gut für uns.«

»Wo sind die Knackpunkte?« Jetzt mischte sich auch Behring ein. »… außer Westsahara, meine ich.«

»Sie wünschen sich mehr Investitionen, was aber aufgrund des relativ kleinen Marktes für deutsche Firmen schwierig ist. Mercedes geht dann lieber nach Südafrika oder gleich nach Asien. Korruption ist auch ein Problem, und natürlich die Sprache, da sind die Franzosen im Vorteil, auch aufgrund von über Jahrzehnte gewachsenen Strukturen.«

»Aber das Hauptthema wird Migration sein«, lenkte Dr. Plottke das Thema auf einen anderen Aspekt.

»Ja«, bestätigte Vogt, »die haben eine Menge arbeitsloser Jugendlicher, was ein großes Konfliktpotenzial bietet. Von denen würden sie gerne ein paar an uns abgeben, stattdessen wollen wir viele aus Deutschland abschieben, vor allem wenn sie straffällig geworden sind. Und dann sagen die, ihr spinnt wohl. Ihr versaut die bei euch und dann sollen wir sie zurücknehmen?«

»Und wollt uns dann auch noch vorschreiben, wie wir sie in unseren Gefängnissen behandeln sollen«, bestätigte Dr. Plottke.

»Ist denn mal ein Geburtenknick in Sicht?«, fragte Behring.

»Das dauert noch.«

»Warum denn?« Bachmann-Berk war überrascht. »Die Pille ist doch relativ leicht zu kriegen …«

»Ja, aber auf der anderen Seite ist die medizinische Versorgung, auch auf dem Land, besser geworden. Von sechs Kindern haben früher zwei überlebt, heute sind es fünf.«

»Der König selbst hat auch nur zwei. Zusammen mit seiner einzigen Gattin, Prinzessin Lalla Salma. Schöne und kluge Frau, hat vorher als Informatikerin gearbeitet. Ihn aber 2017 verlassen und ist untergetaucht«, wusste Barbara.

Erstaunte Blicke wanderten zu ihr.

»Was guckt ihr denn? Ihr wisst doch, dass ich immer schon heimlich die *GALA* lese ...«

Behring lächelte. »Und wie ging die Geschichte weiter, wo wir schon mal dabei sind? Ist sie wieder aufgetaucht?«

»Ja, angeblich lebt sie jetzt abgeschieden und ohne die Kinder in einer Villa in Griechenland, aber das könnte auch nur ein Gerücht sein. Ihr soll es jedenfalls ganz gut gehen, nicht so wie dieser saudischen Prinzessin, die entführt wurde.«

»Na, das ist doch schön. Aber treffen werden wir sie dann wohl eher nicht, richtig?«

Wiesner nickte. »Dafür vielleicht den König selbst. Er hält sich noch bedeckt, aber unsere Botschaft arbeitet dran. 50:50 würde ich sagen.«

»Ach, das wäre doch zu schön!«, rief BBB mit gespieltem Entzücken. »Ich und M6 auf einem Selfie!«

»M6 und ich«, verbesserte der Protokollchef, der es wissen musste.

»Mir ist eure ironische Distanz zur Monarchie durchaus nicht neu«, lächelte sie souverän. »Aber ich bin doch auch nur ein Mädchen.«

Dr. Plottke erläuterte noch das geplante Rückkehrabkommen, das seiner Ansicht nach auf jeden Fall unterschriftsreif sei. Dann kündigte der Kapitän an, nun die Reiseflughöhe zu verlassen.

19

Gisbert Vogel und das gesamte Personal der deutschen Botschaft warteten am Rollfeld in einem abgesperrten Teil des Flughafens von Marrakesch und sahen, wie die Maschine der Luftwaffe pünktlich um 11.30 Uhr aufsetzte.

»Na, dann wollen wir mal, nicht wahr …«

Langsam schlenderten sie, zusammen mit dem marokkanischen Außenminister und seiner Entourage, vom Fuhrpark, der aus sechzehn Limousinen und Minibussen bestand, hinüber zum roten Teppich, der irgendwo im Nichts endete und an dem das Flugzeug in wenigen Minuten zum Stehen kommen würde. Vogel hatte noch versucht, die Delegation mit militärischen Ehren empfangen zu lassen, aber die marokkanische Seite wollte das nicht, warum auch immer, und darauf zu bestehen, erschien ihm unangemessen.

»Herr Bender, Folgendes: Sie kümmern sich bitte darum, dass alle in die richtigen Fahrzeuge steigen.«

Jochen Bender nickte. Er war nicht nur für die Kultur zuständig, sondern auch, wenn auch nicht allein, für einen reibungslosen Ablauf. Insbesondere die Medienvertreter waren diesbezüglich gerne mal etwas nachlässig, was auch deren Unerfahrenheit bei politischen Auslandsbesuchen geschuldet war. Bender nahm sich vor, sie noch mal eindringlich ins Gebet zu nehmen. Oft genug schon kam es vor, dass einer den Anschluss an die Gruppe verpasste, die Wagenkolonne ohne ihn losfuhr und er sich dann auf eigene Faust und Kosten durch eine fremde Großstadt kämpfen musste und zeitweise verloren ging. So etwas konnte sogar den Profis passieren. Legendär war die angebliche Odyssee des früheren Innenministers Otto Schily, der es nach dem WM-Finale 2002 in Tokio nicht mehr rechtzeitig zum Flughafen schaffte und mit einer Linienmaschine zurück nach Deutschland fliegen musste.

»Kannst du mir da gleich ein bisschen zur Hand gehen, Cornelius?«

»Kein Problem«, erwiderte Schröder, der nun offenbar auch für Hilfsdienste gut genug war. Er beobachtete, wie das Flugzeug zum Stehen kam und die Triebwerke abgeschaltet wurden. Eine Flugzeugtreppe wurde herangefahren, dann öffnete sich die schwere Tür. Behring und seine Frau Katharina traten ins Freie, winkten kurz, um dann langsam die Treppe herunterzuschreiten. Am Fußende wartete Vogel mit dem marokkanischen Amtskollegen und einem Übersetzer.

»Herzlich willkommen in Marokko, Herr Außenminister! Frau Behring! Hatten Sie eine angenehme Reise?«

»Ja, bestens. Vielen Dank!«

»Darf ich vorstellen: Seine Exzellenz, der Außenminister des Königreiches Marokko, Herr Nasser Bourita.«

Behring lächelte freundlich und gab ihm die Hand.

»Willkommen in Marokko«, sagte der Gastgeber auf Französisch. »Auch im Namen seiner Majestät des Königs darf ich Sie herzlich begrüßen. Bitte schön!«

Er deutete auf eine schwarze Limousine, in der die Eheleute Behring zusammen mit einem Sicherheitsmann Platz nahmen. Sobald alle Mitglieder der Delegation auf die übrigen Autos und Minibusse verteilt waren, setzte sich die Kolonne, vorne und hinten eskortiert von einer Motorradstaffel der Polizei, langsam in Bewegung.

Klenke war für das Fahrzeug DEL1 für hochrangige Mitarbeiter vorgesehen, wollte aber möglichst früh Kontakt zum Kulturreferenten suchen. Der saß im Minibus B2 für die Botschaftsleute. Schnell stieg er ein und schloss die Tür hinter sich.

»Ich bin Jochen Bender«, stellte sich der Mann neben ihm vor und gab ihm die Hand.

»Ah, Sie sind das. Klenke, freut mich sehr. Und vielen Dank für die gute Arbeit bei der Rede.«

»Sehr gerne. Sie konnten etwas damit anfangen?«

»Absolut. Der Termin an der Uni ist morgen Vormittag, richtig?«

»Richtig, um 11 Uhr. Die Studenten hier sind schon ganz aufgeregt.«

»Wir von der Botschaft natürlich auch«, bemerkte Simon und stellte sich vor.

»Hinter Ihnen sitzt Heinrich Bertelmann von der Visaabteilung ...«

»Hallo, freut mich ...«

»... und vorne rechts Herr von Schröder, Politik 2.«

Schröder drehte sich zu Klenke um, zwang sich zu einem Lächeln und gab ihm die Hand.

»Willkommen in Marrakesch.«

Schröder hatte sich Klenke älter vorgestellt. Und er mochte ihn nicht, so viel war klar. Ist keiner von uns, dachte er. Auf der Homepage des Auswärtigen Amts war nicht viel über diesen Klenke zu erfahren, aber in einem Artikel der Morgenpost, den er im Netz fand (»Auf diese Menschen hört unser Außenminister«), wurde er zusammen mit Barbara Bachmann-Berk dem engsten Beraterkreis zugeordnet. Und das, obwohl er im Gegensatz zu ihm selbst keine Diplomatenausbildung durchlaufen hatte, sondern Seiteneinsteiger war. Irgendwas mit Werbung oder so.

Schröder dachte an seine eigene Ausbildung als Attaché im höheren Dienst. Die Akademie war gerade von Bonn-Ippendorf nach Berlin umgezogen, auf die Halbinsel Reiherwerder am Tegeler See. Es schien ihm ewig her zu sein, dass er bei der Vereidigung zusammen mit den Kollegen seiner Crew auf die Verfassung schwor und voller Überzeugung die Nationalhymne sang. Als einer der wenigen hatte er seinen Amtseid bewusst und ganz laut mit der Formel »So wahr mir Gott helfe« beendet und dafür manchen befremdeten Blick geerntet. Schon damals hatte der Verfall christlicher Werte im AA begonnen. Immerhin: Kein Geringerer als der legendäre Staatssekretär Weiland, damals der Star im Auswärtigen Amt, hatte die Ansprache für sie gehalten:

»Ab heute sind Sie Teil des Auswärtigen Amtes. Ab heute lautet die Frage, wenn es um deutsche Außenpolitik geht, nicht mehr: Was machen die denn da? Sondern: Was macht ihr denn da?« Und: »Wer beim Auswärtigen Amt arbeitet, gibt freiwillig einen großen Teil seiner Lebensplanung aus der Hand, nämlich die Entscheidung, wo man selbst und seine Familie sein Leben verbringen wird. Sie werden in der Regel alle drei bis vier Jahre Ihren Dienstort wechseln. Sie werden insgesamt zwei Drittel Ihres Berufslebens irgendwo im Ausland verbringen. Das muss man schon wollen. Sie haben also keine Berufs-, sondern eine Lebensentscheidung getroffen. Ich hoffe, Sie haben sich das gut überlegt.«

Da musste Schröder lächeln. Natürlich hatte er das.

»Und bevor jetzt gleich das Bläserquintett des Bundespolizeiorchesters Berlin das musikalische Rahmenprogramm gestalten wird, noch ein ganz persönlicher Rat an Sie, wenn Sie unser Land im Ausland repräsentieren werden«, beendete Weiland seine Ansprache. »Seien Sie sympathisch!«

»Gibt es denn was Neues zum Thema König?«

Klenkes Frage holte ihn zurück.

»Noch nicht abschließend«, antwortete Simon, »aber es sieht eher gut aus. Er lässt sich zwar noch etwas feiern und bitten, wir wissen aber, dass er in der Stadt ist.«

»Deshalb gehen wir davon aus, dass es morgen Nachmittag ein Treffen geben wird«, ergänzte Bender.

»Prima, das würde uns freuen. Besonders unsere Büroleiterin.«

»Immer noch Triple B?«, fragte Simon.

»Ja, aber nicht mehr lange. Ist nur noch eine Frage der Zeit, bis sie Staatssekretärin wird. Kennen Sie sie?«

»Wir waren in derselben Crew. Und schon damals wussten alle, dass sie mal Karriere machen wird.«

»Manche sind es, andere nicht«, konstatierte Klenke.

Schröder warf ihm einen Seitenblick zu, den Klenke nicht verstand. Er holte sein Telefon hervor und schrieb eine Nachricht an Maria.

Gelandet. Alles gut bei Dir?

Ja. Ich bin ziemlich aufgeregt, aber die Vorfreude ist größer als die Angst.

Ich freu mich auch. Sehr! Vergiss die Badesachen nicht!

Klar. Der Koffer ist schon gepackt, wie Du Dir denken kannst.

Dazu schickte sie ein Emoji in Form zweier Fußabdrücke. Niemand kann besser mit Emojis umgehen als sie, dachte Klenke. Manchmal kommunizierten sie ausschließlich über diese Piktogramme. Anfangs hatte er sich damit noch schwergetan (er war ja ein Mann des Wortes), aber je mehr im Laufe der Zeit von diesen Dingern verfügbar waren, desto mehr fand er Gefallen daran. Auch eine Form der Sprache. Er wollte schon mit einem blonden Mann auf einem Surfbrett antworten, fand das aber zu profan und entschied sich für die filigrane Stute und platzierte dahinter einen kräftigen Stier. Zurück kam eine Schweinenase. Klenke lächelte. Dass diese Mutisten auch immer das letzte Wort haben mussten!

Die Kolonne fuhr jetzt mit hoher Geschwindigkeit durch die Außenbezirke von Marrakesch. Unablässig wurden sie von hupenden Polizisten auf ihren schweren Motorrädern überholt, die die jeweils übernächste Kreuzung absperrten. Ihre Kollegen an der nächsten Kreuzung schlossen, nachdem diese passiert war, hinten wieder an, sodass es die Wagenkolonne problemlos durch den Verkehr schaffte. Das alles sah bisweilen sehr abenteuerlich und riskant aus, gerade wenn die Polizisten den Fahrern der Autos, die überholt werden sollten, aber nicht sofort reagierten und Platz machten, kräftig mit der Faust auf die Windschutzscheibe schlugen.

»Mich wundert, dass da nicht mal mehr passiert«, staunte Heinrich bei einem dieser Stunts.

»Die können einem richtig leidtun.«

»Dafür gibt es keinen Grund«, wusste Schröder es besser. »Die lieben das, die sind dafür gemacht.«

Wie auf Bestellung sahen sie, wie vor ihnen ein Polizist bei einer solchen Aktion das Gleichgewicht verlor, stürzte und zusammen mit seinem Motorrad noch etwa zwanzig Meter auf dem Asphalt weiterrutschte, bevor er gegen eine Leitplanke prallte. Ein Aufschrei ging durch den Bus und alle Augen wanderten, nachdem die Unfallstelle passiert worden war, ruckartig nach hinten und sahen, wie der Mann sofort aufstand, sich kurz schüttelte, sein Motorrad aufhob und wieder bestieg, um die Verfolgung aufzunehmen.

»Siehste«, sagte Schröder, »und dafür lässt er sich heute Abend von seinen Kumpels feiern.«

Ohne weitere Zwischenfälle erreichten sie das Four Seasons Hotel, wo bereits Mitarbeiter der Botschaft warteten, um die Delegation auf ihre Zimmer zu verteilen. Viel Zeit war nicht, etwa eine halbe Stunde, in der man sich frisch machen konnte, bevor das offizielle Programm starten würde. Die Vertreter der Wirtschaft wurden unter Führung von Dr. Nafziger zu einem runden Tisch im Ministerium erwartet, die Kultur später bei der Ausstellungseröffnung im Museum Yves Saint Laurent. Klenke hatte alles Wichtige (vor allem Anzug und Krawatte) im Handgepäck, die Koffer würde der Gepäckmeister später auf die Zimmer bringen lassen. Schnell sprang er unter die Dusche und zog sich um, bevor er mit der Gruppe um Behring ins Außenministerium fuhr, wo dieser zu Gesprächen mit Bourita verabredet war. Insbesondere ging es um die Unterzeichnung des Rücknahmeabkommens.

Dieses war tatsächlich rechtzeitig fertig geworden. »Natürlich rechtzeitig fertig geworden«, wie Dr. Plottke, nicht ganz ohne Genugtuung, wissen ließ, nachdem »auf Arbeitsebene« lange genug verhandelt worden war. Auch inhaltlich war er zufrieden mit der Vereinbarung, die nun auf einem Pult bereitlag und von den beiden Außenministern unter Blitzlichtgewitter unterschrieben wurde.

Auf der anschließenden Pressekonferenz unterstrichen die Politiker noch einmal ihr Interesse, die guten Beziehungen beider Länder auch in Zukunft weiter zu intensivieren. Behring lobte die Fortschritte der marokkanischen Regierung bei der Modernisierung des Landes, mahnte aber gleichzeitig Freiräume für Meinungs- und Pressefreiheit an. Es meldete sich der Reporter der *Rheinischen Post*.

»Was genau ist denn der zentrale Punkt des Abkommens?«

»Im Kern geht es darum«, antwortete Behring, »dass Marokko sich verpflichtet, nicht nur seine eigenen Staatsbürger zurückzunehmen, sondern auch diejenigen, denen ihre Staatsbürgerschaft zuvor entzogen wurde.«

»Und was bekommt Marokko dafür?«, fragte die Frau vom ARD-Hauptstadtstudio.

»Marokko unternimmt weiterhin mit Unterstützung Deutschlands Bemühungen, eine Migrations- und Asylpolitik nach internationalen Standards durchzusetzen.«

»Wie sieht diese deutsche Unterstützung aus?«

»Die Schwerpunkte liegen in einer nachhaltigen Wirtschaftsentwicklung, in erneuerbaren Energien und Wasserversorgung. Hier hat die Bundesregierung einen Beitrag von knapp 160 Millionen Euro zugesagt.«

Ein junger Reporter von der *taz* zeigte auf und schnippte, wie in der Schule, mit dem Finger. »Deutschland und die EU erkaufen sich also wieder einmal mit Geld und militärischem Gerät die Grenzkontrollen der Marokkaner!«

»War das eine Frage oder eine Feststellung?«, entgegnete Behring gelassen.

»Eine Frage.«

»Gut. Dann lautet die Antwort: Durch diese Vereinbarung bleibt Marokko ein wichtiger Partner, um das Ziel einer global geregelten Migration zu erreichen.«

»Wird es denn wenigstens Visaerleichterungen für marokkanische Staatsbürger geben?«

»Ja, die wird es geben.«

»Und trotzdem bleiben die meisten mal wieder außen vor«, wollte sich der *taz*-Mann jetzt offenbar festbeißen. »Wie begegnen Sie dem Vorwurf des Selektionismus?«

»Der stellt sich für mich nicht«, antwortete Behring. »Natürlich darf jeder Mensch für sich entscheiden, sein Land zu verlassen, aber kein Land ist verpflichtet, ihn dann auch aufzunehmen. So etwas würde jedes Land der Welt auf Dauer überfordern.«

»Dann ist also dieses Abkommen nichts anderes als ein weiterer Baustein für die Festung Europa!«

Wieder war es eher eine Feststellung als eine Frage. Er fing an zu nerven, auch die anderen Journalisten rollten schon mit den Augen. Behring blieb dennoch freundlich und wandte sich direkt an den jungen Fragesteller.

»Wissen Sie … ich mag das Wort ›Festung‹ nicht, das klingt mir zu negativ, zu düster. Sie dürfen die Welt nicht nur moralisch betrachten, sondern Sie müssen alles auch realistisch sehen. Dann werden Sie feststellen, dass Europa die Welt nicht retten kann. Aber es kann den humanen Kern seines einzigartigen Asylgedankens bewahren und gleichzeitig eine Überstrapazierung dieser wunderbaren Idee verhindern, die kein Land zu tragen vermag. Ich wünsche mir Europa nicht als finstere Burg, sondern als hellen Ort in einer chaotischen Welt. Ohne feste Mauern gibt es keinen Schutz des eigenen, hart errungenen Friedens. Erst wenn wir diesen Ort haben, können wir denen helfen, die unsere Hilfe wirklich brauchen. Und dann gerne den Kindern zuerst.«

Der Nachmittag im Hotel war unerträglich heiß. Für diesen blöden Satz mit den Kindern hatte es sogar Applaus gegeben, dachte Schröder einigermaßen frustriert. Als ob die Kinder nicht als Allererstes ihre Eltern und Verwandten nachholen würden, sobald sich die Gelegenheit ergab. Okay, das musste man nicht wissen, aber gleich klatschen? Fehlten nur noch Standing Ovations für den Mann. Wie ahnungslos konnte man eigentlich sein?

Schröder saß auf der Dachterrasse des Four Seasons und wartete auf Instruktionen von Botschafter Vogel, wie es an diesem Tag weitergehen würde. Er wollte rauchen, aber möglichst so, dass es keiner mitbekam, irgendetwas daran war ihm peinlich. Er bestellte eine einzelne Zigarette beim Kellner, der ihm auch Feuer gab. Schröder inhalierte tief und es wurde ihm leicht schwindelig.

Genau wie in der Nacht zuvor, als er wieder einmal nicht schlafen konnte. Zufällig auf eine Packung Ernte 23 stieß, die irgendwer irgendwann einmal vergessen haben musste. Vergeblich versuchte er, Marysol am Telefon zu erreichen, und auch auf seine SMS reagierte sie nicht. Machte ihn das traurig? Vermisste er sie oder die Kinder? Er wunderte sich selbst, dass das nicht der Fall war. Komisch.

Ich sollte jetzt besser schlafen gehen, dachte er. Simon würde ihn sehr früh abholen, um zum Flughafen nach Marrakesch zu fahren, und der Tag würde anstrengend werden.

Aber an Schlaf war nicht zu denken. Kein Wunder bei dem Plan, der langsam, aber sicher Gestalt annahm, der von Stunde zu Stunde konkreter wurde. Er war sich sicher, dass er etwas tun musste, ein Zeichen setzen musste. Aber welches? Im Kühlschrank fand er noch etwas Weißwein, steckte sich eine weitere Zigarette an und setzte sich vor seinen Laptop. Versuchte, zum ersten Mal ins Darknet zu gelangen, vergeblich. Er wusste auch gar nicht, was genau er dort wollte. Eine Waffe kaufen vielleicht? »Tor Browser«, »Onion Service«, lauter Begriffe, mit denen er nichts anfangen konnte, er war nun mal kein Digital Native. War vielleicht auch besser so, wer wusste schon, wer da alles mitlas, wenn er sich dort aufhielt, dachte er, BND oder MAD konnten bestimmt verschlüsselte Nachrichten dechiffrieren und ihm zuordnen. Dann doch lieber ins normale Netz. Er gab »Halle« ein und fand in diversen Foren Hunderte von Sympathisanten dieses Attentats.

»Es wird höchste Zeit, dass dieses Land wieder vom Kopf auf die Füße gestellt wird«, kommentierte einer.

»Another coffee, monsieur?«

Schröder wäre jeden Moment eingenickt, wenn ihn der Kellner nicht angesprochen hätte.

»Oui. Und noch eine Zigarette bitte. Und Kaugummis!«, befahl er auf Französisch. Er schaute auf den weitläufigen Pool des Hotels herab, an dessen Rand er Klenke in Badehose stehen sah. Das Leben könnte schlechter sein, oder etwa nicht, Arschloch?

Klenke sprang kopfüber in den Pool und kraulte zwei Bahnen, bevor er zum Brustschwimmen überging. Das machte er immer, wenn er nachdenken wollte und es zum Laufen zu heiß und ein Pool oder Schwimmbad in der Nähe war. Jochen Bender hatte ordentliche Vorarbeit geleistet und ihn mit Informationen versorgt, die er gut für die morgige Rede gebrauchen konnte. Ob er vielleicht die eine oder andere Metapher verwenden sollte? Er war da grundsätzlich eher skeptisch, aber schon Aristoteles schrieb seinerzeit: »Die sprachliche Form ist am klarsten, wenn sie aus lauter üblichen Wörtern besteht – aber dann ist sie banal. Die sprachliche Form aber ist erhaben und vermeidet das Gewöhnliche, wenn sie fremdartige Ausdrücke verwendet.« Und damit meinte der Meister ausdrücklich auch die Metapher. Aber von denen gab es ja solche und solche. Tote wie »Tischbein«, an die man sich schon so gewöhnt hatte, dass sie gar nicht mehr als Metapher wahrgenommen wurden. Falsche wie »Rabeneltern«, denn die jungen Vögel verlassen ja freiwillig das Nest und werden von Papa und Mama keinesfalls allein gelassen, sondern weiter versorgt und beschützt. Und sind

Helikoptereltern schon als das Gegenteil von Rabeneltern anerkannt? Wissen Marokkaner überhaupt, was Helikoptereltern sind? Wohl kaum. »Das Herz brechen« kennen sie sicher, das ist international. Aber »Schnee von gestern«? »Die Kuh vom Eis kriegen«? »Nicht das Wasser reichen können«? »Wissen, wo Barthel den Most holt«? Nein, mit Metaphern wollte er möglichst sparsam sein. Auch um den Simultanübersetzer nicht zu überfordern.

Zwei weitere Bahnen später hallten Behrings Worte aus der Pressekonferenz in ihm nach, vielleicht konnte er davon das eine oder andere noch einbauen. Zum Beispiel die Tatsache, dass man sein Land verlassen durfte, aber nicht erwarten konnte, woanders ohne Asylanspruch aufgenommen zu werden. Eigentlich ja sonnenklar. Auch das Bild der Festung als einem hellen Ort gefiel ihm. Sprachlich begabte Politiker und Diplomaten schafften es immer wieder, das Gute besser und das weniger Gute immerhin notwendig und erträglich erscheinen zu lassen. Ein Hoch auf die Sprache! »Alle Sprachen setzen Gold in Umlauf«, so oder ähnlich hatte es Joseph Joubert einmal formuliert und damit nicht Gold oder Bargeld gemeint. Vielmehr war es mittels der Sprache (und somit auch der Diplomatie) möglich, Interessenkonflikte zu überwinden und in letzter Konsequenz auch Kriege zu verhindern. Und was so ein Krieg kostet, kann jeder selbst überschlagen oder nachlesen. Einmal mehr war Klenke froh und dankbar dafür, dass er Politik hautnah miterleben durfte. So eine Vereinbarung mit Marokko war zwar nicht der Vertrag von Maastricht oder der Westfälische Friede, würde aber für viele Menschen Konsequenzen haben, und für die meisten positive, davon war er überzeugt. Und zudem kam auch noch morgen seine Freundin!

Klenke kletterte aus dem Pool, trocknete sich ab und

schlüpfte in seine weißen Hotelslipper, die, nach vorne spitz zulaufend, wie orientalische Babouches gestaltet waren. Er setzte sich an einen Tisch unter einen Sonnenschirm, fotografierte den Pool und wollte das Bild gerade an Maria schicken, als er spürte, dass jemand hinter ihm stand. Er drehte sich um und sah Schröder.

»Herr Klenke?«

»Ja?«

»Hätten Sie vielleicht einen Augenblick Zeit?«

»Bitte sehr.« Klenke nickte und wies auf den Stuhl gegenüber.

»Vielen Dank.«

Schröder setzte sich und nahm sein Kaugummi aus dem Mund. Er konnte keinen Aschenbecher entdecken und behielt es daher in der Hand. Klenke wich ein paar Zentimeter zurück, denn der Mann verströmte eine Mischung aus Spearmint, Nikotin und Schweiß.

»Darf ich Sie mal etwas fragen?«

»Natürlich, bitte.«

»Teilen Sie eigentlich die Meinung des Ministers zu diesem Rücknahmeabkommen?«

Klenke war nicht sicher, wie er die Frage verstehen sollte, und antwortete erst mal vage. »Ich halte es für einen Fortschritt in der Migrationspolitik. Sie etwa nicht?«

»Nein. Weil ich glaube, dass es in der Praxis gar nicht funktionieren kann. Zumindest nicht gut genug.«

»Aha. Und warum nicht?«

»Weil es einfach zu viele sind. Es gibt in Deutschland fast dreihunderttausend Ausländer, die unser Land verlassen müssten, davon ist etwa ein Viertel sofort ausreisepflichtig und der Rest ist nur geduldet, meistens wegen ›fehlender Reisedokumente‹ …« Er malte die Anführungszeichen mit beiden Zeige- und Mittelfingern in die Luft. »Wie wollen Sie die denn alle loswerden? Es gibt ja nicht mal fünfhundert Plätze für die Abschiebehaft.«

»Naja, immerhin wurden allein letztes Jahr fünfundzwanzigtausend Menschen abgeschoben.«

»Und mehr als dreißigtausend nicht abgeschoben, weil die Leute plötzlich verschwunden waren oder angeblich krank oder einen cleveren Anwalt hatten. Sogar vorbestrafte Intensivtäter konnten nicht abgeschoben werden, weil – huch – auf einmal der Pass weg war! Und wie viele der Abgeschobenen tauchen früher oder später wieder bei uns auf?«

Klenke ahnte langsam die Stoßrichtung der Diskussion. »Mir ist dazu keine Statistik bekannt. Aber Sie müssen sich schon vor Augen führen, welche Belastung so eine Situation bedeutet, gerade für Familien.«

»Und Sie müssen sich mal die Belastung für unsere Polizeibeamten vor Augen führen. So eine Abschiebung ist ja kein Zuckerschlecken. Da wird getreten und gebissen und es werden Kopfstöße verteilt. Ein Freund aus dem Innenministerium hat mir erzählt, dass sich einer auf die Zunge gebissen und dem Beamten das Blut in die Augen gespuckt hat! Ein anderer hat ihn mit Fäkalien beschmiert!«

Klenke fand Schröder jetzt unangemessen emotional. »Aber das sind doch sicher Einzelfälle …«

»Leider nicht, Herr Klenke. Und wissen Sie, warum?« Schröder beantwortete die Frage selbst. »Weil die keinen Respekt haben! Für uns beide, für Sie und mich, ist der Polizeibeamte ein Bürger in Uniform, aber da lachen die sich doch kaputt. Eine Bewährungsstrafe ist für die doch wie ein Freispruch!«

Schröders Hemd unter dem Jackett war jetzt deutlich sichtbar nass geschwitzt, und er lockerte seine Krawatte.

»Das geht doch alles total in die falsche Richtung! Was machen wir da eigentlich?«

Klenke sah ihn an. »Darf ich Sie auch mal etwas fragen, Herr Schröder?«

Für dich immer noch VON Schröder, dachte Schröder.

»Selbstverständlich.«

»Haben Sie getrunken?«

Schröder lachte auf, dann schüttelte er den Kopf. Seine Miene bekam etwas Enttäuschtes. »Das hätten Sie wohl gerne. Aber: Nein, hab ich nicht. Ich habe nur zu wenig geschlafen, wenn ich ehrlich bin, und da macht man sich halt so seine Gedanken.«

Schröder lächelte Klenke an.

»Haben Sie vielen Dank für die spannende Debatte.«

Grußlos stand er auf und ließ ihn sitzen.

Zum Abendessen im Hotel waren Vertreter der Zivilgesellschaft geladen. Lange hatte die Botschaft mit sich gerungen, wer das denn sein könnte. Einerseits durfte man den Gastgeber nicht vor den Kopf stoßen, zum anderen wollte man schon auch ein Zeichen setzen und mit Menschen sprechen, die für mehr Freiheit und Demokratie in ihrem Land eintraten. Vogel hatte düster an den Antrittsbesuch des damaligen Außenministers Gabriel in Israel erinnert.

»Was war denn da?«, fragte Heinrich beim Jour fixe.

»Gabriel wollte Bürgerrechtler von Breaking the Silence treffen, das ist eine NGO von ehemaligen Soldaten ...«

»Und Soldatinnen«, warf Simon ein.

»... natürlich, die Traumabewältigung in den besetzten Gebieten zum Thema hat. Netanjahu hat dann gedroht, entweder die oder ich.«

»Und Gabriel?«

»Hat gesagt, na gut, dann eben die.«

»Konsequent. Find ich gut.«

»Woraufhin Netanjahu das Treffen tatsächlich abgesagt

hat. Er werde keine Diplomaten treffen, die sich im Land mit Leuten verabreden, die israelische Soldaten als Kriegsverbrecher verleumden.«

»Auch konsequent«, bemerkte Schröder.

»Wie dem auch sei: So einen diplomatischen Eklat müssen wir hier ja nicht unbedingt riskieren, nicht wahr.«

Jochen Bender hatte am Ende die beste Idee. Er hatte den marokkanischen Dokumentarfilm *We Could Be Heroes* auf dem Festival in Tanger gesehen, der dort sogar einen Preis gewann, was als Zeichen gewertet wurde, dass die Protagonisten bei den Behörden zumindest nicht völlig in Ungnade gefallen waren. Der Film erzählte die bewegende Geschichte der Freundschaft zweier behinderter Athleten, die sich für die Paralympischen Spiele 2016 in Rio de Janeiro qualifizieren wollten, trotz der vielen Steine, die ihnen von offizieller Seite in den Weg gelegt wurden. Behindertensport wurde in Marokko wenig bis gar nicht geachtet, obwohl Azzedine, ein Kugelstoßer im Rollstuhl, bereits vier Jahre zuvor in London die Goldmedaille gewonnen hatte. Er überredete seinen Freund Youssef, einen sehr schmächtigen jungen Mann, der überdies auch geistig etwas zurückgeblieben war, es ebenfalls zu versuchen, und Jochen Bender konnte sich zu Beginn des Filmes beim besten Willen nicht vorstellen, dass dieser auch nur ansatzweise die erforderliche Mindestweite werfen könnte. Und obwohl sie nicht auf öffentlichen Sportplätzen trainieren durften und die versprochene Unterstützung durch das Sportministerium ausblieb, schafften es beide tatsächlich, und Bender war zutiefst berührt, als er sie im olympischen Stadion von Rio einmarschieren sah. Zurück in Marokko organisierten sie später Proteste vor dem Ministerium, wurden aber – und auch das zeigte der Film – zusammen mit anderen Behinderten von der Polizei weggeknüppelt.

Nun saß Bender zusammen mit Karl Wiesner in der weitläufigen Empfangshalle des Hotels und sah auf die Uhr. 19.35 Uhr und noch keine Spur von ihren Gästen.

»Wie sagt der Marokkaner …«, scherzte Wiesner, »die Europäer haben die Uhr, wir haben die Zeit.«

Im selben Moment sahen beide einen klapprigen Renault vorfahren. Der Fahrer holte einen Rollstuhl aus dem Kofferraum und half einem kräftigen Mann hinein. Bender erkannte Azzedine, den Kugelstoßer, und auch dessen Freund Youssef kletterte mühsam aus dem Wagen. Vorne stieg eine attraktive junge Frau in Jeans und weißem Hemd aus dem Wagen und schob Azzedine, begleitet von Youssef, in die Halle. So eine Pflegerin hätte ich auch gerne, dachte Bender, stand auf und ging, zusammen mit Wiesner, den dreien entgegen.

»Welcome to the Four Seasons. My name is Karl Wiesner, I'm the Head of Protocol for the German Minister of Foreign Affairs. We are pleased that you found the time to follow our invitation.«

»Thank you so much, Mr. Wiesner«, antwortete die Frau, »we feel very honored to be here.«

Bender schätzte sie auf Mitte dreißig und war sofort auf eigentümliche Weise etwas schockverliebt. In fast perfektem Englisch stellte sie die beiden Männer vor, die nur stumm nickten, als sie ihren Namen hörten. Unsicher schauten sie sich um, so viel Reichtum und Luxus hatten sie wohl noch nicht gesehen.

»I'm Jochen Bender, the Head of Culture of the German Embassy in Rabat.«

»My pleasure«, antwortete die Frau und sah ihm dabei fest in die Augen. Bender fühlte ein leichtes Zittern in seinen Händen. Dann wollte er wissen, ob der Regisseur des Films auch noch kommen würde.

»I am the director«, lächelte sie charmant, »my name is Hind Bensari.«

Bender wollte augenblicklich im Erdboden versinken. »Ah, sorry … ich dachte … I did not know that Hind is a female name …«

»It is, obviously. It means ›group of camels‹.«

Außerdem sei Hind bint Abi Umayya, erklärte sie, eine der Frauen des Propheten Mohammed gewesen.

»What was your name again?«

»Jochen …«, krächzte Bender leise.

»It is a Hebrew name, right?«

»I don't know …«

»Yes, it comes from ›Jahwe‹«, erklärte die Frau, »and it means something like ›God straightens‹.«

Gott richtet auf? Bender hatte sich nie für die Bedeutung seines Namens interessiert, er hatte nicht einmal damit gerechnet, dass sein bescheuerter Vorname überhaupt eine Bedeutung haben könnte. Hind lächelte ihn freundlich an, Bender fühlte sich unsicher und unterlegen und schämte sich ein bisschen. Nie wieder wollte er eine Frau aufgrund ihres Aussehens beurteilen. Karl Wiesner rettete die Situation, indem er zu Tisch bat.

Die Begrüßung im Restaurant war ein schönes Motiv für die Fotografen. Hans Behring begrüßte Hind und Youssef per Handschlag und ging für Azzedine, der im Rollstuhl saß, in die Hocke, um ihm auf Augenhöhe zu begegnen, was dieser augenscheinlich gerührt zur Kenntnis nahm.

»Es kommt nicht oft vor, dass sich jemand zu mir herunterbeugt …«, sagte er auf Französisch, und die Dolmetscherin übersetzte das. »Ich danke Ihnen sehr!« Er führte dabei seine rechte Hand kurz zum Herzen.

»Meinen großen Respekt für Ihre Leistung«, erwiderte

Behring. »Sich so gegen alle Probleme und Widerstände zu behaupten, das können sich viele Menschen zum Vorbild nehmen, ganz besonders auch in meinem Land.«

Dann wurde Behring die Knipserei zu viel. Er hatte sich bei seiner Geste gar nichts gedacht und wollte nicht in Verdacht geraten, hier Wahlkampf zu machen, wie so mancher Kollege, der gerne mal für die Presse im Kindergarten auf dem Boden spielte. Wiesner verstand seinen Blick sofort und sorgte umgehend für Ordnung.

»Ist gut jetzt, Leute. Wir haben alle Hunger …«

Bei Tisch war die Presse nicht mehr zugelassen. Behring und seine Frau saßen Hind Bensari gegenüber, die von den beiden Athleten flankiert war. Gedeckt war außerdem für Botschafter Vogel, Bachmann-Berk, Bender, Klenke und die Dolmetscherin, die am Kopfende Platz nahm. In zweiter Reihe standen Schröder und weitere Mitarbeiter der Botschaft.

»Ich habe Ihren Film selbst leider nicht sehen können, Frau Bensari«, eröffnete Behring das Gespräch, »aber nach allem, was mir meine Mitarbeiter erzählt haben, bin ich voller Bewunderung nicht nur für die sportliche Leistung der beiden Herren, sondern auch für ihr gesellschaftliches Engagement. Wie ist Ihre Situation heutzutage?«

Die Dolmetscherin übersetzte das auf Englisch.

»Gestatten Sie, dass ich auf Französisch antworte?«, fragte Hind höflich. »Dann verstehen auch Azzedine und Youssef besser, worüber wir hier sprechen.«

Wie cool, dachte Barbara Bachmann-Berk und war nun ebenfalls ein bisschen schockverliebt.

»Selbstverständlich«, antwortete der Außenminister.

»Vielen Dank. Die Situation ist nach wie vor sehr schwierig. Im Vergleich zu anderen Ländern in Nordafrika geht es uns nicht schlecht, aber noch immer ist die Lücke zwischen

Arm und Reich viel zu groß und wird trotz aller Reformen immer größer. Die jungen Leute bekommen keine Bildung, und es gibt kein funktionierendes Gesundheitssystem. Und die Diskriminierung von Minderheiten findet tagtäglich statt, nicht nur gegenüber Behinderten, sondern auch und vor allem gegenüber Frauen.«

Noch während die Delegation der deutschen Übersetzung lauschte, hob Youssef schüchtern die Hand.

»Wenn ich etwas dazu sagen dürfte, Exzellenz …?«

»Natürlich, bitte«, ermunterte ihn Behring.

Youssef hatte große Mühe, seine Gedanken in Worte zu fassen, aber es schien ihm wichtig. Seine geistige Behinderung wurde jetzt deutlich. Er sprach stockend, aber alle am Tisch bewunderten ihn für seinen Mut, es in dieser illustren Runde überhaupt zu versuchen.

Auch eine Form von Sprache, dachte Klenke ganz ohne Ironie.

Hind Bensari, so wurde ganz langsam klar, hätte ja nicht nur diesen Film gemacht, sondern auch *475: Break the Silence*, und der sei noch viel besser.

»Hat das was mit israelischen Soldaten zu tun?«, fragte Botschafter Vogel, dem der Titel bekannt vorkam.

»Nein«, beschied Youssef knapp.

»Und worum geht es da?«, wollte Barbara wissen.

»Soll ich es erzählen, Youssef?«, fragte Hind. »Ist vielleicht besser, oder? Sonst ist am Ende das Essen schon kalt, wenn du fertig bist …«

Youssef musste herzlich lachen. Humor hat sie auch noch, dachte Bachmann-Berk und seufzte leise.

»Also, es geht um Gewalt gegen Frauen. 475 heißt ein Paragraf in unserem Gesetzbuch. Danach entgeht ein Vergewaltiger seiner Strafverfolgung, wenn er sein Opfer heiratet.«

»Wie bitte?« BBB war entsetzt. Sie wartete nicht mal auf

die Übersetzung, schließlich sprach sie selbst fließend Französisch.

»Ja, es ist eine Frage der Ehre. Die wäre dann im Falle der Heirat wiederhergestellt.«

»Für wen? Für den Mann?«

»Und für die Eltern. Und den Richter.«

»Und für die Opfer?«

»Die Opfer sind natürlich machtlos, es sind ja nur Frauen, und oft sind sie minderjährig. Ein sechzehnjähriges Mädchen hat sich, nachdem sie mit dem Einverständnis ihrer Eltern ihren Vergewaltiger heiraten sollte, mit Rattengift umgebracht. Das war für mich der Auslöser, diesen Film zu drehen.«

Die Runde hörte betroffen zu, was die Dolmetscherin da übersetzte.

»Hinds Film lief im marokkanischen Fernsehen und hatte Rekordquoten«, schaltete sich nun Azzedine ein, »und er hat entscheidend dazu beigetragen, dass dieses Gesetz reformiert wurde.«

»Das heißt, so eine Zwangsheirat ist inzwischen verboten?«, fragte Katharina Behring.

»Oui. Auch wenn sich nicht alle daran halten.«

»Herzlichen Glückwunsch! Dann haben Sie mit Ihrer Arbeit einen wichtigen Beitrag für Ihr Land geleistet!«

»Und wer kann das schon von sich behaupten«, ergänzte BBB, voller Bewunderung für diese junge Frau, die hier so bescheiden und gleichzeitig selbstbewusst auftrat und ihrem Gegenüber stets in die Augen sah, wenn sie zuhörte oder selbst etwas sagte.

»Frau Bensari«, mischte sich nun auch Klenke in die Diskussion ein, »wenn ein Film wie dieser öffentlich im marokkanischen Fernsehen gezeigt wird, ist das doch auch ein schönes Zeichen von Meinungsfreiheit, oder?«

»Es ist kompliziert. Einerseits ja, andererseits werden wir bei unseren Dreharbeiten immer wieder behindert. Es ist eine ständige Gratwanderung.« Dann wandte sie sich direkt an den deutschen Außenminister. »Und wie ist das in Ihrem Land?«

Behring war überrascht über die Gegenfrage, die anderen am Tisch ebenso.

»Mit der Meinungsfreiheit?«

»Ja.«

Blöde Frage, dachte Schröder. Wie soll es bei uns schon sein? Schlecht natürlich.

Behring brauchte länger als sonst, um seine Antwort zu formulieren.

»Nun, ich will es einmal so sagen ...«, begann er, »... bei uns in Deutschland gibt es sicher keine staatliche Meinungszensur ... und auch keine staatliche Sprachpolizei. Trotzdem gibt es Kräfte, die von einer angeblichen ... einer gefühlten Freiheitsbeschränkung reden.«

Er wartete die Übersetzung der Dolmetscherin ab, bevor er weitersprach. Hind nickte.

»Es gibt bei uns zurzeit viele Menschen, die behaupten, dass sie ihre Meinung nicht frei äußern dürften, aber das stimmt nicht. Jeder darf sich öffentlich äußern, aber er – oder sie – muss auch damit rechnen, dass ihm widersprochen wird. Man hat keinen Anspruch darauf, dass andere ihre Meinung teilen, man muss also mit der Überprüfung des Gesagten rechnen und mit Widerspruch.«

»Genau so soll es doch sein in einer Demokratie, oder nicht?«

»Allerdings. Manche verwechseln aber das Recht auf Meinungsfreiheit mit dem Recht, andere zu diskriminieren, ihre Würde zu verletzen. Sogar, ihnen mit Angriffen auf Gesundheit und Leben zu drohen. Das ist eine Form von Gewalt, eine sprachliche Gewalt, die unsere Freiheit bedroht.«

»Lassen Sie mich raten …«, warf Hind Bensari ein, »die heftigsten Diffamierungen stammen dann von denen, die sich am meisten über fehlende Meinungsfreiheit beklagen?«

»Genau so ist es. Wieso kennen Sie sich so gut aus?«

»Ich habe in England studiert, da ist es nicht viel anders.«

»Dann sind Sie mit dem Begriff Political Correctness vertraut.«

»Eine sehr schöne Erfindung, die in Marokko leider völlig unbekannt ist.«

Eine Scheißerfindung, dachte Schröder.

»In Deutschland ist politische Korrektheit«, erläuterte Behring, »bedauerlicherweise zu einem negativen Kampfbegriff geworden. Sie wird verächtlich gemacht, obwohl es sich ja nicht einmal um ein Verbot oder eine Strafe handelt, sondern um eine freiwillige Regel des Umgangs miteinander. Ich finde, wir alle hier finden, dass diese einfachen Gesetze von Höflichkeit und Respekt für alle gelten sollten, gerade auch gegenüber den Schwachen. Es darf keine Legitimation für sprachliche Enthemmung geben, für Rassismus, Frauenverachtung, Schwulenfeindlichkeit und Antisemitismus.«

»Dann haben Sie in Deutschland weniger ein Problem mit der Meinungsfreiheit, sondern eher mit der Streitkultur.«

»Richtig. Denn Streitkultur billigt dem anderen zunächst einmal lautere Absicht zu. Streitkultur braucht den Wunsch, andere zu überzeugen, aber auch die Offenheit, sich selbst überzeugen zu lassen.«

»Ziel des Streits sollte daher nicht der Sieg sein, sondern der Fortschritt«, fasste Hind zusammen. »Und der Streit der Liebenden erneuert die Liebe.«

Der Abend klang, wie so oft, an der Hotelbar aus. Barbara Bachmann-Berk stand neben Klenke und war noch ganz verzaubert vom Auftritt der marokkanischen Regisseurin.

»Du musst mich zurückhalten, Franz, sonst frag ich den Bender noch nach ihrer Telefonnummer.«

»Und was willst du damit machen?«

»Weiß ich nicht.«

»Außerdem bist du verheiratet.«

»Weiß ich.« Sie nahm einen tiefen Schluck Rotwein. »Wie war das noch, nach dem Koran darf man doch bis zu vier Frauen heiraten, oder?«

Klenke musste lachen. »Stimmt. Und eine unbestimmte Zahl von Konkubinen darf man auch haben. Aber ich glaube, du verwechselst da was.«

»Konkubinen interessieren mich nicht«, seufzte BBB, »aber für die würde ich glatt wieder anfangen zu rauchen. Sag mal, können wir sie nicht wenigstens morgen zum Delegationsabend einladen?«

»Liebe Barbara, ein Delegationsabend ist ein Delegationsabend ist ein Delegationsabend ...«

»Okay, ich geb's auf.«

»Aber was mir immer wieder auffällt«, wechselte Klenke das Thema, »ist, dass es bei den Oppositionellen meistens viel spannendere Leute gibt als bei den Regierenden.«

»Und dann fragt euch mal, warum das wohl so ist«, schaltete sich Wiesner ein, der den letzten Satz mitbekommen hatte.

»Das ist leicht«, antwortete die Büroleiterin. »Weil Macht nun mal korrumpiert und die Menschen verändert.«

»Das ist ganz sicher so. Und eine der wenigen Ausnahmen ist zum Glück unser Chef.«

»Auf den Chef!«

Alle drei stießen an und prosteten sich zu.

»Und dann habe ich noch eine gute und eine schlechte Nachricht für dich, Barbara. Welche zuerst?«

»Die gute.«

»Warum wusste ich, dass du das sagen würdest?«

»Weil du ein schlaues Kerlchen bist, Karl. Also?«

»Die gute Nachricht ist: Wir haben morgen Nachmittag eine Audienz beim König.«

»Hm. Dann weiß ich auch die schlechte: Es ist ein Plus-eins-Format.«

»Yep. Das heißt …«

»Du musst mir jetzt nicht erklären, was ein Plus-eins-Format ist, Karl. Wer geht mit?«

»Natürlich der Botschafter.«

»Natürlich«, lächelte sie gequält, »aber da komm ich auch noch drüber weg.«

»Worüber kommst du weg, Barbara?«

Behring schlenderte gerade mit seiner Frau vorbei, um sich zu verabschieden.

»Ach, nichts … Würde jetzt zu weit führen.«

»Also nicht so schlimm?«

»Überhaupt nicht. Du weißt doch, wie gerne ich kokettiere.«

»Barbara macht sich gerade mit der Idee der Polyamorie vertraut«, erklärte Klenke.

»Polyamorie? Muss ich wissen, was das ist?«

»Nein, musst du nicht, Hans«, schaltete sich Frau Behring ein, »aus dem Alter sind wir raus.«

»Dann ist ja gut. Katharina und ich gehen dann mal. Gute Nacht!«

»Ja, schlaft gut.«

»Bis morgen.«

Hand in Hand ging das Ehepaar Behring durch die Halle zum Lift, auffällig unauffällig begleitet von drei Personenschützern des BKA.

»Sind die jetzt etwa schon zu dritt?«, wunderte sich Klenke.

»Ja, leider«, antwortete Wiesner. »Die Zeiten werden nicht besser.«

Klenke ging hinüber zu einer Gruppe von Mitarbeitern der Botschaft, die sich um Gisbert Vogel versammelt hatte. Schröder war offenbar nicht dabei.

»'n Abend, die Herren.«

»Guten Abend, Herr Klenke. Alles so weit zu Ihrer Zufriedenheit?«

»Ja, alles bestens. Die Organisation ist wirklich hervorragend, Herr Botschafter.«

»Sehr gerne. Der Minister ist auch zufrieden?«

»Völlig. Sagen Sie, ist Ihr Herr von Schröder noch da?«

»Ich denke nicht. Jedenfalls hat er sich schon verabschiedet.«

»Ach schade, ich hätte gerne noch ein Glas Wein mit ihm getrunken. Herr Bender?«

Diskret nahm er Jochen Bender zur Seite.

»Ist mit Herrn von Schröder alles in Ordnung?«

»Warum fragen Sie?«

»Nun, er machte heute Nachmittag einen ... wie soll ich sagen ... einen etwas merkwürdigen Eindruck auf mich.«

»Ja, das kann schon sein. Wir glauben, dass er private Probleme hat. Aber Genaues wissen wir auch nicht.«

»Verstehe. Gut, ich werde dann auch mal langsam. Nacht, Herr Bender.«

»Gute Nacht, Herr Klenke. Wir sehen uns dann morgen. Ich freu mich auf die Rede.«

»Wird schon. Bis morgen.«

Klenke ging direkt auf sein Zimmer und schrieb noch eine letzte SMS an Maria.

Noch einmal schlafen!

Ihre Antwort kam prompt.

Du vielleicht, schrieb sie zurück. Dazu ein Zwinker-Emoji.

Zur selben Zeit saß Schröder am Laptop in seinem Zimmer des Hotels Maison Arabe. Wieder schwitzte er, aber diesmal lag es an der Klimaanlage, die ausgefallen war. Ansonsten war er ganz ruhig, selbst der Lärm, der von den engen Gassen zu ihm hinaufwehte, störte ihn nicht. Behrings Kniefall vor dem Rollstuhlfahrer allerdings umso mehr. Was glaubte der denn, wer er war? Willy Brandt in Warschau? Aber an irgendetwas erinnerte ihn diese Geste. Dann fiel ihm das Foto ein, das er vor nicht allzu langer Zeit gesehen hatte. Gerade war mal wieder in den USA irgendein Schwarzer unnötigerweise bei einem Polizeieinsatz gestorben, und alle Welt machte »Take the knee«, überall gingen Menschen aus Protest gegen Polizeiwillkür auf die Straße und auf die Knie. Er fand das Bild unter »Deutsche Polizisten knien vor Demonstranten« und sah, wie ein dunkelhäutiger und zwei weiße, offenbar deutsche Polizisten vor einem schwarzen Typen knieten, der »No Justice, No Peace« auf dem Rücken seiner Jacke stehen hatte. Soweit Schröder wusste, war es die Aufgabe der Polizei, Veranstaltungen und Kundgebungen zu schützen, und nicht, sich mit Demonstranten gemeinzumachen.

Das Foto war in Köln entstanden. Ausgerechnet Köln! Keine fünf Jahre nach dieser Silvesternacht schließt sich der Kreis, dachte Schröder, knien deutsche Polizisten vor Migranten. Der Verfasser dieses Artikels schien sich nichts dabei zu denken, vielleicht wollte er es auch nicht. Die Kommentare der Leser unter dem Text waren allerdings eindeutig:

»Jetzt kniet also unsere Regenbogenpolizei vor den neuen Herren der bunten Republik«, schrieb einer. »Sofortige Entlassung dieser sogenannten Polizisten!« ein anderer.

Der Wolf: »Wovon lebt dieser Schwarze? Von unseren Steuern! Wie kam er überhaupt in unser Land?«

Spezl: »Wir Deutsche werden gegen Afrikaner ausgetauscht! Ein Rechtsstaat sind wir schon lange nicht mehr!«

Gabi Schclz: »Die Polizisten sofort entlassen! Die Migranten sofort verhaften und abschieben!«

Tunichtgut: »Die tägliche Propaganda von ARD und ZDF wirkt und ist auch noch von unseren Gebühren finanziert!«

Oberfeldwebel: »Die Herrschaft des Satans! Bedeutet aber auch, dass die Wiederkunft Jesu bald bevorsteht!«

Und so weiter …

»Wer sich selbst erniedrigt, braucht sich nicht zu wundern, wenn er getreten wird!«

»Wohin mit unserer Wut?«

»Deutschland verreckt!«

»Lieber stehend sterben als kniend leben!«

»Scheiß Waffengesetze! Bringt mir ein Gewehr!«

»Die Schuldigen sitzen in den Ministerien!«

»Jemand muss mal ein Zeichen setzen!«

Ein Zeichen setzen. Ja, klar, dachte Schröder. Aber wer? Wer kam schon nah genug an einen personengeschützten deutschen Minister heran?

Wer, wenn nicht er?

20

Um 5.25 Uhr wachte Maria auf, fünf Minuten bevor ihr Wecker klingeln sollte. Sie hatte überraschend gut geschlafen, obwohl sie sehr aufgeregt war vor ihrer großen Reise. Sie duschte, kochte sich einen Tee und schmierte sich ein Marmeladenbrot, das sie zur Hälfte aufaß. Dann schleppte sie ihren Koffer drei Stockwerke nach unten auf die Straße, wo bereits Nesrin vor ihrem Taxi wartete, eine kurdische Fahrerin, die Klenke immer dann vorbestellte, wenn die Fahrt früh losging oder die Ankunft unbedingt pünktlich sein musste, denn Nesrin war sehr zuverlässig. Außerdem freundlich und vor allem schweigsam, weshalb Maria sich in ihrer Gegenwart wohlfühlte. Der Berufsverkehr hatte noch nicht eingesetzt, so schafften sie es ohne Probleme nach Schönefeld.

Und dann betritt Maria zum ersten Mal ein Flughafengebäude. Und obwohl sie sich virtuell gut vorbereitet hat, ist sie doch überrascht und verwirrt von der großen Halle und den vielen Menschen, die um diese Zeit schon hier unterwegs sind. Alle scheinen genau zu wissen, wohin sie zu gehen und was sie hier zu tun haben. Sie nicht, sie fühlt sich beobachtet, hat Angst, dass sie sich dämlich anstellt bei dem, was jetzt kommen wird. Zum Glück ist sie schon lange vor dem Abflug hier, es ist also noch etwas Zeit. Die vielen Hinweisschilder kann sie nicht alle deuten, aber sie findet den Check-in-Counter, der gerade öffnet. »easyJet«, das orangefarbene Logo auf dem Bildschirm ist nicht zu übersehen. EZY2120 Marrakesch.

Eine ältere Dame ist noch vor ihr dran. So sieht sie, wie die Frau ihren Reisepass abgibt und ihren Koffer neben dem Schalter auf ein Band stellt. Dieser wird mit einer Art Klebeband versehen, setzt sich in Bewegung und wird wenige Augenblicke später vom Flughafen verschluckt. Maria macht das genauso, als sie an der Reihe ist. 19,5 Kilogramm. Sie bekommt ein Stück Papier, EZY2120 steht darauf und Sitzplatz Nummer 18 C.

Sie weiß, dass sie jetzt auf ihrem Weg zum Gate durch eine Sicherheitskontrolle muss. Das ist der schwerste Part. Auf dem Monitor erklärt eine Animation, wie sie ihr Handgepäck auf ein Band stellen soll und was man daraus in eine Extrabox legen soll. Telefon und Laptop.

»Irgendwelche Flüssigkeiten?«, fragt ein unfreundlicher Mann, der ihr gegenübersteht und ihr eine kleine Gepäckwanne hinstellt. Maria schüttelt den Kopf, tritt in einen Sicherheitsscanner und breitet wie befohlen ihre Arme aus.

Die in Deutschland verwendete Software zeigt ausschließlich Piktogramme/Strichmännchen. Körperbilder werden nicht erzeugt. Daten werden nicht gespeichert, hat sie auf der Seite der Bundespolizei gelesen.

Irgendein Ding saust mit einem leisen Geräusch von rechts nach links, danach darf sie auf der anderen Seite hinaustreten. Sie will zu ihrem Handgepäck, das schon am Ende des Bandes auf sie wartet.

»Moment!«

Erschrocken bleibt sie stehen. Was will diese Frau?

»Wenn Sie bitte noch kurz zu meiner Kollegin gehen würden …«

Maria ahnt, was jetzt kommt, auch das hat sie auf der Website gelesen: *Im Zweifel begeben Sie sich auf einen zugewiesenen Kontrollplatz*, hieß es dort, *die Kontrollperson wird Sie seitlich oder rückwärts abtasten*.

Das hatte sie mehr befürchtet als alles andere. Wenigstens ist es eine Frau, die das macht, aber sie hat ein penetrant riechendes Parfüm aufgetragen, das Maria an Babywindeln erinnert. Sie muss den Gürtel ihrer Jeans öffnen und wird abgetastet, an ihrer Hüfte, an ihren Beinen, sie muss die Schuhe ausziehen. Sie findet es entwürdigend. Augenblicklich bekommt sie pochende Kopfschmerzen, die sich in den Nacken fortsetzen. Gerade will ihr Körper vollständig aufgeben, da kommt das erlösende »Vielen Dank, guten Flug«.

Die Passkontrolle ist weniger schlimm. Der Zollbeamte mustert sie und ihren Reisepass. Maria glaubt, dass sie sich bestimmt verdächtig macht mit ihrer verkrampften Körperhaltung. Kontrollen haben sie schon immer überfordert, auch wenn sie gar nichts zu verbergen hatte. Trotzdem befürchtete sie stets, im falschen Zug zu sitzen, ein falsches Ticket gekauft zu haben oder dass der Tag nicht stimmt oder die Uhrzeit. Zu ihrer Erleichterung gibt ihr der Mann ihren Pass zurück. Sie kann es kaum glauben und geht erst weiter, nachdem er ihr mit einer Kopfbewegung zu verstehen gibt, jetzt endlich Platz für andere zu machen.

Sie geht direkt zu ihrem Gate A 4, »Marrakesch« steht auf dem Monitor. Hier ist sie die Erste, die auf der Bank Platz nimmt und wartet. Sicher ist sicher. Lieber eine Stunde zu früh als fünf Minuten zu spät. Vielleicht fliegt das Flugzeug ja früher weg als angekündigt. Sie beschließt dann doch, noch einmal auf die Toilette zu gehen, damit sie das im Flugzeug nicht tun muss. Wer weiß, wie eine Toilette dort oben funktioniert. Sind Damen und Herren getrennt? Gibt es da überhaupt eine Toilette?

Beim Einsteigen auf dem Weg zu ihrem Sitzplatz ist sie kurz verwirrt, denn nach der Reihe 12 fehlt die 13. Sie will schon umkehren, sieht dann aber doch die 14 und geht weiter nach hinten. Haben die eine Reihe vergessen? Egal, da hinten kommt die 18. Am Fenster sitzt ein älterer Herr, der sieht harmlos aus. Er liest in einem Buch, dessen Titel ihr bekannt vorkommt. *Im Dunstkreis der Fische.* Der Name des Autors ist deutlich größer geschrieben als der Titel selbst. Der Mittelplatz ist frei und bleibt es hoffentlich. Sie lässt sich auf 18 C fallen, diesen Platz hatte sie zusammen mit Lothar im Reisebüro ausgesucht. Nicht dass sie jemanden bitten muss, sie vorbeizulassen, falls sie doch einmal aufstehen will.

Die Sicherheitsinstruktionen der Stewardess verfolgt sie ganz genau, damit sie im Notfall weiß, was zu tun ist.

»Zuallererst möchten wir Ihnen zeigen, wie Sie Ihren Sitzgurt richtig öffnen und schließen«, sagt der Lautsprecher. Bei der englischen Übersetzung schaut sie sich um und stellt überrascht fest, dass sie offenbar die Einzige ist, die der Stewardess Aufmerksamkeit schenkt.

»Im Falle eines Druckverlustes fallen automatisch Sauerstoffmasken aus der Kabinendecke. In diesem Fall ziehen Sie bitte eine der Masken zu sich heran und drücken die Öffnung fest auf Mund und Nase.«

Maria starrt weiter auf die Bewegungen der Stewardess, die dadurch jetzt verunsichert ist. So viel Interesse ist sie nicht gewohnt.

Dann der Start. Die meisten Abstürze passieren während des Starts und während der Landung, hat Maria nachgelesen. Während das Flugzeug auf eine Geschwindigkeit beschleunigt, die sie noch nie erfahren hat, presst sie sich in ihren Sitz und hält sich an den Armlehnen fest, sieht aber gleichzeitig, dass alle übrigen Passagiere das alles sehr gelassen nehmen. Manche lesen sogar die Zeitung! Und als das Flugzeug schließlich abhebt und durch die Wolken in den Himmel aufsteigt, passiert etwas mit ihr. Plötzlich fallen alle Befürchtungen, alle Verkrampfung von ihr ab, sie entspannt sich und wird leicht. Sogar die Kopfschmerzen sind plötzlich weg. Sie muss laut lachen und kann kaum aufhören. Und als sie nach einigen Minuten noch immer lacht, bekommt sie von den übrigen Passagieren nicht etwa böse Blicke zugeworfen, sondern freundliche, wohlmeinende. Der eine oder andere lacht sogar mit. Dann schläft sie vor Erschöpfung ein.

21

In der Mitte der ersten Reihe waren noch drei Plätze frei, ansonsten war das Auditorium der Cadi-Ayyad-Universität bis auf den letzten Platz belegt. Aufgeregte Vorfreude herrschte bei den etwa fünfhundert Studenten und Professoren, die meisten unterhielten sich leise miteinander. Die deutsche Delegation hatte in der fünften Reihe Platz genommen, die für sie reserviert war, die Mitglieder der Botschaft (mit Ausnahme des Botschafters selbst und seiner Frau) standen am Rand oder ganz hinten. Von hier aus konnte Schröder sehen, wie das Ehepaar Behring von Moulay Lhassan, dem Präsidenten der Hochschule, zunächst in den Saal und dann auf seine Plätze begleitet wurde. Das Publikum applaudierte höflich, Behring lächelte freundlich und winkte kurz, bevor er neben seiner Frau Platz nahm.

Schröder sah auch, wo die Personenschützer Aufstellung nahmen. Einer blieb an der Tür stehen, der andere ging auf die Bühne und stand jetzt schräg hinter dem Stehpult mit dem Mikrofon, allerdings mindestens zehn Meter davon entfernt. Ganz schön weit weg, stellte Schröder fest. Und wo war der dritte? Doch nicht etwa krank geworden?

Der Präsident ging auf die Bühne und begrüßte die Anwesenden auf Französisch, worauf die Deutschen bereitliegende Kopfhörer aufsetzten, um den Simultanübersetzer zu hören. Von großer Freude und Ehre war die Rede, dann bat er den deutschen Außenminister zu sich nach oben. Freundlicher Applaus begleitete Behring auf dem Weg dorthin. Während er sich seine Lesebrille auf die Nase nestelte, waren es diesmal die Marokkaner, die die Kopfhörer aufsetzten.

»Die Brille ist der Sieg der Neugier über die Eitelkeit«, sagte Behring halblaut, während er das Redemanuskript vor sich ausbreitete. Der Lacher kam aufgrund der Übersetzung verzögert, aber umso herzlicher. Guter Anfang, dachte Klenke, kannte ich noch gar nicht. Sollte man sich merken. Behring warf noch einen kurzen Blick in die Runde, dann fing er an zu sprechen.

»Sehr geehrter Wali,
sehr geehrte Professoren,
liebe Studentinnen und Studenten,
sehr geehrte Damen und Herren,

dass ich heute hier in Marrakesch bin und vor Ihnen sprechen darf, ist mir eine große Freude! Denn Marrakesch ist schon seit jeher ein Ort großer Faszination gewesen. Menschen aus aller Welt kamen und kommen hier zusammen. Diese wunderbare Stadt ist ein Ort der Begegnung, des Austauschs und des Handels.

Als transsaharischer Knotenpunkt zwischen Afrika und Europa veranschaulicht Marrakesch jedoch auch eine der großen Herausforderungen der letzten Jahre für Westafrika und Europa: die Migration. In der Europäischen Union und insbesondere in Deutschland erleben wir seit dem Jahr 2015 einen stetigen Zuwachs von Migranten aus West- und Nordafrika.«

Das kann man wohl sagen, dachte Schröder. Und wer ist daran schuld?

»Marokko und Deutschland sind, nicht nur in dieser Frage, eng miteinander verknüpft. Wir haben vieles, das uns verbindet – historisch, geografisch und gesellschaftlich –, und tragen daher auch eine gemeinsame Verantwortung.«

Und noch mehr, das uns trennt, dachte Schröder.

»Marokko hat eine lange Tradition der Gastfreundschaft, nicht nur für afrikanische und muslimische Einwanderer, sondern bereits im 15. Jahrhundert für aus Spanien vertriebene Juden. Marokko war über Jahrhunderte ein Ort friedlichen Zusammenlebens verschiedenster Kulturen: Berber und Araber, Muslime und Juden, Europäer und Afrikaner. Für sechshundert Jahre haben Berber und Mauren mit ihrer muslimischen Kultur auch Spanien geprägt und dort Toleranz vorgelebt und Wissenschaft gefördert.«

Meine Formulierung, stellte Jochen Bender zufrieden fest.

»In den letzten Jahren hat Marokko erneut seine Toleranz unter Beweis gestellt und vielen Migranten aus Afrika, die ihr Land aufgrund von Verfolgung und wirtschaftlich schwierigen Bedingungen verlassen haben, eine neue Heimat gegeben. Wir in Deutschland wissen, dass dies nicht selbstverständlich ist. Die Aufnahme von Menschen aus anderen Ländern mit einer anderen Sprache, anderen Sitten und Gebräuchen stellt jede Gesellschaft vor große integrative Herausforderungen. Gemeinsam mit unseren marokkanischen Partnern suchen wir deshalb nach Möglichkeiten, wie wir Marokko auf diesem lobenswerten Weg weiterhin unterstützen können.

Marokko und Deutschland verbindet eine langjährige Freundschaft. Wir haben in unserem Land eine wirklich gut integrierte marokkanische Gemeinde. Zirka 76 000 Marokkaner leben in Deutschland und noch einmal so viele haben mittlerweile die deutsche Staatsbürgerschaft erhalten. Anfang der 1950er-Jahre kamen viele marokkanische Gastarbeiter im Rahmen eines Anwerbeabkommens nach Deutschland.«

Genau das war der Sündenfall, fand Schröder verbittert.

»Inzwischen sind die Kinder und Enkelkinder dieser Einwanderer erfolgreich in die deutsche Gesellschaft integriert. Sie sind zum Beispiel Ärzte, Juristen …«

… Intensivtäter …

»… Herausgeber von Zeitschriften und sogar Comedians. Die marokkanische Gemeinde übernimmt hier eine wichtige Vorbildfunktion. Sie unterstützt bei der Integration neu ankommender Marokkaner, arbeitet mit unseren Behörden zusammen und versucht, den Neuankömmlingen die Regeln des Zusammenlebens in Deutschland zu vermitteln.«

Die die meisten aber nicht kapieren oder kapieren wollen, dachte Schröder.

»Marokko ist unser direkter südlicher Nachbar, das wird in Deutschland manchmal übersehen. Ihr Land teilt als einziges Land Afrikas eine Landesgrenze mit der Europäischen Union, und als Nachbar der EU ist Marokko auch unser Nachbar. Und unter guter Nachbarschaft verstehen wir, dass man sich gegenseitig hilft und unterstützt. Wir haben in den Jahren 2017 und 2018 zusammen mit Erfolg das Global Forum on Migration and Development ausgerichtet. Damals hat die Bundeskanzlerin hier in Marrakesch eine viel beachtete Rede gehalten und darin unsere gemeinsame Verantwortung bei der Bewältigung des Migrationsgeschehens bekräftigt.

Sie merken schon: Das Wort Migrationskrise will mir nicht wirklich über die Lippen kommen. Migration hat es zu allen Zeiten, auf allen Kontinenten in fast allen Gesellschaften gegeben und sie ist im Grunde nichts Schlechtes – auch wenn uns einige gesellschaftliche Gruppierungen und politische Parteien gerne etwas anderes einreden möchten.«

Sollte er sich da vielleicht angesprochen fühlen?, fragte Schröder sich. Na, von mir aus.

»Allerdings darf Migration niemals unreguliert und illegal erfolgen. Und wer sich einfach so auf den Weg macht, ohne ein gültiges Visum oder eine gültige Aufenthaltserlaubnis, wer also irregulär einreist, der macht sich strafbar. Wir alle kennen die Probleme illegaler Migration. Angefangen bei den mafiösen Strukturen der Schlepper, die Migranten oftmals nur als Ware sehen und sie regelmäßig der Lebensgefahr aussetzen, sei es auf dem Mittelmeer in seeuntüchtigen Booten oder versteckt in Lkws ohne Frischluftzufuhr. Sie nehmen ihren Opfern das letzte Geld und die letzten Wertsachen ab und überlassen sie dann, vor der Grenze, sich selbst. Viel zu oft werden Migranten Opfer von Menschenhandel und Sklaverei, weil sie sich schutzlos in die Hände krimineller Schleuser begeben. In den Zielländern haben Illegale keinen Zugang zur sozialen und wirtschaftlichen Infrastruktur und leben in prekären sozialen Verhältnissen. Die Bilder, die wir immer wieder aus der Türkei und aus Griechenland sehen, sind erschütternd. Aber auch hier sind Migranten Opfer falscher Informationen.

Lassen Sie mich daher das Folgende einmal in aller Deutlichkeit sagen: Es gibt kein Recht auf Migration. Zwar darf jeder Einzelne für sich entscheiden, sein Land zu verlassen, aber kein Land der Welt ist verpflichtet, ihn auch aufzunehmen.«

Passt gut rein, stellte Klenke fest.

»Jedes Land darf souverän für sich entscheiden, wen es hineinlässt – oder eben auch nicht. Jedes Land der Welt, auch Marokko, auch die Europäische Union, hat das Recht, seine Grenzen gegen illegale Übertritte zu schützen. Kein Land muss einen Ansturm auf seine Grenze und Angriffe auf seine Grenzbeamten hinnehmen. Nur Flüchtlinge im Sinne der Genfer Flüchtlingskonvention dürfen sich auf das Gebot der Nichtzurückweisung berufen und daraus einen eigenen Schutzanspruch ableiten, solange ihr Anspruch geprüft wird. Auf dieses Recht auf Asyl können sich bewusst nur diejenigen berufen, die tatsächlich einen besonderen Schutz benötigen, den sie in ihrem Heimatland nicht erhalten können. Alle anderen müssen sich um eine legale Einwanderung bemühen.

Liebe Studentinnen und Studenten, ich bin ja nun nicht eingeladen, Ihnen eine Vorlesung über Internationales Recht zu halten. Warum also erkläre ich Ihnen die

Rechtslage dann so eindringlich? Ein deutsches Sprichwort besagt, dass das Gras woanders nicht unbedingt grüner ist.«

Na gut, befand Klenke. Diese eine Metapher würde schon okay sein. War ja auch ein passender Vergleich.

»Natürlich verstehe ich den Wunsch, mehr von der Welt zu sehen, zu reisen, andere Kulturen kennenzulernen, sich wissenschaftlich und beruflich weiterzuentwickeln. Hier haben wir mit Marokko bereits einen lebhaften Austausch, zum Beispiel schreiben wir regelmäßig internationale Parlamentsstipendien für marokkanische Studentinnen und Studenten aus. Der Deutsche Akademische Austauschdienst fördert unter anderem Forschungs- und Studienaufenthalte in Deutschland. Im Hochschulbereich bestehen bereits zahlreiche Kooperationen zwischen deutschen und marokkanischen Universitäten.

Aber …

… und das sollten Sie bitte zu keiner Zeit vergessen: Sie sind die Zukunft Ihres Landes! Sie werden entscheidenden Anteil daran haben, wie und in welche Richtung sich Marokko weiterentwickelt! Wir sehen in anderen Ländern, wohin die unkontrollierte Abwanderung einer ganzen Generation junger, ehrgeiziger und gut ausgebildeter Menschen führt – zum sogenannten ›Brain Drain‹. Mit der Massenabwanderung fehlt es an jungen, ideenreichen Menschen, die bereit sind, ihre Heimat mitzugestalten. Ihre Energie, Ihre Visionen und Ihre Fähigkeiten sind gefragt, um in Ihrer Heimat eine Gesellschaft zu formen, die Ihren Vorstellungen und Wünschen entspricht. Die den Herausforderungen der Zukunft standhalten kann. Der Demokratisierungsprozess wurde mit der Verfassungsreform von 2011 weiter vorangebracht. Für den weiteren Weg bedarf es gut qualifizierter, engagierter junger Menschen, wie Sie es sind. Die bereit sind, Verantwortung zu übernehmen. Bitte nutzen Sie die Chance des Augenblicks und unterstützen Sie Ihr Land bei diesem so wichtigen Prozess!

Ich danke Ihnen für Ihre Aufmerksamkeit!«

Der Applaus war freundlich, aber spürbar zurückhaltend. Besonders die jungen Marokkaner hatten, zumindest in Teilen, vielleicht etwas anderes erhofft.

Da bin ich ja mal gespannt, wie lange eure Unterstützung hier dauern wird, dachte Schröder.

Beim anschließenden Empfang spielte ein Streichquartett, leise genug, damit sich die Gäste unterhalten konnten, gleichzeitig laut genug, dass Schröder den Komponisten sofort erkannte. Ein Adagio in C-Dur von Franz Schubert. Ihm wurde ein wenig übel. Dieses Stück hatte er auch üben müssen, auf der Bratsche, immer wieder, damals bei seinem Großonkel in Argentinien. »Bis zur Vergasung«, so hatte dieser es ausgedrückt, »sonst lernt man's ja nicht.«

Schröder stand am Rand und verschaffte sich einen Überblick. Sah, wie der Minister sich feiern ließ, wie dessen Frau dazu lächelte. Ganz in der Nähe die beiden Personenschützer, die sich immer wieder in alle Richtungen umsahen. Erstaunlich, dachte Schröder, warum sehen Bodyguards eigentlich immer aus wie Bodyguards? Ist das Absicht? Vielleicht sollte das ja so sein, damit jeder sieht, dass die da sind. Abschreckung nennt man das wohl.

Schröder sah Jochen Bender bei dieser Büroleiterin stehen und lachen. Offenbar zufrieden mit sich selbst, er warf seinen Kopf dabei in den Nacken. Wahrscheinlich hatte sie ihm irgendein Kompliment gemacht. Sie soll ja offen lesbisch sein, dachte er. Schade eigentlich. Aber auch kein Wunder mehr bei deutschen Spitzenbeamten, der vorvorvorletzte Außenminister war ja selber schwul gewesen.

»Alles klar, Schröder?«

Er drehte sich um und sah sich Simon und Heinrich gegenüber, beide mit einem besorgten Gesichtsausdruck.

»Ja, alles klar. Und bei euch?«

»Auch. Gute Rede, oder?«

»Ja, fand ich auch«, log Schröder.

»Wie geht's denn Marysol und den Kindern?«, wollte Simon wissen.

»Sehr gut, danke. Die sind ja schon vorgefahren nach Chile zu ihren Eltern. Ich soll euch übrigens grüßen!«

»Ah, danke. Grüße zurück!«

»Werd ich ausrichten. In zwei Wochen hab ich ja Urlaub, dann flieg ich hinterher.«

Oder auch nicht, dachte Schröder und ließ sie stehen. Entdeckte diesen Redenschreiber im Gespräch mit dem Referatsleiter Maghreb. Hörte einen Signalton, worauf sich der Redenschreiber entschuldigte und sich abwendete, die Mitteilung las und lächelte.

Maria saß noch im Flieger, als Klenkes Antwort kam.

Welcome to Morocco! Wie war der Flug?

Gut!

Das war untertrieben, aber alles andere hätte den Rahmen so einer Textnachricht gesprengt. Der Flug war mehr als gut gewesen, vielmehr hervorragend! Sie war aufgewacht, als die Stewardess mit ihrem Servicewagen neben ihr zum Stehen kam und den Mann am Fenster fragte, was er trinken möchte.

»Tomatensaft.«

»Sehr gerne. Und Sie?«

Um nicht aufzufallen, hatte Maria sich vorgenommen, auf jeden Fall das Gleiche zu bestellen wie ihr Sitznachbar.

»Haben Sie Cola Zero?«, hörte sie sich stattdessen fragen.

»Sehr gerne«, antwortete die Stewardess, öffnete mit einem lauten Zischen die Dose und goss ein.

»Eis oder Zitrone dazu?«

»Beides bitte.«

Beides bitte? Sie verstand sich selbst nicht mehr. Was war mit ihr los? War die Welt hier oben eine andere?

Dann kam das, was der Lautsprecher eine »Schlechtwetterzone« nannte, die sie nun durchfliegen müssten. Und dass bitte alle auf ihre Plätze zurückkehren und sich anschnallen möchten.

Die Turbulenzen waren heftig. Das Flugzeug wackelte zunächst nur, wenig später wurde es richtiggehend durchgeschüttelt. Nun waren es die anderen Passagiere, die sich an ihren Lehnen festkrallten, manche mit Panik in den Augen. Bei einem besonders großen Luftloch schrien gleich mehrere kurz auf, ein paar Kinder weinten. Und seltsamerweise: Je mehr die Angst um sie herum wuchs, desto ruhiger wurde Maria selbst. Als ob ihre Ruhe aus der Angst der anderen gespeist würde. Sie wusste einfach, dass ihr nichts passieren würde, nicht heute, nicht in diesem Flugzeug.

Außergewöhnlich gut!, präzisierte sie ihre Textnachricht.

Schön! Du weißt ja, wie es weitergeht …

Ja, das wusste sie. Nach der Passkontrolle, vor der sie keine

Angst mehr hatte, würde sie ihren Koffer vom Band holen und den Fahrer des Hotels treffen, der draußen mit einem Schild auf sie wartete. So hatte Klenke es organisiert und genau so war es.

Maria sah das Schild sofort, als sie die Ankunftshalle betrat. Und lächelte: Neben das Logo des Hotels hatte Klenke das Piktogramm zweier nackter Füße im Sand drucken lassen. Niedlich.

Draußen empfing sie gleißendes Licht. Sie war überwältigt von den Gerüchen, den fremdartigen Menschen in ihren Kaftanen, den verschleierten Frauen, dem Gewirr einer Sprache, die sie vorher nie gehört hatte.

Der Fahrer war freundlich und half ihr, hinten einzusteigen, bevor er die Tür hinter ihr schloss. Die Klimaanlage des Autos sorgte für eine angenehme Temperatur, dennoch ließ Maria bald die Scheibe herunter, steckte den Kopf aus dem Fenster und atmete den Geruch der fremden Großstadt. Selbst das Benzin roch hier anders. Sie hielt ihren Kopf nach draußen, bis sie an einer Kreuzung zu stehen kamen, die gerade von einem Polizisten mit Motorrad abgesperrt wurde. Sie hörte Sirenen, die schnell lauter wurden, dann sah sie weitere Motorräder und eine Wagenkolonne, die in hohem Tempo von links nach rechts über die Kreuzung brauste. An einem der Fahrzeuge erkannte sie eine kleine deutsche Flagge, die am rechten Kotflügel angebracht war.

Drei Autos dahinter, für Maria aufgrund der getönten Scheiben nicht sichtbar, in Wagen Nummer neun, saß Klenke im Fond neben Barbara Bachmann-Berk.

»Guckt mal, da hinten links beginnt schon der Königspalast«, meldete sich Hagen Vogt vom Beifahrersitz.

»Einer von insgesamt neun in Marokko.«

Klenke sah nur ein weitläufiges, tristes Mauerwerk.

»Sieht gar nicht so königlich aus … eher unscheinbar.«

»Wart's ab. In der Zwischenzeit könnt ihr ja mal raten, was die Bude hier im Jahr so an Unterhalt kostet.«

»Nur die hier oder alle neun zusammen?«, fragte Barbara.

»Alle neune.«

Klenke dachte nach, aber es überstieg seine Vorstellungskraft. »Keine Ahnung.«

»Ich sag's euch, weil ihr eh nicht drauf kommt: 230 Millionen Dollar.«

»Pro Jahr?«

»Pro Jahr. Und was denkt ihr, wer das alles bezahlt?«

»Das ist leicht, Hagen«, deutete Barbara ein gespieltes Gähnen an. »Natürlich der marokkanische Steuerzahler.«

»Bingo.«

»Jaja, so eine königliche Hofhaltung ist nicht billig …«

Es dauerte fast weitere zehn Minuten, bis die Autos das riesige Gelände umfahren hatten und durch das Haupttor ins Innere des Königspalastes einbogen. Hier tat sich eine andere Welt auf. Ein riesiger Innenhof mit Brunnen, Bäumen und Vogelgezwitscher, eine Oase der Ruhe inmitten der hektischen Stadt. Die Einfahrt der Wagenkolonne war so choreografiert, dass die Limousine des Außenministers zentimetergenau am roten Teppich zu stehen kam. Dieser führte zu einem Pult, das mit Blumen geschmückt war und auf dem ein goldenes Buch aufgeschlagen lag.

Die deutsche Delegation stieg aus und sah, wie König Mohammed VI. wie aus dem Nichts auf einmal neben dem Pult stand. Er trug einen engen beigefarbenen Anzug, der bis zum Kragen geschlossenen war.

»Das isser«, flüsterte Bachmann-Berk, während nun Behring zusammen mit Botschafter Vogel unter Fanfaren an der ganz in Weiß gekleideten Ehrengarde vorbeilief, dem König entgegen.

Diesem sprang noch schnell ein devoter Mann zur Seite, küsste seinem Herrscher die Hand und versuchte, sich sofort unsichtbar zu machen.

»Wer ist das?«, fragte Klenke Wiesner. Sie und alle anderen sollten bei den Autos warten.

»Ich denke mal, der Übersetzer.«

»Muss der Chef das auch gleich machen?«

»Den Handkuss? Nein«, lächelte Wiesner. »Ist im Protokoll nicht vorgesehen.«

Stattdessen gab es eine tiefe Verbeugung, sowohl vom Außenminister als auch vom Botschafter.

»Wieso verbeugt der sich denn so tief?«

»Huch, was sind wir denn heute so neugierig, Franz?«, wollte Barbara wissen. Und während sich Behring und Vogel in das Goldene Buch eintrugen und die Presse das fotografierte, trat sie schräg hinter Klenke und sprach ihm leise ins Ohr.

»Pass auf, ich erklär dir mal kurz die Welt, Franz. Wenn Politiker sich treffen, ist das meistens wie bei Jungs auf dem Schulhof oder beim Sport. Wer kann am schnellsten laufen, wer am höchsten springen, unterm Strich: Wer hat den Größten? Bei Königen und Prinzen ist die Sache anders, nämlich so: Wenn du den Mann alleine im Schwimmbad siehst, würde er dir gar nicht auffallen. So wie dir kein Monarch der Welt allein im Schwimmbad und in Badehose auffallen würde, weder dieser hier noch Willem Alexander noch Carl Gustav von Schweden. Nicht mal die Queen, weil die ist gerade mal eins sechzig, über die würde man glatt drüberweg gucken.«

»Meghan würde mir auffallen …«

»Na gut, die vielleicht schon. Aber ansonsten funktioniert das hier nur mit dem ganzen Ensemble, mit dem großen Besteck. Weiße Uniformen, Militärpräsenz, Bedienstete, Handküsse, der ganze Hofstaat, alles ein Zeichen von Macht. Dazu kommt dieser unermessliche Reichtum. M6 hat ein

Privatvermögen von über sechs Milliarden, nein, nicht Dollar, sondern Euro, und ist damit einer der reichsten Könige der Welt. Und schließlich die Tradition. Es handelt sich hier um eine Herrscherfamilie, die seit 350 Jahren den König stellt, das färbt ganz doll ab, unter anderem auf die …?«

»Körpersprache?«

»Richtig, dein Thema. Guck mal, er glänzt und schwitzt, aber das ist ihm völlig wurscht, er ist auch das Gegenteil von filigran wie die Windsors in England, aber er ist sich selbst genug und findet sich lässig, souverän und strahlt das dann auch aus. Und bei den anderen führt dieser Dreiklang aus Tradition, Macht und Reichtum, führt genau diese Melange dazu, dass selbst unser geschätzter Außenminister hier, an diesem Ort, bewusst oder unbewusst, seinen Kopf ein paar Zentimeter tiefer senkt, als seine linksliberale Gesinnung es ihm eigentlich erlaubt.«

Sie lauschte ihren eigenen Worten einen kurzen Moment nach.

»Ach, das hab ich jetzt aber schön formuliert!«

»Geradezu brillant, Barbara.«

»Danke.«

Vorne am Pult war die kleine Zeremonie nun beendet. Der König nickte kurz, drehte sich auf dem Absatz um und schritt zurück zu einer prunkvollen Tür, wissend, dass seine Gäste, Minister und Botschafter, ihm folgen würden. Zwei Diener öffneten die Tür, ließen die Herren eintreten und schlossen sie hinter ihnen.

»Und was machen wir jetzt?«, fragte Barbara.

»Warten«, antwortete Wiesner. »Dauert genau eine halbe Stunde.«

Der Page schloss das Zimmer 318 des Four Seasons Hotels auf, ließ Maria den Vortritt und stellte ihren Koffer im Ankleidezimmer ab. Sie hatte sich fest vorgenommen, ihm ein Trinkgeld zu geben, vergaß es aber, weil sie so aufgeregt war. Diesmal nicht vor Angst, sondern vor Freude. Wann immer sie zum ersten Mal in eine fremde Stadt kam, wusste sie nach wenigen Sekunden, ob sie sich hier wohlfühlen würde oder nicht. Wenn ja, war es wie Liebe auf den ersten Blick. Mit diesem Land war es so, das hatte sie schon auf dem Weg vom Terminal zum Auto gespürt, gerochen, gewusst.

Das Hotelzimmer war elegant eingerichtet und in warmen Farben, Beige und Rostbraun, gehalten. Sie ließ sich auf ein Kingsize-Bett fallen, das von einem geöffneten Moskitonetz eingerahmt war. Die Matratze kam ihr hart vor, aber angenehm. An der Decke drehte sich langsam ein Ventilator. Sie trat hinaus auf eine kleine Terrasse, die zum Garten lag, und sog wieder die fremden Gerüche ein. Sah unten den Poolbereich, wo Tische eingedeckt wurden. Zurück im Zimmer fand sie einen Korb mit Obst, probierte eine Frucht, die sie vorher noch nie gesehen hatte und die ihr schmeckte. Entdeckte unter dem Bett weiße Hotelslipper, die wie Schuhe aus *Tausendundeiner Nacht* gestaltet waren. Machte ein Foto davon und schickte es Klenke, der an der Wagenkolonne im Königspalast auf die Rückkehr seines Chefs wartete.

Soooo schön hier!, schrieb sie dazu.

Der Besten das Beste, schrieb er zurück.

Wann kommst Du?

Circa eine Stunde.

Beeil Dich.

Barbara sah, wie Klenke bis zu den Ohren grinste.

»Na, dann lerne ich sie ja endlich auch mal kennen …«

»Ja, sieht so aus …«

»Hab ja schon viel von ihr gehört.«

»Über sie gehört.«

»Mein ich ja.«

Eine Stunde später lief er zügig die Treppen des Hotels hinauf in den dritten Stock, der Lift war ihm nicht schnell genug. Er schloss die Tür auf und sah Maria mitten im Zimmer stehen. Wortlos nahmen sie sich in die Arme und hielten sich lange fest. Ihr Herz schlug schnell. Klenke wollte sofort mit ihr schlafen, spürte aber, dass sie das nicht wollte. Also duschten sie gemeinsam.

»Warst du schon im Pool?«

»Hab ich mich nicht getraut.«

Sie trockneten sich gegenseitig ab und cremten sich ein. Wieder spürte sie, was er wollte. Er wurde dann immer kurzatmig und bekam dunkle Augen, sie fand das immer schon »niedlich«.

»Lass uns noch ein bisschen warten.«

»Na gut, aber nur ein bisschen.«

»Ich bin noch zu aufgeregt. Außerdem ist doch gleich dieser … Abend …«

»Delegationsabend.«

»Was ist das genau?«

»Eine Art Abschiedsessen für unsere Reisegruppe. Morgen früh fliegen alle wieder zurück nach Berlin.«

»Alle außer uns.«

»Ja.«

»Kannst du da nicht alleine hingehen und ich warte solange hier?«

»Keine Chance. Außerdem habe ich dafür gesorgt, dass

nur nette Leute an unserem Tisch sitzen. Und alle wissen Bescheid, keiner wird sich wundern oder blöde Fragen stellen, wenn du nicht sprichst.«

Maria dachte kurz nach.

»Und was zieht man da an?«

»Hast du das olivgrüne Kleid dabei?«

»Ja.«

»Dann gerne das.«

Klenke wusste, dass sie nichts dagegen haben würde. Maria hatte ihm einmal erzählt, dass sie zwar mit Abstand die schnellste Läuferin ihrer Schule war, im Sportunterricht aber absichtlich immer als Dritte oder Vierte ins Ziel kam, nur um nicht aufzufallen. Insofern war das olivgrüne Kleid genau richtig. Elegant und dem Anlass angemessen, gleichzeitig aber bescheiden und unauffällig.

Trotzdem war Maria angespannt, als sie zusammen mit Klenke in den Poolbereich kam, wo zehn runde Tische für jeweils acht Personen eingedeckt waren. Zuerst vergewisserte sie sich mit einem Blick zu den anderen Frauen, dass sie wirklich nicht overdressed war. Als Klenke sie vorstellte, wusste sie sofort anhand der Blicke, wen er in das Geheimnis ihrer Angststörung eingeweiht hatte und wen nicht: Hans Behring (ja), Katharina Behring (nein), Botschafter Vogel (nein), Barbara Bachmann-Berk (ja), Hagen Vogt (ja), Karl Wiesner (ja), Jochen Bender (nein). Es vereinfachte ihre Situation, dass es bereits dunkel war (so konnte sie sich ein bisschen unsichtbarer machen) und das Essen unter freiem Himmel stattfand. So konnte sie im Notfall relativ unbemerkt verschwinden.

Klenke hatte die Sitzordnung an ihrem Achtertisch noch einmal ändern lassen und Maria zwischen sich und Barbara platziert, jeweils flankiert von Hagen Vogt und Karl Wiesner. Also alles Eingeweihte. Jochen Bender saß schon weit genug weg und redete mit zwei Männern, die Klenke nicht kannte.

»Schönes Kleid!«, sagte Barbara, kurz nachdem sich alle gesetzt hatten, und meinte das auch so.

Maria wollte »Danke« sagen, brachte es aber nicht über die Lippen, obwohl ihr die Frau sympathisch war. Vielleicht später. Immerhin schaffte sie ein Lächeln und nickte.

»Wie gefällt es dir in Marokko?«

Maria zögerte, obwohl sie es ja schon wusste.

»Gut«, sagte sie kaum hörbar.

»Blöde Frage eigentlich, du bist ja erst vor ein paar Stunden angekommen, stimmt's?«

»Ja.«

Klenke hatte Barbara vorgewarnt, dass Maria auf dem Gebiet des Small Talks, der ja im besten Fall nur der Auftakt für ein anregendes Gespräch war, nicht besonders gut war. Dass auf eine Frage womöglich keine Gegenfrage kommen würde und Barbara dies bitte nicht als Zeichen von Desinteresse oder als Unfreundlichkeit werten möge. Sie beschloss, ihr noch etwas Zeit zu geben, und wandte sich Hagen Vogt zu. Maria nahm das dankbar zur Kenntnis.

Dann sah sie sich um. Gerade hatte ein Trio aus Berbern in traditionellen Kostümen begonnen, auf ihren exotischen Instrumenten zu spielen. Einer von ihnen behandelte eine Art Gitarre, die er auf Schulterhöhe trug, mit einer Art Säge. Es klang fremd und schön.

Maria sah den Außenminister und dessen Frau am zentralen Tisch in der Mitte. Er hörte konzentriert zu, wie ein elegant gekleideter Marokkaner ihm etwas erzählte. Lauschte den Worten einer Übersetzerin und machte ein nachdenkliches Gesicht, ebenso wie der Botschafter.

Am Tisch dahinter war die Laune blendend.

Das muss die Wirtschaftsdelegation sein, dachte Maria, ohne genau zu wissen, warum. Es war wohl diese Ausstrahlung, das Selbstvertrauen, das diejenigen hatten, die viel Geld besaßen und es gewohnt waren, Mitarbeitern und Angestellten Befehle zu erteilen.

Sie lässt ihren Blick weiterschweifen, zum Tisch dahinter – und erschrickt.

Sie sieht einen Mann, bei dessen Anblick sie erschauert. Er sitzt einfach nur da und starrt ins Leere. Klenke spürt offenbar, dass etwas mit ihr nicht stimmt.

»Was ist los, Maria?«

»Was sind das für Leute?«

»Wo denn?«

»Da hinten am allerletzten Tisch.«

Klenke sieht jetzt genauer hin. »Das ist der Tisch der deutschen Botschaft. Warum?«

Aber Maria antwortet nicht. Beobachtet weiterhin diesen seltsamen schwitzenden Mann, der jetzt ein Glas Weißwein in einem Schluck austrinkt und wieder abwesend wird.

Was für ein Fusel, denkt Schröder, als er das Glas abstellt und sich nachgießt. Le Trois Domaines Blanc, liest er auf dem Etikett, irgendeine schräge Mischung also aus einem Weingut bei Meknes. Er hört, wie jemand einen Löffel an ein Glas schlägt. Sieht, wie der Botschafter aufsteht, um Aufmerksamkeit bittet und eine launige Rede beginnt, von der Schröder nur die ersten Sätze mitbekommt.

Einmal war Schröder selbst ja schon Botschafter, wenn auch nur im Spiel. Im Rollenspiel, wie ihm jetzt wieder einfällt, damals während der Ausbildung an der Akademie in Tegel. Die Attachés sollten eine Krisensituation simulieren. Es ging um den fiktiven Staat Ruritanien, irgendwo in Funklochistan.

Über Nacht war in der Hauptstadt Ruritania City ein Bürgerkrieg ausgebrochen, es gab Straßenblockaden und brennende Autos, deutsche Staatsbürger waren in Gefahr! Ihm selbst wurde die Rolle des Botschafters zugelost, und qua Amt war er auch Leiter des Krisenstabes. Er hatte sich Klarheit über die Situation zu verschaffen, einen Krisenplan zu erstellen, diesen mit seinen Mitarbeitern fortlaufend zu optimieren und die Evakuierung von Schutzbefohlenen vorzubereiten. Und wie er diesen Krisenstab leitete! Wie leicht ihm das fiel, seine Leute zu koordinieren! Selbst als spontan noch eine fiktive Geiselnahme ins Spiel kam, verlor er nie die Nerven und wusste stets, was zu tun war.

Der Beifall für den Botschafter, der sich gerade wieder setzt, holt ihn zurück. Er hat kein Wort verstanden, klatscht aber trotzdem mit. Lässt seinen leeren Blick über die Tische wandern. Sieht den des Außenministers, aber keine Sicherheitsbeamten weit und breit. Vielleicht sitzen die woanders? Langsam sondiert er die Lage an den anderen Tischen – und bleibt bei einer dunkelblonden Frau im olivgrünen Kleid hängen, die ihn mit großen Augen anstarrt. Er starrt zurück, kann ihren Blick aber nicht lange halten. Wer ist das? Und warum glotzt die so? Er guckt wieder hoch, sie sitzt neben dem Redenschreiber, der ins Gespräch mit Hagen Vogt vertieft ist, und schaut ihn weiter unentwegt an. Guck woanders hin!, denkt er. Sie tut es nicht, und er senkt abermals seinen Blick.

So wie damals in Argentinien, als er elf war, beim Reitunterricht mal wieder vom Pferd fiel und sein Großonkel ihn enttäuscht ansah. Ihn wieder aufsteigen ließ, er wieder abgeworfen wurde, immer wieder, bis er sich das Schlüsselbein brach und dennoch wieder auf das Pferd musste, trotz der Schmerzen oder gerade deswegen. Genau wie es Georg Hinzpeter vom kleinen Wilhelm Zwo einforderte, der Erzieher also des Thronfolgers des Deutschen Kaiserreiches. Was uns nicht umbringt, macht uns stärker.

Die Resilienz steht in elementarer Opposition zur Vulnerabilität.

Schröder sucht noch einmal nach den Bodyguards und sieht sie nicht. *Na stolje lezhit karandash. Auf dem Tisch liegt ein Bleistift.* Aber da liegt kein Bleistift, sondern etwas viel Besseres: ein großes Steakmesser.

Die Resilienz steht in elementarer Opposition zur Vulnerabilität.

Die Schuldigen sitzen in den Ministerien.

Er nimmt das Messer an sich. Sieht, dass die Klinge lang genug ist, um bis ins Herz zu gelangen. Steht auf und fixiert Hans Behring, den deutschen Außenminister, der etwa fünfundzwanzig Meter entfernt sitzt und sich eine Vorspeise servieren lässt. Läuft langsam auf ihn zu und trägt das Messer unten so, dass niemand es sehen kann, selbst die Personenschützer nicht, wenn sie denn jetzt hier wären.

Die Chance des Augenblicks.

Wer, wenn nicht er?

Es lebe das heilige Deutschland, denkt er und beschleunigt seinen Schritt. Und noch bevor er Hans Behring erreicht und seinen rechten Arm mit dem großen Messer heben kann, ertönt ein gewaltiger Schrei.

22

National Route 8 (N8) is a national highway of Morocco. It is one of the most important roads running through Mid-Central Morocco, las Maria in ihrem Reiseführer. Die Straße führte weitgehend geradeaus, vorbei an meist kargen Landschaften.

Klenke und sie waren nun schon anderthalb Stunden im Leihwagen Richtung Westen unterwegs und hingen schweigsam ihren Gedanken nach.

Sie waren früh aufgebrochen, nachdem sich die Aufregung ein wenig gelegt und Behring darauf bestanden hatte, dass sie unter allen Umständen den geplanten Urlaub antreten sollten. Sonst würde er ihn fristlos entlassen. Darfst du gar nicht, hatte Klenke geantwortet, schon mal was von Kündigungsschutz gehört? Aber dann doch nachgegeben, als er sah, dass sein Chef nur leicht verletzt war und es ihm den Umständen entsprechend gut ging.

An den Vorabend hatten diejenigen, die dabei gewesen waren, unterschiedliche Erinnerungen, aber eines war allen gemeinsam: dieser fürchterlich laute und lang gezogene Schrei, der so plötzlich aus dem Nichts kam und die Welt für einen Moment, der manchen wie eine Ewigkeit vorkam, stillstehen ließ.

»So einen Schrei habe ich meinen Lebtag noch nicht gehört«, gab einer der älteren Vertreter der Wirtschaft später zu Protokoll, und Klenke wunderte sich über die Formulierung. Was sollte denn bitte ein Lebtag sein? Gab es das Wort »Lebtag« überhaupt? Über solche Dinge dachte er nach in dieser Situation und schämte sich dafür. Bis Barbara ihn beruhigte, das sei einfach nur Verdrängung und völlig normal. Stimmt, dachte er. Ihm fiel der Anruf seiner Tante wieder ein, mit dem sie ihn nachts um halb zwei geweckt und ihm die Nachricht vom Tod seiner Mutter überbracht hatte. Ob sie mit dem Scheiß nicht bis morgen früh warten könne, schrie er sie an, legte den Hörer neben das Telefon und schlief tief und fest weiter. Erst am späten Vormittag dämmerte es ihm, dass da irgendwas war, erst dann rief er zurück.

Die Stille nach dem Schrei. Die Musiker hörten abrupt auf zu spielen. Hundert Augenpaare irrten umher und fanden schnell zur Quelle des Schreis, zu der Frau im olivgrünen Kleid. Verfolgten ihren entsetzten Blick und sahen Schröder, der ebenfalls erstarrt war, sich aber fing und jetzt ein großes Messer hervorholte. Behring sah den Mann gerade rechtzeitig, um sich wegzudrehen, sodass ihn die Klinge nur in den linken Oberarm traf, und bevor Schröder ein weiteres Mal zustechen konnte, waren die Personenschützer da und konnten ihn überwältigen.

Breaking News. Und doch hatte niemand mit dem Handy gefilmt oder fotografiert, es gab nichts, was auf YouTube hochgeladen werden konnte. Die mitgereisten Fernsehteams ärgerten sich darüber, dass sie in den entscheidenden Sekunden ihre Kameras nicht zur Hand hatten, sondern als Gäste am Tisch saßen. Schnell wurden die Geräte aufgebaut und eine Schalte nach Deutschland gelegt, wo gerade die *Tagesthemen* anfingen. *Eilmeldung! Attentat auf den Außenminister! Behring offenbar außer Lebensgefahr!*

Zwei große Themen wurden in den Interviews verhandelt. In erster Linie ging es natürlich um den mutmaßlichen Attentäter, offenbar selbst ein Diplomat, und dessen Motiv. Das

Ganze sei ja wohl eine ganz neue Dimension, wie eine Politikerin der Linken analysierte. Sie schlug vor, Radikalisierungstendenzen nicht nur bei der Polizei, sondern unbedingt auch beim deutschen Beamtentum zu untersuchen.

Und dann war da dieser entsetzliche Schrei, der wohl das Schlimmste verhindert hatte. Die unbekannte Frau war jedoch nicht auffindbar – dafür hatte Klenke gesorgt, er hatte Maria schnell auf ihr Zimmer gebracht, bevor das große Mediengetöse losging.

»Mich hat dieser Schrei an das Bild von Edvard Munch erinnert«, sprach Jochen Bender in eine Kamera, »es war die perfekte tonliche Übertragung dieses berühmten Gemäldes.«

Aus Hamburg war eine Linguistin zugeschaltet.

»Sprache kann die Welt verändern«, erklärte sie. Und dass ein Schrei eben auch eine Form von Sprache sei, eine sehr besondere, die sich deutlich von anderen menschlichen Lautäußerungen unterscheide. Grundsätzliche Merkmale seien die hohe Lautstärke und eine gewisse Rauheit, weshalb die Hersteller von Weckern ihren Alarmton dem Frequenzbereich des Schreis nachempfunden hätten.

Ein Politiker der Grünen machte das Internet und besonders Facebook für das Attentat mitverantwortlich. Es sei doch völlig klar, dass der sprachlichen Gewalt früher oder später die körperliche Gewalt nachfolgen werde, wie man ja spätestens seit dem Mordfall Lübcke wisse. Danach ging es zu den übrigen Nachrichten des Tages, zum Sport und zum Wetter.

Kurz hinter Chichaoua fuhr Klenke rechts ran auf einen Parkplatz, der zu einem Souvenirshop gehörte. Maria kaufte sich eine Kette mit einem Anhänger in Form einer weiblichen Hand, er besorgte zwei Kaffee und zwei Mineralwasser. Sie setzten sich auf eine kleine Terrasse, die nach vorn zur

Straße lag, und beobachteten den spärlichen Verkehr. Schließlich brach Maria das Schweigen.

»Hab ich dich schon mal gefragt, was deine Lieblingszahl ist?«

»Nein.«

»Was ist deine Lieblingszahl?«

»Keine Ahnung … Ich glaub, ich hab gar keine.«

»Jeder hat eine Lieblingszahl.«

»Wie ist denn deine?«

»Die Fünf.«

»Okay, und warum die Fünf?«

»Ich weiß nicht, einfach so. Ist eine ungerade Zahl, hat aber trotzdem etwas Standhaftes.«

»Mich erinnert das an eine Schulnote.«

»Und es ist eine Primzahl.«

»Was war noch mal eine Primzahl?«

»Größer als eins und nur durch eins und sich selbst teilbar. Außerdem eins von drei deutschen Wörtern, die auf ›nf‹ enden.«

»Was sind die anderen beiden? Senf und …«

»Hanf.«

»Stimmt. Mein Gott, schlau bist du auch noch.«

Beide schauten eine Weile auf die Straße. Die meisten Autos sahen nicht unbedingt fahrtüchtig aus. Maria nahm den Faden wieder auf.

»Alles, was mit der Fünf zu tun hat, wirkt sich in Marokko positiv aus. Deshalb hat der Stern auf ihrer Flagge fünf Zacken. Und die Hand der Fatima fünf Finger. Guck!«

Sie zeigte ihm ihre neue Kette.

»Das heißt nichts. Meine Hand hat auch fünf Finger.«

»Du glaubst nicht an Magie.«

»Nein. Du?«

»Na klar! Weißt du, was heute für ein Tag ist?«

»Donnerstag.«

»Der Tag, an dem alle schwangeren Frauen in Marokko gebären wollen. Der fünfte Tag der Woche.«

Klenke schaute sie an, eine Mischung aus Zögern und Neugier.

»Keine Angst, ich bin nicht schwanger.«

»Bist du sicher?«

»Ja. Das wäre jetzt auch zu kitschig.«

Eine Stunde später erreichten sie Essaouira und fanden ihr Hotel sofort. Sie bekamen das Zimmer mit der Nummer fünf, schliefen miteinander, duschten, zogen sich an. Liefen durch die Gassen der Medina zum Fischereihafen, wo sich Hunderte Möwen laut um die Reste des frischen Sardinenfangs stritten. Sahen die Wellen, die gegen den unteren Teil der alten Stadtmauer schlugen. Gingen weiter zum Strand, der am späten Nachmittag bis auf ein paar herumlungernde Kamele völlig verlassen war. Maria schaute sich um, sah, dass kein Mensch in der Nähe war, und zog sich aus.

»So. Jetzt werde ich zum ersten Mal in meinem Leben ins Meer gehen.«

»Wirklich? Zum allerersten Mal?«

»Ja.«

»Was dagegen, wenn ich mitkomme?«

»Ja.«

»Ja?«

»Ich möchte das beim ersten Mal lieber allein machen. Verstehst du das?«

»Ich denke schon.«

»Danke.«

»Darf ich das wenigstens fotografieren?«

»Auf keinen Fall!«

Maria ging langsam, aber entschlossen ins Wasser. So weit,

bis sie nicht mehr stehen konnte. Klenke ließ sie nicht aus den Augen, sah, wie sie kurz untertauchte und sich dann auf den Rücken legte, das Gesicht in die Sonne, die Haare unter Wasser. Bestimmt dreißig Minuten lag sie so und ließ sich treiben. Dann kam sie zurück und legte sich in den Sand. Schloss die Augen und atmete tief durch. Eine Seemöwe landete in ihrer Nähe und betrachtete sie neugierig. Dann kam eine zweite hinzu, und dann noch drei weitere.

Dank

Ich danke den Botschaftern Götz Schmidt-Bremme (Marokko) und Martin Schäfer (Südafrika) sowie ihren Mitarbeiterinnen und Mitarbeitern, die mich für die Recherche so überaus freundlich aufgenommen haben.

Herrn Wolfgang Silbermann, Frau Katrin Josten, Herrn Christoph Meyer und Herrn Michael Pietsch für ihre Hilfe bei den Reden des deutschen Außenministers.

Frau Laura Schärer und Herrn Dr. Boris Hartmann für ihre Fachberatung zum Thema »Selektiver Mutismus«.

Sowie für Rat und Tat Frau Claudia Holze-Thier, Frau Anita Ohl-Meyer, Frau Marion Wichmann, Herrn Wolfgang Büscher, Herrn Thomas Druyen, Herrn Andreas Görgen, Herrn Philip Holzapfel, Herrn Joachim Jessen, Herrn Till Knorn und Herrn Ulrich von Schröter.

Und natürlich Cecilia.